BOBBY HERNANDEZ, SECOND BASE

(Bottom of the Ninth, book 5)

Jean C. Joachim

Moonlight Books

Un romanzo Moonlight Books
Amore sensuale
Bobby Hernandez, Second Base
Bottom of the Ninth series
Copyright © 2017 Jean C. Joachim
ISBN: 978-1-945360-69-5
Progetto di copertina di Dawné Dominique
Fotografia di copertina: Kristi Hosier, Photography
Modello di copertina: Jesse Brenner
A cura di Sherri Good
Revisione di Renee Waring
Copyright di copertina e logo © 2017 by Moonlight Books

EDITORE
Moonlight Books
TRADUZIONE DI
SIMONA TRAPANI

Dedica

AI GRANDI GIOCATORI di baseball che mi hanno fatta innamorare di questo sport.

BOBBY HERNANDEZ, SECOND BASE
(Bottom of the Ninth, book 5)

Jean C. Joachim

Capitolo Uno

"SEI TU?"

Anita Mendoza lanciò una copia aperta della rivista *Celebs 'R Us* sulla sua scrivania.

"Chi?"

"Non giocare con me, Elena. Sei tu la donna nella fotografia? Quella che ha versato un drink su Bobby Hernandez?"

Elena Delgado era seduta davanti al suo capo, la caporedattrice di *Hoy,* un giornale di New York in lingua spagnola. La giovane reporter continuava ad accavallare le gambe e a muoversi sulla sua sedia.

"Allora, sei tu?" Anita si sporse in avanti, con gli occhi in fiamme e la fronte aggrottata.

"Ok. Sì. Sono io."

"Che cazzo stavi facendo?"

"Si stava comportando in modo insopportabile. Ci stava provando con Tina."

"Tina? Quella civetta? E io che pensavo che lei non avesse nulla a che fare con questo! Si è semplicemente allontanato dal bar e ha iniziato a provarci con Tina?"

Elena si guardò le mani. "Beh, no. Non esattamente."

"Proprio come pensavo. Perché l'hai portata lì? Sai com'è fatta. Ogni volta che vede un uomo attraente, deve aggiungerlo alla sua lista."

"Ha solo diciott'anni. Voleva conoscerlo."

"E come facevi a sapere dov'era?"

"Ho cercato su Internet. L'Hide-Out è nella lista dei suoi luoghi preferiti."

Anita scosse lentamente la testa. "Tu perdi facilmente la pazienza, Elena. Devi imparare a controllarti."

"Stavo solo proteggendo Tina."

"Vuoi proteggere Tina? Portala al cinema."

"Mi dispiace. Solo che non capisco quale sia il problema. La foto mi ritrae soltanto di spalle."

Anita appoggiò la schiena sulla sedia, con un sorriso imperscrutabile sul viso.

"Conosco quello sguardo. Qualunque cosa tu stia pensando, lascia perdere", disse la ragazza agitando la mano.

"Ieri ho ricevuto una risposta alla mia richiesta."

"Quale richiesta?" domandò Elena, con la fronte imperlata di sudore.

"Quella di intervistare il signor Hernandez."

"Cosa?" Elena si alzò a metà dalla sedia.

"È giusto. Lui è un membro importante della comunità ispanica. Ha ottenuto il massimo dei risultati, si è impegnato molto, ha usato il suo talento e ce l'ha fatta. È un modello di vita. E noi lo intervisteremo." Anita sorrise.

Elena prese un fazzolettino dalla tasca e si asciugò il viso. "Un modello di vita che ci prova con le ragazzine."

"Tina ha diciott'anni. Avrebbe potuto allontanarsi."

"Bene. Darai l'intervista a Luis, giusto? Lui ama il baseball."

"No. ho deciso di darla a te."

"Cosa? Oh no, non se ne parla. Non ho intenzione di intervistare quell'idiota." Elena scosse la testa.

"Oh, invece lo farai. Non voglio che sia un leccaculo a fare quest'intervista. Voglio un vero reporter. Uno che faccia domande scomode. E quel reporter sei tu."

"No, non sono io."

"Oh, sì che lo sei. E questa storia," disse Anita, indicando la rivista, "conferma ciò che ho sempre pensato — tu hai le palle e non hai paura di dire la tua. Farai un'intervista dettagliata. Una che vada oltre la superficie e la venerazione. La tua sarà un'intervista che varrà la pena di leggere. È per questo che voglio darla a te."

"Io non voglio intervistare quel tipo."

"Allora comincia a considerarti disoccupata," disse Anita, a bassa voce.

"Stai scherzando, vero? Mi licenzieresti per questo?"

"Certo che lo farei. Io sono il capo, Elena. E se non riesci a rispettare la mia posizione e gli incarichi che ti affido, allora dovresti cercarti un altro lavoro." Anita fece un'espressione seria.

Elena riconobbe quello sguardo. Non poteva controbattere.

"Avrai l'opportunità di scusarti per aver umiliato quel ragazzo in pubblico! Lui è molto attraente e tu potresti fare di peggio che trascorrere un paio d'ore in sua compagnia," disse Anita, appoggiando la schiena alla sedia e giocherellando con la penna.

"Va bene, va bene. Se vuoi che lo faccia, lo farò," disse Elena, mettendo da parte la sua rabbia.

"Ecco," disse Anita, sporgendosi in avanti per porgerle un pezzo di carta. "La direzione mi ha dato il suo numero di cellulare. Procedi.

Voglio un'intervista lunga. In due parti. Un'intervista esplosiva." Lei si mise a ridere. "Che colpisca i lettori! Capito, Elena? Anche se dubito che tu capisca il significato della parola 'colpire'! A meno che non si tratti di un colpo in testa con una mazza da baseball!"

"Non girare il dito nella piaga. No, non mi piace quel tipo. Ma sono una professionista. Farò quell'intervista."

"Bene. Voglio una bozza sulla mia scrivania tra dieci giorni," disse Anita, prendendo il telefono.

Quello era il segnale che Elena dovesse uscire dal suo ufficio. Si alzò dalla sedia e ritorno alla sua postazione. Si sentiva amareggiata. L'ultima cosa che voleva era incontrare di nuovo quel coglione di Bobby Hernandez. Per fortuna, l'articolo apparso su *Celebs 'R Us* fornì a Elena una scusa plausibile per fare delle obiezioni ad Anita. In questo modo, non avrebbe mai dovuto ammettere la vera ragione al suo capo.

Nonostante fosse successo cinque anni fa, il ricordo di quel giorno era vivido nella sua mente come se fosse successo ieri. Elena appoggiò la schiena sulla sedia, distese i piedi sul cestino della carta e iniziò a mangiucchiare la penna, mentre quell'immagine le tornava in mente. Lei si era presentata nell'enorme casa in cui Bobby viveva con la sua famiglia. Frequentava ancora il college e aveva bisogno di un'intervista per il suo corso di giornalismo.

Certo, prima avrebbe dovuto chiamare, ma la sorella di Bobby, Carina, non le aveva dato il suo numero, solo il suo indirizzo. La villa bianca, con il nome "Carrington" scritto sulla cassetta delle lettere, aveva un'aria minacciosa. Elena era ancora una giovane donna della Repubblica Dominicana, che cercava di farsi strada negli Stati Uniti. Il college era stato un grande passo e lei si era impegnata moltissimo per guadagnarselo.

Si ricordò quanto si sentisse nervosa mentre suonava il campanello. Un domestico le aveva aperto la porta. Quando aveva chiesto di vedere Bobby, l'uomo la portò invece al cospetto di suo padre. Lei aveva cercato di prendere tutto il coraggio che aveva per dirgli per quale motivo fosse lì.

Arthur Carrington aveva fatto una smorfia e si era fermato, bloccandole l'accesso.

"Bobby non ha tempo per le interviste con le ragazze del college. Ovviamente, se lei fosse una vera reporter, sarebbe tutto diverso."

Ma Elena non aveva rinunciato così facilmente. Gli aveva spiegato di essere un'amica di Carina. Arrossì in volto al ricordo di quella scena. Il signor Carrington aveva tirato fuori dal suo portafoglio una banconota da cento dollari e aveva iniziato ad agitargliela davanti alla faccia.

"Ecco a lei. Sono sicuro che questa le servirà. Si paghi il biglietto del treno per tornare a casa."

"Io non voglio denaro," gli aveva risposto lei, dopo aver ritrovato la voce.

"Bobby non vuole avere niente a che fare con la Repubblica Dominicana. È andato via da lì molto tempo fa. Si è lasciato tutto alle spalle. Adesso, è americano. Quindi, cortesemente, lo lasci in pace. Le vanno bene duecento dollari?"

Lei scosse la testa.

"Trecento?"

"Bobby sa che lei mi sta offrendo del denaro per andarmene?" gli chiese lei, con tono incredulo.

"Ovviamente. Adesso si sta allenando e ha richiesto di non essere disturbato. Io sto semplicemente assecondando i suoi desideri. Per piacere, prenda i soldi e se ne vada."

Si era sentita sopraffatta dall'umiliazione e dalle emozioni che le si stavano accumulando dentro. Delle lacrime di rabbia avevano minacciato di uscire dai suoi occhi. Storcendo il naso davanti al suo tentativo di corruzione, aveva dovuto andarsene prima di esplodere. Aveva percorso a piedi i tre chilometri verso la stazione dei treni, in preda allo shock. Carina era stata la sua migliore amica al liceo. Nonostante Elena non avesse mai conosciuto Bobby, aveva comunque avuto un collegamento con la sua famiglia tramite i suoi fratelli. Aveva immaginato che non gli importasse.

Essendo stata gettata via come un cartone di latte vuoto, Elena si era sentita in preda alla rabbia per tutto il tragitto di ritorno in città. Di ritorno al suo piccolo appartamento in affitto vicino al college cittadino, aveva iniziato a piangere lacrime amare. Da allora, aveva deciso che quella storia con Arthur Carrington e Bobby Hernandez sarebbe finita per sempre.

Trattenne le lacrime mentre quei vecchi sentimenti ritornavano in superficie. Doveva ammettere con se stessa che non aveva lanciato quel drink su Bobby solo perché lui ci aveva provato con Tina. Era stata anche una sua piccola vendetta personale. L'aveva fatta sentire meglio? No — perché lui non aveva nemmeno idea di chi lei fosse o del motivo per cui gli aveva versato addosso il suo Cosmopolitan.

Adesso, doveva chiamarlo e fissare una data per un'intervista. Avrebbe preferito intervistare persino Attila o Adolf Hitler in persona piuttosto che intervistare Bobby Hernandez. Aveva un affitto da pagare e doveva ancora finire di restituire il prestito per il college, quindi non poteva permettersi di perdere il suo lavoro. Si versò una tazza di caffè per spazzare via il sapore amaro della sottomissione che avrebbe dovuto avere perché lui accettasse di parlare con lei. Con un blocchetto e una penna pronti sulla scrivania, iniziò a digitare il numero.

"Pronto?" rispose una voce profonda.

"Signor Hernandez?"

"Sono io. Con chi parlo?"

"Sono Elena Delgado e la sto chiamando dalla redazione di *Hoy*."

"*Hoy?*"

"Il giornale in lingua spagnola. Le andrebbe di fare un'intervista?"

"Oh, sì, sì. Mi scusi. Cosa posso fare per lei?"

"Vorrei programmare un'intervista, quando preferisce." Lei chiuse gli occhi e iniziò a mordicchiare una matita.

"Sarebbe stupendo. La direzione della squadra mi aveva detto di aspettarmi una telefonata. Questa settimana sarò in trasferta, ma tornerò lunedì. Abbiamo una partita serale martedì. Le andrebbe bene martedì mattina?"

"Perfetto. Dove e a che ora?"

"Le va bene per le dieci? Allo stadio? Possiamo vederci all'ingresso."

"Per me va bene. A presto, allora."

"Già. E grazie. Potrebbe ripetermi il suo nome?"

"Elena Delgado."

"Grazie, Elena."

Lei riagganciò e si nascose il viso tra le mani. Parole sprezzanti e piene di rabbia le si erano bloccate in gola, come frenate da un grosso macigno.

"Ho bisogno di questo lavoro, ho bisogno di questo lavoro, ho bisogno di questo lavoro," ripeté tra se.

Luis, il ragazzo delle fotocopie, fece capolino. "Va tutto bene, signorina Delgado?"

"Sì, Luis."

"È sicura che vada tutto bene? Perché non sembra affatto. Ha l'aspetto di qualcuno che potrebbe strangolare un orso a mani nude."

MARTEDÌ MATTINA, ELENA si svegliò di cattivo umore. Il suo cellulare stava squillando. *Forse quello stronzo sta chiamando per cancellare l'intervista?* Era sua sorella.

"Chica, oggi è il gran giorno?"

"Sì, Maria," disse lei, stanca di dare spiegazioni a sua sorella.

"Devi andare a intervistare quel mostro?"

"Proprio così. Senti, adesso devo prepararmi."

"Cosa indosserai?"

Ebbero una breve discussione su quale blusa e quale tailleur del guardaroba di Elena fossero più professionali. Lei optò per la sua uniforme da interviste — un tailleur blu scuro, una blusa bianca con le ruches e un paio di décolleté nere.

"Sei sicura che la blusa non sia troppo scollata? Non vorrei che tu lo distragga con un panorama invitante."

"Sì, ne sono sicura. Grazie del consiglio. Se adesso non metto giù il telefono, arriverò in ritardo."

Elena preparò il caffè, si fece una doccia e si vestì. Viveva in un piccolo appartamento di città situato tra Harlem e l'Upper West Side. Era stata fortunata a trovare quel bizzarro appartamento, con la sua ampia finestra rotonda nel salone e una vista del giardino sul retro. Teneva quel posto immacolato, proprio come le aveva insegnato sua madre.

Salì in metropolitana e, ignorando gli sguardi d'apprezzamento degli uomini, controllò il suo orologio. Alta un metro e sessantuno, con i suoi lunghi e splendenti capelli neri e il suo fisico a clessidra, Elena attirava l'attenzione ovunque andasse. Oltre al suo fascino, emanava la fiducia di una donna che aveva un saldo controllo della sua carriera.

Lo stadio non era molto lontano. Alcuni nuvoloni neri rovinavano un cielo azzurro che, altrimenti, sarebbe stato bellissimo. Il sole splendeva e la temperatura era perfetta. Era giugno, il suo mese preferito, e questo la faceva sorridere.

Quando voltò l'angolo, diretta all'ingresso principale, lui era lì. Secondo Wikipedia, Bobby era alto un metro e ottantadue, pesava circa ottantasei chili, aveva i capelli e gli occhi neri ed era nato nella Repubblica Dominicana. Lui indugiava vicino al chiosco, appoggiandosi su di esso con atteggiamento noncurante, chiacchierando con la persona al suo interno.

Slanciato, bello e maledettamente sexy con la sua tuta, il secondo difensore era un diletto per lo sguardo femminile. Elena deglutì. Odiarlo era facile, ma trovarlo attraente non lo era. Lui rideva e sorrideva, ma non si era ancora accorto di lei. Studiò la sua espressione. Semplice, rilassato, amichevole e con quel suo sorriso luminoso — capì ciò che Tina aveva visto in quell'uomo.

Dover ammettere il suo errore con Bobby Hernandez la infastidiva. Scuse? Lui gliene doveva una, e anche bella grossa. Ma ora era lì, in trappola, costretta a prostarsi perché quell'uomo arrogante le concedesse un po' del suo tempo. Una nuova ondata di risentimento la infiammò. Certo, lui era Bobby Hernandez, ricco, talentuoso, privilegiato — l'uomo che aveva tutto. E poi c'era lei, la donna che si era impegnata molto per arrivare dov'era, risparmiando ogni centesimo possibile.

Oltre alla sua fortuna, il padre di Bobby era ricco. Il padre di Elena non aveva molto, tranne una casa piena di figli. Lei era la terza, dopo i suoi due fratelli. Il padre di Bobby l'aveva protetto da lei. Il padre di Elena l'aveva sempre ignorata, deridendo i suoi sforzi per andare avanti e consigliandole piuttosto di trovarsi un marito ricco.

Lei scosse la testa. Secondo sua nonna Sophia, i paragoni non avevano mai fatto bene a nessuno. Era stata lei a incoraggiare Elena ad andarsene e a costruire qualcosa nella sua vita. Era vissuta fino a vedere la sua amata nipote laurearsi al college, ma non abbastanza a lungo da vedere Elena trovare un lavoro redditizio. Sua madre ne era rimasta sconvolta, dovendosi occupare dei figli e della casa. Si augurava il meglio per sua figlia, ma Elena credeva che lei fosse segretamente felice di avere una bocca in meno da sfamare.

Avvicinandosi all'ingresso, si incollò sul viso il suo sorriso migliore. Rallentando il passo, guardò il secondo difensore. Bobby era ancora concentrato sull'uomo dentro al chiosco.

"Signor Hernandez?"

Lui si voltò verso di lei. "Lei!", esclamò lui, sollevando le sopracciglia.

"Sono Elena Delgado," disse lei, porgendogli la mano. "La reporter di *Hoy*."

"Lei è la reporter? Lei è pericolosa. Mi ha aggredito all'Hide-Out. Non ha qualche liquore con se, vero?", chiese lui, indietreggiando.

Lei si sentì arrossire le guance. "No, no. Non ne ho. Mi dispiace molto per quell'episodio."

"Non c'era bisogno di usare la violenza stavo solo flirtando. Non l'avrei portata nel vicolo sul retro per stuprarla. Accidenti. Comunque, era troppo giovane per me. Pensavo solo di farle vivere un'esperienza elettrizzante," disse lui, avvicinandosi con cautela.

Un'esperienza elettrizzante? Brutto pallone gonfiato!

"Pensavo che fosse una fan, non la sua sorellina."

"Non è la mia sorellina. È una stagista al giornale."

"Ho costantemente a che fare con le groupie. Di solito non vengono con una guardia del corpo di sesso femminile."

La rabbia ribolliva dentro di lei.

"Senta, io sono qui per fare un'intervista. Le dispiacerebbe se arriviamo al punto?"

"Certo, certo. Perché non entriamo nel club e ci sediamo? Potrei offrirle una tazza di caffè, se mi promette di non lanciarmela addosso," disse lui.

Lei gli fece uno dei suoi sorrisi più affascinanti. "Se mi promette di non flirtare con me, sarà al sicuro."

"Non lo so. Con una donna come lei, non sarà facile." Lui cercò di afferrarle il gomito, ma lei si allontanò e lo seguì all'interno.

BOBBY CONDUSSE LA BELLA reporter nella caffetteria. Le versò una tazza di caffè e spostò una sedia per farla sedere. Si sedette di fronte a lei e strinse gli occhi. *Che cosa vuole da me?*

"Questa è la sua intervista, signorina Delgado, proceda pure."

Lei prese un blocco di carta e una penna dalla borsa e gli lanciò un'occhiata fredda.

"Lei viene dalla Repubblica Dominicana, giusto?"

"Sì, sono nato lì."

"Come mai vive in una villa che appartiene a un uomo di nome Carrington?"

Bobby tirò indietro la testa, come se qualcuno gli avesse dato uno schiaffo.

"Che cosa c'entra questo con la mia carriera nel baseball?"

"È proprio quello che vorrei scoprire." i loro sguardi si incrociarono. Con un'occhiata impersonale, inquisitoria e quasi ostile, i suoi occhi penetrarono dentro di lui.

"Prima di tutto, adesso non vivo più lì. Ho una casa tutta mia, non lontano dallo stadio."

"Chi è quel Carrington e cosa ha a che fare con lei?" Lei bevve un sorso di caffè.

"Non ha niente a che fare con la mia vita. Parliamo di baseball. Non vuole sapere da quanto tempo gioco?" Lui si spostò sulla sua sedia.

"Questo tipo di intervista probabilmente le è stato fatto migliaia di volte. Posso trovare queste informazioni superficiali anche su Wikipedia. Io sono qui perché voglio un articolo più dettagliato, signor Hernandez. Voglio sapere tutto sull'uomo che sta dietro al giocatore. Che cos'è che la motiva? Come è arrivato qui da un quartiere povero della Repubblica Dominicana?"

Bobby si alzò dalla sedia. "Non credo che quest'intervista sia una buona idea. Mi dispiace averle fatto perdere tempo, signorina Delgado, ma ho cambiato idea. Riesce a trovare l'uscita da sola? Le auguro una buona giornata." Lui si diresse verso la porta, col sangue che gli ribolliva per la rabbia.

"No! Aspetti! Aspetti!," esclamò lei, correndo dietro di lui, con i tacchi alti che ticchettavano sul pavimento di piastrelle.

Lui si fermò e si voltò. Mentre correva, i suoi capelli e il suo seno si agitavano. Purtroppo, lui non riuscì a vedere molto, perché la sua scollatura era coperta dalle ruches e da una giacca rigorosa. Era come se i suoi capelli invitassero le sue dita a toccarli, così lui dovette mettere le mani sui fianchi per evitare problemi. Quella non era una ragazza che poteva permettersi di toccare senza ritrovarsi con un braccio rotto.

Probabilmente, aveva nella sua borsa una bomboletta di gas lacrimogeno.

L'ultima cosa di cui aveva bisogno era che il suo passato fosse spiattellato sulle pagine di quel giornale. Bobby Hernandez era un uomo discreto. Non ne aveva mai parlato nemmeno con i suoi compagni di squadra e non aveva intenzione di condividere la sua storia con un'estranea. Soprattutto se si trattava di un'estranea *ostile*, come lei gli era sembrata. Non aveva bisogno di una donna che non avesse timore a lanciargli una bevanda addosso o a fargli domande indiscrete. Cercò una via di fuga.

"Cosa vuole?"

"Se non faccio quest'intervista, perderò il mio lavoro." disse lei, ansimando.

"Non è un mio problema. Se ne aveva così tanto bisogno, perché si è presentata come un carro armato nemico, pronto a lanciare missili? Perché non mi si è avvicinata in modo educato e rispettoso?"

"Mi dispiace."

"Lei si è già fatta un'idea di me, vero? E voleva incastrarmi facendomi dire qualcosa di imbarazzante. Non è così?"

Lui la guardò mentre arrossiva.

"Bene, ci ripensi. Se perdere quest'intervista le costerà il suo lavoro, è solo colpa sua. Non ho intenzione di parlare con qualcuno che vuole danneggiarmi." Prima che potesse allontanarsi, si sentì strattonare il braccio.

"Lei ha ragione. Mi dispiace molto. Tutto ciò che ha detto è corretto. Non potrò mai essere una brava giornalista se salto alle conclusioni e lascio che questo interferisca col mio lavoro."

"Lo sta dicendo solo per farmi cambiare idea."

Lei lo guardò, spalancando i suoi occhioni marroni per scusarsi, e lui quasi si sciolse. Considerandosi il re delle seconde possibilità, sarebbe stato tollerante con lei. Inoltre, tra circa un minuto, lei avrebbe anche potuto mettersi a piangere e questo l'avrebbe distrutto. Dopo aver guardato il suo orologio, lui iniziò a parlare.

"Senta, stamattina devo allenarmi. Perché non ci pensa su, prepara una lista di domande e me la manda con un messaggio? Io ci darò un'occhiata e, se mi andranno bene, programmeremo un'altra intervista."

"Oh, grazie mille, signor Hernandez." Lei gli sorrise. "Grazie."

"Tutti si meritano una seconda possibilità. Io non voglio che lei perda il suo lavoro per causa mia. E io sono Bobby," disse, porgendole la mano.

"Elena," rispose lei.

Lui annuì velocemente, poi si diresse verso il campo. Dove avrebbe potuto portarla per il loro prossimo incontro? Lo stadio era davvero freddo e impersonale. Quanto tempo era passato da quando aveva conosciuto una donna ispanica sveglia e attraente? Non riusciva nemmeno a ricordarselo.

Capitolo Due

Dopo l'allenamento, Bobby andò presto a cena da Freddie, il locale gestito da Tommy, il nipote di Freddie. Si sedette al tavolo dei Nighthawks con i suoi amici della squadra.

"Ti ho visto parlare con una ragazza oggi allo stadio," disse Skip Quincy.

"Sì. Era una reporter." Bobby diede un morso al suo hamburger.

"Certo, certo," Skip diede una gomitata al suo amico. "Una reporter, certo. Dove l'hai conosciuta? All'Hide-Out?"

Bobby spalancò gli occhi. "Come cazzo fai a saperlo?"

"È lì che conosci tutte le tue ragazze." Skip versò dell'acqua nel suo bicchiere da una brocca posata sul tavolo.

"No, no. Non è così. Lei è la ragazza che mi ha versato un drink addosso. È venuto fuori che è anche una reporter. E le hanno dato il compito di intervistarmi."

"Perfetto. È il momento di vendicarti," disse Jake, il terzo difensore.

"Anch'io lo pensavo, all'inizio, ma voglio darle una possibilità."

"Ci scommetto. Così puoi cominciare la tua intervista in camera da letto," disse Jake, con gli occhi scintillanti di malizia.

"Chiudi quella fogna, coglione. Non è così. È il suo lavoro. Devo rispettarlo."

"Una lavoratrice?" scoppio a ridere Skip.

"Non quel genere di lavoratrice. Accidenti. Siete veramente dei coglioni." Bobby si mise due patatine in bocca.

"Forza. Sbrigati a finire. Dobbiamo andare." Skip guardò il suo orologio.

I ragazzi svuotarono i loro piatti e pagarono Tommy, lasciandogli una generosa mancia. Salirono nell'auto di Skip e ritornarono allo stadio per la partita serale. Avrebbero giocato contro i Baltimore Badgers. Dan Alexander era al lancio.

Bobby prese la sua attrezzatura e si unì alla squadra per l'inno nazionale. I ragazzi entrarono in campo. Il primo battitore era Herman Gonzalez. Bobby si era sempre chiesto che razza di nome fosse per un uomo ispanico. Herman era veloce come una saetta e presto gli fu dato il soprannome di "Speedy", come il topo dei cartoni dei Looney Tunes. Negli ultimi due anni, era stato il giocatore che aveva rubato più basi nella lega.

Bobby pregò che facesse uno strike out, ma invece mandò una palla a terra sulla parte sinistra del campo. Gli interni si rimisero in posizione, mentre il primo difensore dei Badgers andava alla battuta. Matt Jackson, il ricevitore dei Nighthawks, catturò l'attenzione di Bobby. Lui gli fece cenno di indietreggiare.

Facendo attenzione a non intralciare il percorso del corridore, nel caso in cui tentasse di rubare una base, Bobby fece due passi indietro. Fece un cenno a Skip, l'interbase degli Hawks. Skip indietreggiò un po' e Bobby si avvicinò alla seconda base. La questione non era se Speedy stesse cercando di rubarla, ma quando. Bobby aprì il guanto per prepararsi a un breve lancio di Skip. Controllò la prima base e vide che Nat Owen, il primo difensore, era proprio dietro Speedy, tenendo un occhio su Gonzalez e l'altro sul lanciatore.

Speedy era noto per far innervosire i lanciatori con i suoi enormi vantaggi. Anche stavolta non fu diverso. Dan teneva sotto controllo il corridore, cercando di mantenere la calma. Poi fece il segnale che stava per lanciare e tirò la palla verso il primo difensore. Il guanto di Nat era ben aperto e persino Bobby riuscì a sentire la palla che vi sbatteva contro. Speedy si rituffò in base, riuscendo a raggiungerla per una frazione di secondo. Il campo era asciutto e lui si riempì la faccia di terra.

"Mangia la polvere," borbottò Bobby in direzione del corridore.

Mentre si asciugava il viso sulla maglietta, Speedy alzò il dito medio alle sue spalle, in modo che l'arbitro non potesse vederlo. Bobby lo ignorò, si rivolse verso la casa base, con le ginocchia piegate e il guanto aperto davanti alle lettere stampate sulla sua maglia. Era pronto per qualsiasi cosa.

Dan lanciò la palla e il battitore la colpì. Bobby teneva lo sguardo su Speedy mentre lui correva verso la seconda base. Skip continuava ad andare avanti, prima ancora che la palla fosse colpita. Lui prese la palla con un balzo. Bobby toccò la seconda base con un piede. Sollevò lo sguardo verso Skip, che lanciò la palla proprio verso di lui. Nello stesso momento in cui la palla colpì il suo guanto, si voltò e vide Speedy scivolare in base, con i tacchetti rivolti verso l'alto.

"Maledetto bastardo," borbottò Bobby, allontanandosi dal corridore e continuando a tenere il piede sulla base, per poi scattare verso la prima base.

"Fuori!" esclamò l'arbitro.

Bobby riuscì a colpire il guanto di Nat appena in tempo. Il primo difensore si mise a correre il più velocemente possibile verso Bobby. Il corridore non era abbastanza veloce e il lancio di Bobby arrivò lì una frazione di secondo prima del giocatore dei Badgers.

"Fuori!" urlò l'arbitro.

Speedy si alzò e si tolse la polvere di dosso, lanciando un'occhiata ostile a Bobby.

"La prossima volta, ti frantumerò le palle come se fossero due uova di Pasqua," disse.

Bobby sorrise. "Fanculo, coglione."

Herman fece per dare un pugno a Bobby, che cercò di schivarlo, ma non fu abbastanza veloce. Il giocatore dei Badgers colpì la mascella di Hernandez, che cadde a terra. Skip balzò su Gonzalez. L'arbitro si avvicinò di corsa, mentre le squadre lasciavano in un lampo le panchine, precipitandosi in campo come una folla ostile e arrabbiata. Dei giocatori rissosi invasero il campo.

Ci vollero diversi minuti prima che gli arbitri e i coach riuscissero a dividere i giocatori. L'arbitro espulse Speedy Gonzalez dalla partita. L'allenatore esaminò la mascella di Bobby.

"Prova a muoverla," gli disse Vic Steele.

Bobby la mosse avanti e indietro, aprendo e chiudendo la bocca. Lui si toccò con cautela la pelle intorno alla mandibola e sentì un gonfiore.

"Per un paio di giorni, sembrerà che tu abbia gli orecchioni, ma non credo che sia una cosa seria," disse Vic. Hernandez si sentì ribollire dalla rabbia. Avrebbe voluto riempire Gonzalez di botte. Ma avrebbe dovuto aspettare la volta successiva. Questa era la prima di una serie di tre partite, quindi avrebbe avuto un'altra occasione.

"Magnifico." Bobby scosse la testa.

"Stai bene? Vuoi uscire a metterci un po' di ghiaccio?"

"No. Voglio solo eliminare il terzo giocatore," rispose Bobby.

"Ok. Ti porto un po' di ghiaccio."

Vic lasciò il campo e la partita ricominciò con un corridore di rimpiazzo al posto di Speedy. Dan lanciò la palla ed eliminò il battitore successivo. Bobby incontrò Vic nel dugout. L'allenatore gli porse una borsa di ghiaccio. Anche altri giocatori ne avrebbero avuto bisogno. Un gruppo di giocatori con qualche occhio nero e qualche graffio erano seduti in panchina.

"Quel piccolo bastardo," disse Skip. "Gliela faremo pagare domani."

"Grazie, Skip. Per essere intervenuto."

"Nessun problema, amico," disse Skip, dando il cinque al suo amico.

Nat raggiunse il box del battitore, mentre Bobby si riscaldava sul cerchio di attesa.

Nat mandò un blooper in centro campo e superò il lancio raggiungendo la prima base. Bobby si avvicinò. La mandibola gli faceva male ed era furioso di rabbia. Strinse gli occhi guardando il lanciatore. Riuscendo a malapena a controllarsi, saltò sul primo lancio con tutte le sue forze. Quella maledetta palla atterrò nella seconda fila di spalti del centro campo. Un home run!

La sua rabbia scomparve come una nuvola di fumo, lasciando il posto a un bagliore interiore di soddisfazione. Questo era il modo migliore per farla pagare ai Badgers e per distruggerli sul punteggio. Procedette a grandi passi tra le basi con un sorrisino orgoglioso sul viso gonfio.

I suoi compagni di squadra lo accolsero in casa base acclamandolo e battendo il cinque. Nonostante gli facesse male, sorrideva come uno scimpanzé. Si sporse dal dugout e osservò i Badgers, ma non riuscì a vedere Speedy.

"Probabilmente, l'hanno mandato a farsi la doccia. E scommetto che gli hanno anche dato una penalità," borbottò Bobby tra se.

"Forza! Facciamo vedere a quei coglioni che non possono battere gli Hawks," disse Jake, dando una pacca sulla schiena a Bobby.

Lui appoggiò la schiena e prese la borsa di ghiaccio. Si era sciolto un po', ma se la mise comunque sul viso. Una sensazione di soddisfazione cresceva dentro di lui. Jake aveva ragione. Ora i Badgers avrebbero visto chi era il migliore.

DOPO UNA VITTORIA PER cinque a due, Cal mandò Bobby in infermeria per fargli controllare la mascella. Gli fecero una radiografia e, dopo aver determinato che non era fratturata, lo lasciarono andare, consigliandogli di metterci dell'altro ghiaccio tornando a casa.

La maggior parte dei giocatori della squadra avevano già tolto l'uniforme e indossato i loro vestiti, quando Bobby aprì il suo armadietto.

"Quando rivedrai quella ragazza? La reporter?" domandò Skip.

"Mi manderà alcune domande, poi ci metteremo d'accordo. Vorrei invitarla a uscire, ma in un posto non troppo elegante. Non voglio spaventarla," disse Bobby, tirando fuori il suo abito.

"Lei pensa già che tu sia un playboy, vero?" chiese Nat.

"Forse."

"Che vuol dire forse? Quella donna ti ha versato un drink addosso. Perché pensava che tu ci stessi provando con la sua amica."

"Ok, ok. Lei pensa che io sia un playboy. Quindi, nessun bar, dove potrebbe pensare che io voglia provarci con lei," disse Bobby.

"E tu non vuoi provarci con lei, vero?" chiese Skip.

"No, coglione! È solo una maledetta intervista." Bobby lanciò il suo berretto dentro l'armadietto.

"E non vuoi nemmeno che lei pensi che tu sia pieno di soldi, giusto?" intervenne Jake.

"Sentite, andatevene tutti a fanculo! Ok? Non ho bisogno che vi impicciate nei fatti miei," ribatté Bobby.

"Ho sentito dire a Tommy che faranno un brunch da Freddie ogni sabato e domenica. Comincia questo weekend. Portala lì," suggerì Skip, appoggiandosi al muro.

"Questo è il primo buon consiglio che ho sentito da voi coglioni," disse Bobby, togliendosi l'uniforme e dirigendosi verso la doccia. Lavando via la polvere e il sudore accumulati durante la partita, i suoi pensieri si rivolsero al corpo di Elena. Le sue curve lo intrigavano, accendevano la sua immaginazione — e quegli occhi! Lei aveva fegato — e le ragazze coraggiose sono le amanti migliori.

Ma la sua irascibilità? Una ragazza che si mette a versare drink addosso alla gente? E se avesse fatto qualcosa a letto che a lei non piaceva? Gli avrebbe lanciato una lampada? Aggrottò la fronte mentre si insaponava la testa. Poteva essere pericolosa. E che ne sarebbe stato della sua privacy? Lei era una reporter — non si guadagnava forse da vivere raccontando i segreti delle persone? Confidarsi con lei gli avrebbe portato soltanto guai.

Come tutti, Bobby aveva i suoi segreti e non voleva renderli pubblici. Dopo essere stato strappato a sua madre alla tenera età di dieci anni, fu portato negli Stati Uniti per diventare un giocatore professionista di baseball. Allontanato dall'unica casa che conosceva, il piccolo Bobby andò a vivere dai Carrington, per prendere il posto del figlio che aveva perso la vita in un incidente, investito da un ubriaco.

In un batter d'occhio, tutta la sua vita era totalmente cambiata. Era questa la sua sensazione. Prima viveva in un quartiere povero della Repubblica Dominicana, circondato da una madre amorevole, un padre e dei vivaci fratelli minori, e subito dopo si era ritrovato in una stanza silenziosa e solitaria con due estranei più anziani. Si era adattato. Bobby era orgoglioso della sua capacità di adattarsi alla realtà e di accettare tutto ciò che la vita gli portava.

Non appena compì ventun anni, andò a vivere da solo. Alcuni anni prima, era riuscito ad ottenere il controllo sul suo denaro da parte del suo tutore, Arthur Carrington. Bobby aveva assunto Verna Carruthers, il cui figlio giocava a football nei Connecticut Kings, per gestire il suo denaro. Si diceva che fosse saggia e onesta — la persona più sicura alla quale affidare i suoi soldi. Era stata la decisione giusta. Bobby doveva imparare a gestire la sua vita e a credere in se stesso per prendere delle buone decisioni. Con l'aiuto di Verna, aveva imparato a investire denaro ed era riuscito ad aumentare il suo patrimonio netto.

Quella giovane donna era davvero un tipo intrigante. Dopo essersi asciugato, controllò il suo telefono. Come previsto, c'era un suo messaggio con una lista di domande. Lui sorrise. Quella sarebbe stata l'intervista più interessante che avesse mai fatto.

Si infilò i boxer e i pantaloni del suo abito, poi prese il telefono.

"Salve, Elena. Ho ricevuto la sua lista di domande. Vanno bene. Che ne dice di vederci questa domenica per un brunch?

"Un brunch? Domenica?"

"Sì. C'è un locale che si chiama Freddie. È uno dei luoghi di ritrovo dei Nighthawks."

"Vicino lo stadio?"

"Sì. Possiamo vederci lì alle undici?"

"Certo."

"Il brunch lo offro io."

"Oppure posso segnarlo tra le spese"

"Come vuole. A presto, allora."

Lei riagganciò. Lui finì di vestirsi. Una volta tornato a casa, aprì il suo telefono. Poteva essere una buona idea dare un'occhiata alla lista di domande. Lui si mise a ridere. Doveva fare attenzione, perché quella ragazza era troppo furba per farsi prendere in giro e troppo ambiziosa per trascurare i suoi segreti. Aprì una bottiglia d'acqua e si guardò allo specchio. Il piccolo Bobby Hernandez della Repubblica Dominicana sarebbe stato all'altezza di quella sfida? Certo che lo sarebbe stato.

"A noi due, Elena Delgado."

ALLE OTTO DI DOMENICA mattina, Elena non non fu sorpresa di sentire qualcuno che bussava alla porta. Stava aspettando la sua migliore amica, Francie Whitman, che viveva nell'appartamento-studio al piano di sopra. Lei bussò una volta, poi entrò con addosso una camicia da notte e una vestaglia. Le due ragazze facevano sempre avanti e indietro tra i loro appartamenti per festeggiare, consolarsi a vicenda, guardare qualche film, condividere il cibo rimasto e scambiarsi libri. Erano migliori amiche.

Francie sollevò una mano in segno di saluto mentre si dirigeva in cucina. Si riempì una tazza di caffè, poi si sedette a gambe incrociate sul divano.

"Sono pronta per la sfilata di moda," disse lei, bevendo un sorso.

"Volevo solo un tuo consiglio," rispose Elena.

"Non riesco a credere che tu abbia un appuntamento con Bobby Hernandez! Quel tipo è un orgasmo vivente.

"Non è un appuntamento. È un'intervista." Elena mise il pane nel tostapane.

"Davvero? E da quando mi chiami per avere un'opinione su cosa indossare?"

"Voglio solo indossare qualcosa di appropriato e professionale."

"Stronzate. È un appuntamento e tu vuoi essere sexy," continuò Francie.

Elena si mise le mani sui fianchi. "Non è un appuntamento! Io odio Bobby Hernandez e non uscirei con lui nemmeno se mi pagassi."

Francie aveva gli occhi luccicanti e un sorriso stampato in volto. "Non ti credo."

"Vorresti dire che sono una bugiarda?"

"No. Solo una che vuole negare l'evidenza. L'hai incontrato di persona già due volte. È terribilmente sexy. Forza, Elena, lasciati andare. Quella stronzata è successa tanti anni fa. Dimenticala"

"Tu non l'hai vissuta. È stato veramente umiliante."

"Probabilmente lui non lo sapeva nemmeno. Suo padre ti ha detto che si stava allenando."

"Suo padre mi ha detto che lui lo sapeva," insisté Elena.

"Oggi lo vedrai. Quindi, domandaglielo, d'accordo? Chiedigli i fatti. A proposito, adoro quel maglione arancione."

"Questo? È troppo scollato," disse Elena, posandolo su una sedia.

"Lo so." Francie sollevò le sopracciglia.

Elena si sentì arrossire le guance. "Smettila!"

"Non ci riesco. Sei rimasta sola per troppo tempo adesso."

"Sto bene. Ho il mio lavoro."

"Il lavoro non è abbastanza."

"Senti chi parla. Quand'è stata l'ultima volta che hai avuto un appuntamento?"

"Questo non è giusto. Io sono stata scaricata," disse Francie, aggrottando la fronte.

"Jonathan si è trasferito sulla costa occidentale. Non ti ha scaricata perché non gli piacevi. Ha ottenuto un lavoro come sceneggiatore. È solo una questione geografica."

"Veramente? Allora perché non mi ha chiesto di andare con lui, eh?"

Elena si guardò le mani. "Questo non lo so."

"Allora siamo in due."

Elena indossò un paio di jeans aderenti. "Non credo di aver bisogno di un tailleur. Sarebbe strano di domenica mattina. Che ne dici dei miei jeans migliori?"

"Sì, vanno bene. E il maglione arancione?"

"In realtà è più un color melone. Ed è escluso. Troppo scollato."

"Sarà un incentivo per farlo rispondere a tutte le tue domande."

"Ha già accettato di rispondere alle mie domande. Potrei indossare anche una camicia di forza e dovrebbe rispondermi lo stesso."

"Se tu indossassi una camicia di forza, non potresti scrivere le sue risposte," rispose Francie.

Elena lanciò un cuscino alla sua amica.

Maglione arancione, maglione arancione," disse Francie canticchiando.

Elena lo provò e si guardò allo specchio. "È troppo scollato."

"Mettiti una sciarpa. Aspetta, ti faccio vedere," disse Francie, scomparendo nella piccola stanza da letto. Lei ritornò poco dopo con una sciarpetta trasparente e variopinta di chiffon. "Prova questa."

Elena si mise la sciarpa lunga ed elegante intorno al collo e si guardò di nuovo allo specchio. "Questa copre quasi tutto."

"Così potrai dargli un piccolo assaggio. Un'anteprima."

"Non ci sarà nessuna anteprima! E nemmeno uno spettacolo! Lui è il mio nemico, non il mio amante, e non lo sarà mai."

"Aspetta, chi è che una volta mi ha detto 'mai dire mai'? Non sei stata tu?" Francie sbatté le palpebre, facendo uno sguardo innocente.

Elena scoppiò a ridere, buttandosi sul divano accanto alla sua amica.

"Ok, hai vinto. Metterò il maglione arancione."

Le ragazze si divisero il pane tostato e finirono di bere il caffè. Elena indossò degli stivaletti e una giacca di jeans. Francie la abbracciò e sollevò i pollici.

"Fagli vedere chi sei."

"Sono una giornalista, Francie. Una professionista."

"Va bene, va bene. Scrivi quello che devi scrivere e fa in modo che lui ti chieda di uscire."

"Come sei romantica!" esclamò Elena, scuotendo la testa mentre chiudeva la porta di casa. Era una piacevole giornata fresca e luminosa, così indossò gli occhiali da sole. In metropolitana, tirò fuori il suo blocco e rilesse la lista di domande. Ce n'erano dieci, ma avrebbe potuto aggiungerne qualcuna.

Era incuriosita dalla sua offerta di portarla a fare un brunch. Lei non era stata esattamente gentile, a malapena educata, eppure lui era tornato. Non sembrava nemmeno il ragazzo che aveva già eliminato dalla sua lista. Cercò di allontanare i suoi ricordi, che servivano soltanto ad alimentare il fuoco della rabbia dentro di lei. Non doveva mai dimenticarsi chi fosse veramente e che cosa le aveva fatto suo padre. Aprì la porta ed entrò nel locale.

DOPO AVER FATTO LA doccia, Bobby si strofinò il viso mentre si guardava allo specchio del bagno. Radersi o non radersi? Aveva la barba un po' lunga. Togliersela sarebbe stato facile quanto spuntarla. Forse persino più facile, perché non avrebbe dovuto preoccuparsi di livellarla. Accese la radio, che trasmetteva la canzone Born That Way. Si identificò con Lady Gaga e iniziò a cantare mentre si spalmava la schiuma da barba sulle guance. Stava facendo tutto questo per Elena? Assolutamente no, era solo un'intervista, non un appuntamento. Se lei gli avesse fatto delle foto, lui avrebbe dovuto avere il miglior aspetto possibile. Si metteva sempre un po' di dopobarba, niente di speciale.

Entrando nella sua spaziosa camera da letto, aprì l'armadio e cercò la sua camicia "fortunata". Era una camicia blu e la indossava in ogni occasione in cui voleva farsi notare. La camicia era lì, appena ritirata dalla lavanderia, ancora avvolta nella plastica. Lui sorrise.

Prese i suoi pantaloni di flanella grigi e la sua giacca sportiva blu scuro e li ripose su una sedia. Quando finì di vestirsi, si pettinò i capelli. Il profumo maschile del suo dopobarba gli raggiunse il naso. Caspita, faceva proprio un buon odore! Passò velocemente un panno morbido sui suoi mocassini neri per farli brillare e fu pronto per uscire. Sorrise guardandosi l'ultima volta allo specchio, dal quale un bel ragazzo ricambiò il suo sorriso.

Arrivò da Freddie prima di Elena. Arrivando per primo, aveva un certo vantaggio. Analizzò la stanza e scelse un tavolo tranquillo, dal quale poteva vedere la porta. Circa dieci minuti dopo essersi seduto, lei fece il suo ingresso nel locale. Cavolo, era davvero sexy. I suoi capelli neri e lisci oscillavano da una parte all'altra. I suoi jeans attillati lasciavano percepire un profilo piuttosto chiaro di ciò che coprivano. E quel maglione arancione — porca miseria! Lui le osservò il collo, attirato da ciò che riusciva a intravedere della sua scollatura.

Un rossetto rosso e una lunga sciarpa conferivano classe al suo aspetto. Lei era magnifica. Ma lui doveva far finta di niente. Cavolo, se riusciva ad affrontare Scuddy Figueroa, il miglior lanciatore dei Boston Blue Jays, senza perdere la calma, poteva riuscire a farcela anche con Elena Delgado.

Mentre lei si avvicinava, lui si alzò dalla sedia. Prima che potesse aiutarla a sedersi, lei spostò la sua sedia e si sedette da sola.

"Sono una donna emancipata."

"Mi dispiace. Non intendevo offenderla. Volevo solo essere educato."

"Certo, certo. Le chiedo scusa. È che sono abituata a farlo da sola da tanto tempo."

"La prossima volta me lo ricorderò."

A questo punto, dubito che ci sarà una prossima volta. Che freddezza! Merda. È una che si mette subito sulla difensiva.

Lei si sedette e iniziò a cercare qualcosa nella sua grande borsa, mentre Bobby le mise davanti un menu. Alla fine, lei tirò fuori un blocco e una penna e alzò lo sguardo.

"Prima ordiniamo. D'accordo?"

"Certo, certo. Cosa fanno di buono qui?"

"Questa è la prima volta che organizzano un brunch, quindi non ne ho idea. I cocktail sono buoni qui. Io non posso bere, ma lei faccia pure."

"Io non bevo alcolici al lavoro."

"Prenda ciò che vuole." Bobby aprì il suo menu.

Rimasero seduti in silenzio, leggendo la lista dei piatti. Bobby fu il primo a parlare.

"Io adoro le uova alla Benedict. Credo che le prenderò. Lei?"

"Anche a me piacciono. Ma non è una novità?"

"Io mangio sempre qui. Tutto i loro piatti sono magnifici. Sarà buono anche questo."

"Mi ha convinto." Lei gli sorrise, illuminandosi in volto.

Bobby ordinò e appoggiò la schiena alla sua sedia. Portarono loro il caffè e cominciarono a sorseggiarlo, fissandosi a vicenda.

"Può iniziare l'intervista quando vuole, Elena," disse lui, per rompere il ghiaccio.

"Ok. Prima domanda. Quando ha scoperto per la prima volta il suo talento per il baseball?"

Le avrebbe raccontato di essere stato allontanato da casa sua, piena di bambini esigenti, da una madre piena di lavoro e da un padre distratto? No. Che aveva cercato rifugio, pace e amicizia nel piccolo campo da baseball a dieci isolati da casa sua? No. Che, quando aveva sette anni, l'unico giocattolo che possedeva era una vecchia pallina da tennis che aveva trovato nella grondaia? No.

"Ho iniziato a giocare a stickball nella Repubblica Dominicana quando avevo sette anni. Mi piaceva ed ero piuttosto bravo."

Lei lo guardava negli occhi. Avrebbe creduto alle sue mezze verità? O sapeva qualcosa di più?

"Lei da dove viene?" le chiese lui.

"Io? Vengo anch'io dalla Repubblica Dominicana."

"Oh, allora sa perfettamente di cosa sto parlando. Lì i bambini giocavano sempre a palla."

"Io sono più giovane di lei."

Lui annuì.

"Come è arrivato negli Stati Uniti e quanti anni aveva all'epoca?"

Lui disincrociò e reincrociò le gambe. Questa era davvero una domanda difficile. Nemmeno lui conosceva esattamente tutti i dettagli di come fosse arrivato lì. Tutto ciò che si ricordava era che sua madre l'aveva consegnato a Arthur Carrington, l'aveva salutato con un bacio e gli aveva detto che si sarebbero rivisti presto. Ma era una bugia. Passarono degli anni prima di rivederla. L'avrebbe ammesso? No.

"Avevo dieci anni quando sono venuto negli Stati Uniti. Mia madre aveva preso degli accordi per farmi vivere con un tutore, per permettermi di giocare a baseball. Quell'uomo pensava che io avessi talento per quello sport. Sia mia madre che mio padre sapevano che le opportunità nella Repubblica Dominicana erano molto limitate. Quell'uomo promise di aiutarmi a entrare nella major league. E ora sono qui!" Sorrise, sperando che lei fosse soddisfatta della sua risposta.

Lei scribacchiò qualcosa sul suo blocco, tenendolo in modo che lui non potesse vedere cosa stava scrivendo. Non essendo sicuro di averla convinta, era preoccupato che potesse fargli altre domande.

"Quell'uomo è Arthur Carrington?" gli chiese, alzando lo sguardo dal blocco per un momento.

Lui annuì.

"Quindi, ha vissuto con lui da quando aveva dieci anni fino a... quando?"

"Sono andato via a ventun anni. Con Arthur e sua moglie, Arlene."

"Oh? È sposato?"

"Adesso è vedovo."

"Capisco. Ha frequentato regolarmente la scuola?"

"Ho aspettato sei mesi mentre Arlene mi aiutava a migliorare il mio inglese. Poi, sono andato alla scuola pubblica."

"Capisco," ripeté lei, tenendo la testa abbassata. "Quando è morta?"

La luce rifletteva sui suoi capelli neri. Quel bagliore lo distraeva, facendogli venire voglia di toccare le soffici ciocche che le cadevano sulle spalle e sul seno. Avendo dimenticato la domanda, lui dovette fermarsi a pensare.

"Quando io avevo diciassette anni."

"Deve essere stato difficile."

Difficile? È stato orribile! È stato come aver perso una seconda madre. Ero devastato.

"E in tutto questo trambusto ha comunque continuato a giocare a baseball?"

"Sì. E continuavo a migliorare. I Carrington mi mandavano in colonia per giocare a baseball durante l'estate."

"E lei giocava per la squadra della scuola pubblica locale?" gli chiese.

"No. Mi tolsero dalla scuola pubblica e mi iscrissero a una scuola privata. Un collegio."

E persi di nuovo la mia famiglia.

"Wow. È stato sballottato parecchio, vero?"

"Tutto nel nome del baseball. Alla seconda selezione, fui scelto dai Nighthawks. E sono rimasto in squadra da allora. Fine della storia."

Lei lo guardò, sollevando un sopracciglio. In quel momento, il cameriere arrivò con i loro piatti.

Capitolo Tre

Quando lui si alzò, mentre lei entrava dalla porta, lei si fermò. Il ragazzo indossava un paio di pantaloni grigi e una camicia celeste, che faceva risaltare il colore scuro dei suoi capelli e dei suoi occhi. Lei deglutì. Non aveva mai visto un uomo, con un corpo come il suo, dall'aspetto così elegante. Quei vestiti, costosi ma discreti, gli stavano alla perfezione. E vederlo alzare mentre lei si avvicinava...cavolo! Non si aspettava questo da Bobby Hernandez. Praticamente, l'attrazione verso di lui la trascinò per il locale.

Suo padre avrebbe fatto i salti di gioia se l'avesse vista cenare con quel bel fusto ispanico, così bello e ricco. Beh, forse non per il fatto che fosse un bel fusto, ma perché era ricco e ispanico. Suo padre voleva che sposasse un uomo ricco che potesse perpetuare la loro famiglia. E lui era lì, seduto proprio davanti a lei. Questo la fece solo infastidire ulteriormente nei confronti di Bobby.

Con le sue parole gentili e il suo comportamento rispettoso, non si dispiacque nemmeno quando lei prese la sua sedia prima che potesse farlo lui. Non era giusto, non era affatto giusto. Come avrebbe fatto ad andargli contro se avesse continuato a comportarsi in quel modo? Respira, Elena. Devi resistergli. Sei qui solo per intervistarlo. Non è un appuntamento. Non ti ha invitata perché gli piaci. È solo lavoro.

Irritata, non riuscì a trovare il suo blocco e la sua penna portafortuna. Si accorse che lui la stava guardando e immaginò che la sua sciarpa non le coprisse la scollatura. Avrebbe dovuto sistemarsela senza farglielo notare troppo. Oh, no, non poteva. E, sì, lui le stava guardando il petto. Alla fine, riuscì a trovare le sue cose e le tirò fuori dalla borsa. Lo sguardo divertito sul suo viso la fece arrossire.

Doveva inchiodarlo con le sue domande. Questo avrebbe volto la situazione a suo vantaggio.

Con ogni domanda, emergeva un'immagine sempre più chiara del secondo difensore. Nonostante lui parlasse del suo viaggio senza alcuna emozione, lei riusciva a leggere tra le righe. Non doveva essere stato affatto facile per Bobby Hernandez. Aveva perso la sua famiglia quando era un bambino per seguire il suo sogno, sempre che quello fosse il suo sogno. Poi fu mandato in collegio. E, infine, la sua madre surrogata morì. Per quanto fosse un atleta famoso, il signor Hernandez aveva perduto molto in meno di dieci anni rispetto alla maggior parte delle persone in una vita intera.

Fece fatica a mantenere vivo il suo disgusto nei suoi confronti. Il suo sguardo caloroso incontrò il suo, mentre il cameriere metteva i piatti davanti a loro. Poi, il cameriere riempì di nuovo le loro tazze di caffè. Lei posò il suo blocco. Adesso, lui avrebbe pensato di poter parlare con lei in modo più confidenziale e lei avrebbe potuto ottenere dei dettagli più succosi per il suo articolo.

Lei mise la forchetta al centro di una delle sue uova in camicia. "Mi dica, aveva capito cosa stava succedendo quando aveva dieci anni?" gli chiese, mangiando un boccone.

Lui quasi si strozzò. Lei balzò dalla sedia e gli diede un colpo tra le scapole. Il cameriere portò loro dell'altra acqua. Finalmente, riuscì a calmarsi. Il calore della sua schiena le riscaldò la mano. Quando lo toccò con la mano, notò che anche quella parte del suo corpo era muscolosa. La sua mano indugiò sulla sua spalla. Rendendosi improvvisamente conto che lo stava toccando, spostò la mano come se la sua camicia stesse andando a fuoco.

"Grazie. Mi dispiace molto. Di solito non cerco di morire in presenza di un reporter." Lui continuò a schiarirsi la gola e a bere acqua.

"Va tutto bene?"

Lui annuì.

"Può ripetermi la domanda?" le chiese.

"Non importa. Magari possiamo lasciarla perdere."

"Come vuole. È la sua intervista."

"Ha detto di essere andato in collegio. Com'è stato?"

Fissando il suo cibo, con la mano ben ferma, rispose: "È stata dura."

Lei sollevò le sopracciglia. "Veramente? Come mai?"

"Non ero pronto per i bambini che erano lì. Loro provenivano da famiglie ricche. Si stavano preparando per frequentare le migliori università. Io ero solo un povero bambino ispanico che si era ritrovato dalla parte sbagliata e che sapeva giocare a baseball."

Lei posò la forchetta e scribacchiò qualche appunto. "E come ha fatto a sopportarlo? Si prendevano gioco di lei?" Le mani cominciarono a sudarle. Percepì che c'era qualcosa di interessante in quell'esperienza. La sua vita in un collegio pieno di bambini ricchi. Lei sorrise dentro di se. Come reporter, non le sfuggiva nulla.

Lui masticò, poi bevve un sorso d'acqua per mandar giù il cibo. Un leggero sorriso accarezzò le sue labbra sensuali.

"All'inizio, è stato un inferno. Fino alla primavera. La loro squadra non vinceva da due anni. Nessuno parlava molto con me fino al secondo semestre, quando iniziò la stagione."

Elena continuò a scrivere, tenendo lo sguardo sul suo blocco. "E poi, che cosa è successo?"

"E poi, sono arrivato io," disse lui, ridendo.

"Lei alzò lo sguardo."

"Davvero?"

"Già. Feci un home run la mia prima volta alla battuta. E feci un doppio gioco la mia prima volta in seconda base. Fu la mia migliore partita di sempre. Tre home run, sei punti battuti a casa e un guantone d'oro. In pratica, vinsi la partita da solo."

"E poi?"

"E poi sono diventato il bambino più popolare di quel maledetto posto." Lui scoppiò di nuovo a ridere. "Tutti volevano essere miei amici. Mi aiutavano con i compiti, mi invitavano a casa loro nel weekend e mi portavano la cena. Ero diventato il re."

"Quanto tempo è durata?"

"Le persone che gestivano il collegio usarono me e il nostro anno vincente per attirare altri bambini che sapevano giocare a baseball. Crearono una grande squadra. Da allora in poi, ogni anno arrivammo al primo posto."

"Wow!" Lei mangiò l'ultimo boccone.

"Sì, lo so."

"E lei è sempre rimasto il re?"

"Ero ancora il miglior giocatore. Non feci nessun errore durante il primo anno e solo uno al secondo."

"Il baseball è stato buono con lei," disse lei, prendendo appunti.

"Direi di sì. Ma mi sono impegnato molto. Nessuno mi ha mai regalato niente." Lui finì l'ultimo boccone delle sue uova.

"Secondo lei, lasciarsi la povertà alle spalle, studiare in una buona scuola e diventare un asso del baseball non è niente?" gli chiese lei, infastidita.

"Non mi fraintenda. Sono grato per tutto questo. Il baseball mi ha cambiato la vita. Mi ha salvato dalla povertà e da tutto quello che ci sta intorno. Sto solo dicendo che tutto questo ha avuto il suo prezzo."

"Capisco," disse lei, calmandosi.

"Come fa una ragazza elegante e istruita come lei a capire di cosa sto parlando?", le chiese con voce acuta.

"Io vengo dallo stesso posto. Dallo stesso quartiere."

"Come?"

"Sì. Vengo anch'io dalla Repubblica Dominicana. Andavo al liceo insieme a sua sorella."

"Quale?"

La paura ebbe il sopravvento. Aveva ammesso più di quanto volesse, ma non poteva tirarsi indietro adesso, altrimenti lui avrebbe capito che qualcosa non andava. "Carina," disse lei.

"Lei andava a scuola con Carina?"

"Sì. È così che ho avuto il suo indirizzo." Lei si mise la mano sulla bocca. Maledizione. Ormai, se l'era lasciato sfuggire.

"Il mio indirizzo? A cosa le serviva il mio indirizzo?" Lui sollevò le sopracciglia, rabbuiandosi in volto.

Elena si morse il labbro. Adesso era fatta. La sua mente iniziò a vagare in cerca di una via di fuga — ma ormai poteva solo dire la verità.

"Sto aspettando." Il suo sguardo caloroso era diventato freddo, la sua espressione si era fatta seria.

"Sono venuta a casa sua una volta. Molto tempo fa."

"Davvero? Quando?"

"Circa tre anni fa."

"Non mi ricordo di averla incontrata. E me ne sarei ricordato."

Lei fissò la sua tazza di caffè.

"Forza. Se vuole continuare quest'intervista, farà meglio a parlare chiaro."

Il suo tono di voce era freddo ed esigente. Non aveva scelta, doveva confessare. Così, gli raccontò tutta la storia.

"Papà ha detto così? No. Non ci credo."

"E poi mi ha sventolato davanti del denaro. Una banconota da cento dollari."

"No, no, non lo farebbe mai."

"Sta dicendo che sono una bugiarda?" Lei si infastidì. "Lui mi ha detto che lei lo sapeva."

"Non ne avevo idea. Avrei fatto quell'intervista."

"Veramente?"

"Certo. Una studentessa universitaria della Repubblica Dominicana che lotta per farsi strada? Certo che l'avrei fatta."

L'odio che Elena aveva sempre provato per Bobby iniziò a svanire. Vergognandosi di averlo giudicato male e di aver tratto le sue conclusioni senza prima parlarne con lui per scoprire la verità, non riuscì a guardarlo negli occhi. Se la terra si fosse spaccata e l'avesse inghiottita, si sarebbe sentita sollevata.

Lui si spostò sulla sedia.

"E per tutto questo tempo è stata arrabbiata con me, vero? Però non è mai venuta a chiedermi se fosse vero. Non è così? È per questo che mi ha versato addosso il suo drink e mi ha inchiodato al muro da allora?" Lui annuì. "Adesso capisco tutto."

"Ha ragione. Avrei dovuto cercarla e affrontarla, o almeno chiederglielo."

"Esattamente."

Lei abbassò lo sguardo. "Le va di finire l'intervista?"

"Credo che sia già finita. La mia ascesa sul campo da baseball. Che altro c'è da sapere?" Lui sollevò la mano per chiedere il conto.

"Ho molte altre domande."

"Le ho già detto molto di più di quanto intendessi dire. Lei e il suo editore avete già ottenuto abbastanza risposte per i vostri pettegolezzi. Io ho finito."

"Mi dispiace di averla giudicata male."

"Può dirlo forte. Ho molto da fare oggi."

Lei percepì un muro tra di loro. Il suo sguardo era freddo e distante. Non la guardava più con interesse. E aveva ragione. Aveva ottenuto abbastanza informazioni per scrivere un articolo interessante, ma non voleva andarsene. C'era qualcosa in lui che la attirava. Ma il tempo che aveva a disposizione per scoprirlo era finito e sembrava che lui non fosse più interessato ad approfondire la loro conoscenza. Lei sospirò. Aveva rovinato tutto. Forse non era fatta per quel lavoro.

"Mi dispiace molto." Rimise in borsa il suo blocco e la penna.

"Questo l'ha già detto." Lui porse una carta di credito al cameriere.

"Lei è arrabbiato. Cosa posso fare?"

"Niente. Non sono arrabbiato. Adesso la conosco. So che giunge alle conclusioni e giudica le persone senza conoscere i fatti. Perché dovrei continuare a parlare con lei?"

La tristezza lasciò il posto all'ostinazione. "Ovviamente, una grande star come lei non potrebbe mai farsi vedere con una donna qualunque, quale sono io."

Lui spalancò la bocca per un secondo. "Bel tentativo di manipolare la situazione, signorina Delgado. Devo riconoscerglielo. Ha fatto in modo di diventare la vittima della situazione in soli dieci secondi. Un nuovo record mondiale."

Lui si alzò in piedi.

"Lei ha ragione. Un altro errore. Ha un biglietto da visita?" gli chiese.

"Un biglietto da visita? Dopo tutto questo?"

"Le manderò per e-mail una copia dell'intervista." Lei si alzò.

"Prima che sia pubblicata?" Lui sollevò un sopracciglio.

"Se vuole."

"Voglio." Lui mise un biglietto da visita sul tavolo. Lei lo raccolse.

"Grazie mille per il brunch e per il suo tempo."

"È stato un piacere."

Lei percepì che non voleva dirlo veramente. La rabbia nei confronti di se stessa iniziò a scorrerle nelle vene. Aveva rovinato qualcosa di buono – e aveva fatto tutto da sola.

Lui le tenne aperta la porta e alzò la mano. "Le auguro una buona giornata," le disse, dirigendosi a nord verso l'Hingus Stadium. Elena cercò nella sua mente qualche scusa per andare in quella direzione, ma non ne trovò nessuna. Abbassò la testa e si diresse verso la metropolitana, come una bambina imbronciata.

Era arrivata a casa soltanto da cinque minuti quando Francie, sorridendo e parlando come una macchinetta, entrò nel suo appartamento.

"Allora? Allora? Com'è andata? Ti ha chiesto di uscire? Sei innamorata? Hai scoperto qualche segreto su di lui? Che cosa è successo?"

Elena si buttò sul divano, sospirando. All'improvviso, si sentiva esausta.

"È stato un disastro totale. Mi odia più che mai, nonostante io gli abbia detto la verità."

"Sei riuscita almeno a ottenere la tua intervista?"

"Oh, sì. Certo"

"Beh, forse era troppo sperare di più."

"Ho combinato di nuovo un casino. Come faccio sempre," disse Elena, sospirando.

"Comunque, lui non ti piace, perché è arrogante e ha un ego gigantesco, giusto? Che importa se non ti ha chiesto di uscire?"

Elena si voltò a guardare la sua amica, quasi con le lacrime agli occhi. "Oh, no. Lui non è niente di tutto questo. È un ragazzo molto gentile. Onesto, rispettoso ed educato. Mi ero totalmente sbagliata su di lui."

"Wow," rispose Francie.

"Già. Wow. Solo che adesso è troppo tardi."

BOBBY NON AVEVA NESSUN allenamento, voleva semplicemente allontanarsi da quella giovane donna per pensare. La prima cosa da fare era chiamare Arthur Carrington per confermare la sua storia. Arrivò allo stadio e si sedette sugli spalti. Digitò il numero di telefono.

"Bobby?"

"Ciao, papà."

"È da un po' che non ci vediamo."

"Sono stato molto occupato. Oggi, ho incontrato una reporter. E mi ha detto di essere venuta a casa un paio di anni fa. Voleva intervistarmi"

"E allora?"

"E allora tu l'hai mandata via."

"Oh, oh. Sì. Adesso mi ricordo. Una studentessa universitaria. Tu non avevi tempo per questo. Inoltre, mi aveva detto di provenire dalla Repubblica Dominicana. Tu ti eri lasciato quel posto alle spalle. Dovevi occuparti di cose molto più importanti. Ti stavi allenando nel seminterrato. Non volevo interromperti, così mi sono liberato di lei."

"Che cosa hai fatto?"

"Ti ho fatto un favore, immagino."

"Senza nemmeno chiedermelo?"

"Credo che volesse più di un'intervista."

"Papà, le hai agitato una banconota da cento dollari in faccia?"

"Sì. Ma non è stata molto furba. Ha rifiutato. Non ha ottenuto l'intervista e non si è nemmeno preso i soldi. Decisamente poco furba, secondo me."

Bobby si sentiva la rabbia ribollire nelle vene. "Papà, come hai potuto fare una cosa simile? È terribile! Quella ragazza mi odia da allora."

"Che te ne importa? Lei non è nessuno."

"Non è vero che non è nessuno. Adesso lavora per il giornale Hoy."

"Bene, buon per lei. Ma qual è il problema?"

"È stata incaricata di intervistarmi per il giornale."

"Grandioso. Pubblicità gratuita per te."

"Ma lei mi odia!"

"Lo supererà, se è una vera professionista."

"Il punto è che tu hai trattata male e l'hai fatto a nome mio senza nemmeno consultarmi. E, a proposito, io non ho voltato le spalle alla Repubblica Dominicana"

"Beh, dovresti farlo."

"Non ho chiesto il tuo parere. In effetti, ho deciso di sponsorizzare alcuni bambini per il campo di addestramento di due settimane che i Nighthawks organizzano in Florida per i bambini disagiati. Ho scelto cinque bambini. Bambini che hanno del potenziale."

"È molto bello da parte tua. Quanto ti costa tutto questo?"

Bobby scosse la testa. "Non è questo il punto."

"E allora qual è il punto? Sprecare il denaro che hai guadagnato con tanta fatica per degli estranei?"

"Essere generoso?"

"Non hai nessun motivo di essere generoso. Nessuno ti ha mai regalato niente. Ti sei impegnato molto per ottenere tutto quello che hai."

"Ho avuto delle opportunità che altri bambini non hanno."

"Gli altri bambini restano con le proprie famiglie. So che questa è stata una situazione dolorosa per te. Anche se Arlene e io ci siamo sempre considerati la tua famiglia."

"Dobbiamo parlarne proprio adesso?"

"Sei tu che ne stai parlando, non io."

"Non farlo mai più. Non rifiutare nessuno in quel modo come se fosse una mia decisione. Soprattutto, non senza chiedermelo. E non offrire a nessuno del denaro. Accidenti, papà, è incredibile come tu l'abbia insultata."

"Ok, ok. Non lo farò più. Ma non credo che tu ti sia perso molto. Era solo un giornale universitario. A che cosa ti sarebbe servito?"

"A niente, papà. A niente. Adesso devo andare."

La conversazione si concluse. "A che cosa mi sarebbe servito? A incontrare Elena, una bellissima ragazza dominicana." Bobby borbottò tra se, scuotendo la testa. Andò nello spogliatoio e si cambiò, poi raggiunse il campo. Iniziò a correre. Il campo era vuoto la domenica. Per quanto amasse i suoi compagni di squadra, gli piaceva passare una giornata tranquilla ad allenarsi da solo. Correre gli faceva bene alla mente e al corpo.

Si sentì sopraffatto dalla vergogna per le azioni di suo padre. Cercò di immaginare come si fosse sentita Elena. Si ricordò di come si fosse sentito fuori luogo quando era arrivato lì. Non parlava bene la lingua e non conosceva bene le abitudini. Le persone lo guardavano dall'alto in basso, e lui non capiva perché. Che cosa rendeva un ragazzo della Repubblica Dominicana meno importante degli altri ragazzi?

Il modo in cui i suoi compagni lo prendevano in giro rendeva la scuola più complicata. Nemmeno gli altri bambini ispanici si identificavano con lui. Troppo testardo per tagliare i ponti con la sua vita nella Repubblica Dominicana, per andare a scuola Bobby indossava gli stessi vestiti che indossava sull'isola. Gli altri bambini pensavano che lui fosse fuori luogo. E lo evitavano. Fino a quando non lo videro giocare a baseball.

Arlene gli insegnava l'inglese tutti i giorni. Lui migliorò rapidamente. Lei gli comprò dei vestiti adatti e gli insegnò le loro abitudini. Il cibo ispanico era proibito. Crebbe seguendo un'alimentazione rigorosamente americana. Iniziò a piacergli la stessa musica dei suoi compagni di classe. In poco tempo, Bobby Hernandez si americanizzò.

In seconda media, iniziò a frequentare una nuova scuola. Anche lì, ebbe qualche problema a inserirsi. Tuttavia, quando cominciò a giocare a baseball, le cose cambiarono. Nessuno, in nessuna squadra, riusciva ad avvicinarsi alle sue statistiche. Durante i weekend, giocava nella Little League e frequentava il campo estivo di baseball ogni estate.

Grazie alla sua eccezionale abilità, Bobby era stato accettato al campo estivo di baseball quando aveva solo undici anni e aveva un anno in meno di tutti gli altri bambini. Nonostante si fosse completamente abituato a vivere negli Stati Uniti, era salito su quell'autobus pregando che qualcuno lo cercasse. Qualche volta, durante la notte, mentre gli altri dormivano, lui piangeva pensando a sua madre.

Bobby non ci mise molto tempo a scoprire che il baseball fosse il suo biglietto verso tutto ciò che voleva. I suoi genitori non avevano fatto altro che ripetergli che il suo talento gli avrebbe garantito di vivere bene, se lui non avesse rovinato tutto. Loro lo tennero al guinzaglio fino al liceo.

Convinti che non sarebbe mai entrato nel vivaio sportivo professionale del liceo pubblico, i Carrington iscrissero Bobby a un costoso ed elegante collegio privato. Ne scelsero uno in cui la maggior parte dei diplomati aveva intrapreso la carriera sportiva. La Reardon Academy diventò la nuova casa di Bobby.

Dopo aver fatto vincere la squadra di baseball, divenne un eroe. Essendo l'eroe del campus, non poteva sbagliare. Gli insegnanti erano indulgenti nell'applicare con lui le regole sui compiti. Le ragazze, le cui famiglie avevano proibito loro di uscire con lui, iniziarono ad assistere alle partite di baseball, con la benedizione dei loro genitori. Le ragazze facevano la fila per uscire con Bobby Hernandez e facevano a gara per essere le sue reginette del ballo, perché sicuramente lui era in lizza per diventare il re del ballo. In pochi anni, il piccolo Bobby Hernandez si trasformò in un principe.

Dopo due anni alla Kensington State University, fu notato dai New York Nighthawks. Per quanto travolto dal successo, la nostalgia per la sua famiglia d'origine non lo abbandonava mai. Si fermò e si sedette su una panchina. Bevve una bottiglia d'acqua e si mise a fissare il cielo. Nemmeno una nuvola oscurava quella magnifica giornata. Il tempo era perfetto, la sua vita era perfetta, ma perché non si sentiva felice?

Raggiunse la sala pesi, dove si allenò duramente. Dopo aver fatto una doccia, si diresse verso la sala da pranzo. In occasione di alcune partite serali, i Nighthawks organizzavano una cena per i propri giocatori.

"Quella reporter verrà a vedere la partita?" chiese Skip mentre Bobby si sedeva.

"Ne dubito."

"L'hai lasciata andar via? Non le hai dato un biglietto per la partita di stasera? Era sexy?" chiese Nat.

"Suppongo che sia carina," disse Bobby, prendendo un piatto al buffet.

"Stai perdendo colpi."

Si era arrabbiato molto per la sua storia, certo che non fosse vera. Adesso, invece, era furioso con suo padre e si sentiva in imbarazzo a dover affrontare di nuovo Elena Delgado. Che cosa avrebbe potuto dirle? Scusarsi non sarebbe bastato. Dopo aver riagganciato il telefono, capì come doveva essersi sentita in quell'occasione. Lei era una ragazza dominicana sexy e intelligente e lui aveva mandato tutto all'aria senza nemmeno provarci.

"Comunque, dubito che Elena verrebbe."

"Che cazzo hai combinato? Cristo, Bobby. Tu e quella ragazza — siete come l'acqua e l'olio, amico?" Jake scosse la testa.

"Non ho fatto niente. Si tratta solo di circostanze." Bobby si riempì il piatto di pasta alla bolognese.

"Certo, le circostanze. Beh, è perfetto, chiaro come, come —" disse Matt.

"Il fango. Chiaro come il fottutissimo fango," ribatté Skip.

I ragazzi scoppiarono a ridere.

"Non è troppo tardi per lasciarle un biglietto in biglietteria," disse Nat, sollevando le sopracciglia. "Magari, dopo ti ringrazierà."

Bobby scoppiò a ridere. "Non riesci a pensare a nient'altro, vero, Nat?"

"Esiste qualcos'altro a parte il campo da baseball e la stanza da letto?"

"Sì, la cucina," rispose Matt Jackson, il ricevitore, mentre svuotava il suo piatto.

"Forse, ora che Nat fa sesso regolarmente, la smetterà di parlarne tutto il tempo," disse Jake.

"Ne dubito," rispose Nat.

Bobby quasi si strozzò con la sua insalata.

Quando i ragazzi finirono di mangiare, indossarono le loro uniformi. Bobby raggiunse la biglietteria. Poi prese il suo cellulare.

"Elena?"

"Signor Hernandez?"

"Bobby. Sì, sono io."

"Che sorpresa!"

"Lo so. Senta, forse anch'io sono arrivato a delle conclusioni affrettate oggi. Ho due biglietti, per i posti migliori, posso lasciarglieli in biglietteria per la partita di stasera con il suo nome. Le andrebbe di venire?"

"Oh, mio Dio! Certo. Mi piacerebbe molto. Ci sarò."

"Porti un'amica.".

"La mia amica, Francie, verrebbe molto volentieri."

"Grandioso. Le andrebbe un dolce o qualcosa dopo la partita?"

"Molto volentieri"

"Perfetto. A dopo."

"Buona fortuna e grazie," disse lei, riagganciando.

Bobby sorrise e ritornò nello spogliatoio. Era arrivato il momento di riscaldarsi.

"Allora, l'hai chiamata?" domandò Nat.

"Sai, sei proprio un impiccione. Sì, l'ho chiamata," disse Bobby, stiracchiandosi i muscoli delle gambe.

"Immagino che dopo la conosceremo. Da Freddie?"

"Dovrò portarla da qualche altra parte per evitare voi pezzi di merda."

"Non lo farai," disse Matt. "Ho degli amici al dipartimento di polizia. Ti troverebbero."

"Certo. E allora la situazione peggiorerebbe molto," intervenne Jake.

"Che cosa ti ha fatto cambiare idea?" gli domandò Skip.

"È estremamente difficile trovare una donna dominicana come lei qui." Bobby beve una bottiglia d'acqua, si riallacciò le scarpe e si diresse verso il campo.

ELENA MISE GIÙ IL TELEFONO e fissò Francie.

"Era lui? No, non era lui, vero?"

"Sì, era lui."

"Oh, mio Dio, veramente?"

"Sì. E ha lasciato due biglietti in biglietteria per la partita di stasera con il mio nome sopra."

Francie squittì. "Stai scherzando?"

"No. Vestiti, sorella. Andiamo alla partita."

"Tu non vuoi che io venga," disse la sua amica, scuotendo la testa.

"Certo che voglio. Dopo la partita, andremo a mangiare un dolce insieme. Ma ho bisogno di te durante la partita. Con chi potrei parlare?"

"Ok. Vengo solo a dare un'occhiata. Troverò una scusa per dopo la partita. Cosa indosserai?"

"Merda! Non lo so."

Le due donne erano in fermento e non facevano che spostarsi tra l'armadio di Elena e quello di Francie."

Il cuore di Elena batteva ancora all'impazzata quando lei e Francie presero la metropolitana dirette a nord. Rivedere la sua opinione su Bobby Hernandez non voleva dire che gli credeva, ma lui la intrigava. Cosa c'era dietro la facciata pubblica di Bobby Hernandez? La sua curiosità di reporter la stuzzicava. Perché l'aveva chiamata? Era stato freddo come il ghiaccio quando si erano salutati l'ultima volta. Che cosa gli aveva fatto cambiare idea? Si ripromise che l'avrebbe scoperto durante il dessert. Sapeva di dover fare attenzione. Doveva fare in modo che lui non si arrabbiasse di nuovo.

L'attrazione nei suoi confronti la confondeva. Aveva avuto il suo numero. L'aveva visto in azione all'Hide-Out. Era un playboy ed era l'ultimo uomo al quale si sarebbe mai interessata. Eppure, c'era qualcosa in lui che la attraeva. Elena era arrabbiata con se stessa per la sua mancanza di autocontrollo. Di solito, era sempre lei ad avere il controllo, quando si trattava di uomini. Molto accorta, considerata troppo esigente dalla maggior parte degli uomini, preferiva trascorrere il sabato sera con Francie, una confezione di gelato alla menta con scaglie di cioccolato e un buon film, piuttosto che con l'uomo sbagliato.

E c'erano così tanti uomini sbagliati! Quando era particolarmente incazzata, stronzo, idiota e coglione erano solo alcuni dei soprannomi che lei e Francie affibbiavano ai cretini che incontravano sulla loro strada.

Già a ventisei anni, Elena aveva smesso di ascoltare le prediche di suo padre sul trovare un brav'uomo, sistemarsi, avere dei figli e smetterla di scrivere. C'era una cosa che ammetteva con se stessa — suo padre non aveva torto quando le diceva di trovarsi un uomo. Crescendo, sentiva la mancanza di avere qualcuno al suo fianco a letto e di una risata maschile. Nonostante fosse stata da sola per tutta la sua vita adulta, avendo lasciato la sua famiglia nella Repubblica Dominicana quando aveva solo diciotto anni, la sua tolleranza nei confronti della sua solitudine era decisamente diminuita.

La vita era difficile da sola. L'entusiasmo di poter prendere tutte le decisioni da sola era notevolmente diminuito. Il fardello di dover fare sempre tutto da sola si faceva sempre più pesante con il passare degli anni. Avrebbe voluto un compagno, ma chi? Dove? Come? Non aveva risposte.

E poi era arrivato il bello, sexy e misterioso Bobby Hernandez. Aveva iniziato a farsi una lista mentale di domande da fargli per scoprire la verità. Doveva sembrare disinvolta. La diplomazia non era il suo consueto modus operandi. Aveva bisogno di lezioni. Guardando Francie, la persona più aperta che conoscesse, capì di non poterla imparare dalla sua amica. Era il momento di programmare una chiacchierata su Skype con sua sorella Maria, che sapeva tutto, era più intelligente di tutti, fatta eccezione per Dio, e non le aveva mai dato un consiglio sbagliato.

Le giovani donne attraversarono lo stadio, in cerca dei loro posti. Lo sguardo di Elena ricadde su una protuberanza sulla manica della sua amica.

"Che cos'è quella roba?"

"Che cosa?" domandò Francie.

Elena aveva visto il finto sguardo innocente della sua amica migliaia di volte. C'era qualcosa di strano.

"Non hai portato quello striscione con te, vero?"

"Chi, io?"

"Sì, proprio tu. L'hai fatto? Ti avevo detto che non volevo che tu portassi un dozzinale striscione fatto in casa per apparire in TV."

"L'hai detto davvero?"

"Dammelo," Elena allungò il braccio.

Francie scosse la testa.

"Ti ho detto di darmelo!"

"No! Puoi fingere di non conoscermi."

Elena sospirò. Cosa poteva fare con quella ragazza? Era troppo dolce per litigarci. Era un po' matta, ma era un'amica leale.

"Ok, ma mi prometti di non arrabbiarti se faccio finta di non conoscerti?"

"Va bene." sbuffò Francie.

Il battito di Elena aumentò mentre si facevano strada verso i loro posti. Bobby aveva ragione, erano proprio tra la casa base e la prima base. Lei sorrise quando si accorse di avere una vista perfetta della seconda base, occupata da Bobby.

"Sto morendo di fame," disse Francie. "Ogni volta che metto piede allo stadio, devo mangiare qualcosa."

"Qui costa tutto tantissimo," rispose Elena.

"Lo so. Ma c'è un profumino di hot dog. E di Coca. Devo proprio farlo. Cercherò di risparmiare su altre cose."

"Io non ho più niente su cui risparmiare," disse Elena.

"Permettimi di offrirtelo. Io non sarei qui, se Bobby non ti avesse dato i biglietti."

"Nemmeno tu puoi permettertelo."

"Io pago meno d'affitto."

"Ok, ok."

"Due hot dog e due lattine di Coca, per favore." Francie passò il cibo alla sua amica. Elena la ringraziò e diede un morso.

"Gli hot dog sono più buoni sul campo da baseball," disse Elena.

Francie annuì, con la bocca piena.

Mentre mangiavano, le squadre entrarono in campo. Emerald, una rock star, sposata con un giocatore di football dei Connecticut Kings, iniziò a cantare l'inno nazionale. Elena sorrise mentre lei e Francie si alzavano. Le ragazze si unirono al canto, mentre la sua bellissima voce riempiva lo stadio.

Quando i Nighthawks presero le loro posizioni, Francie tirò fuori qualcosa dalla manica.

"Di già?" disse Elena, facendo una smorfia.

"Certo. Devo farlo presto, mentre le telecamere sono ancora in movimento, prima che inizi la partita."

Lei aprì uno striscione colorato, sul quale aveva scritto perfettamente, Buena Suerte, Bobby. Lo striscione gli augurava buona fortuna in spagnolo. Elena le diede una pacca sulla fronte e borbottò.

"In spagnolo?"

"È la sua lingua madre." Francie sorrise e si mise lo striscione davanti al petto.

Capitolo Quattro

Mentre Bobby prendeva una bottiglia d'acqua nel dugout, Jake gli diede un colpetto tra le costole.

"È quella la tua ragazza?" gli domandò, indicando lo schermo Jumbotron.

La telecamera stava inquadrando Francie e il suo striscione.

"Merda, no! Non so chi sia quella ragazza," rispose lui.

Skip sollevò le sopracciglia, "Chiunque sia, ha una cotta per te. È carina."

"Chiudi quella fogna." Bobby finì di bere la sua acqua.

"Santo cielo, guardate quella sventola seduta accanto a lei," disse Skip.

"Quella vestita di rosso?" chiese Jake.

"Sì. E l'ho vista prima io. Guardate che tette. Fantastico! Dammi il berretto."

"La partita non è ancora finita. Non hai ancora vinto," disse Matt, scrutando gli spalti con lo sguardo.

"Quanto c'è lì dentro?" chiese Skip.

"Pensavo che avessimo messo tutti dieci dollari. Chi ne ha messi cinque?" domandò Jake.

"Quanto c'è lì dentro?" ripeté Skip.

"Hey! Hey! È la mia amica quella che state guardando," disse Bobby, dando uno spintone sulla spalla di Skip.

"Veramente? Ma non è la tua ragazza? Presentamela."

"Non se ne parla, coglione."

"Sei geloso? Io potrei piacerle più di te," disse Skip, sorridendo.

"Quando nevicherà all'inferno, coglione. Sei squalificato. Non valgono le ragazze che conosciamo," disse Bobby.

"Oh oh. Credo che Bobby abbia una cotta," disse Matt, scuotendo la testa.

I ragazzi scoppiarono a ridere. Bobby si sentì arrossire in volto. "È una reporter. Tutto qui. Sta scrivendo un articolo su di me."

"Ci scommetto. E la parte della ricerca è la più interessante, giusto?" disse Jake.

"Ti ho detto di chiudere quella fogna. Non è così," protestò Bobby.

"Peccato. Allora, non ti dispiacerà se ci provo," disse Skip.

"Metti solo un dito su di lei e ti taglio le palle," borbottò Bobby.

"Ahi," disse Skip, toccandosi i genitali.

Gli altri ragazzi si misero a ridacchiare e si allontanarono. Bobby era rosso in volto. Prese un'altra bottiglia d'acqua.

"In campo, Hernandez," disse l'allenatore, facendo cenno a Bobby di salire le scale.

Skip gli afferrò il braccio. "Se quella sventola ha un'amica, non farò niente per i prossimi due anni."

"Va bene. Mi ricorderò di te," disse Bobby.

"Veramente?"

"Perché dovrei presentarti a una ragazza carina?"

"Perché no? Sono bello, ricco e famoso."

Bobby si mise a ridere. "Quando gli asini impareranno a volare, amico." diede una pacca sulla schiena a Skip. Il suo compagno di squadra gli diede un leggero colpetto sulla spalla.

"Me ne ricorderò quando vorrai che ti presenti una ragazza."

"E secondo te io verrei da te per farmi presentare una ragazza? Preferisco morire. La mia vita sarebbe finita."

Bobby raggiunse il suo posto, si mise la mazza sulla spalla e iniziò a riscaldarsi con il suo swing. Cullen Murphy, il lanciatore dei Washington Wolverines, aveva eliminato Nat Owen.

Bobby fece un paio di swing con la mazza, poi raggiunse il piatto. C'era una leggera brezza. Il sole era appena tramontato, ma il campo era ancora caldo per il primo sole di luglio. Lui strinse la mascella, si mise la mazza sulla spalla e iniziò a fissare Murphy. Il primo lancio lo fece cadere. Cadde a terra per non farsi colpire in testa. L'arbitro assegnò un ball. Non pensava che il lanciatore volesse colpirlo di proposito, il che avrebbe fatto immediatamente entrare in campo i ragazzi seduti in panchina per dargli una lezione. Perciò, il suo prossimo lancio, probabilmente, sarebbe stato diretto alla base.

Bobby abbassò le spalle, fece un respiro rilassante e attese. Sissignore, eccola lì, esattamente come aveva previsto, proprio dritta al centro. Lui agitò la mazza e colpì la palla con tutta la forza che aveva nei muscoli. La palla decollò velocemente verso l'alto. Lui iniziò a correre, dirigendosi in prima base, veloce come una macchina da corsa. Nat era balzato dalla prima base e stava quasi raggiungendo la seconda quando Bobby raggiunse la prima base. Adocchiò la palla, che fluttuava nell'aria alla velocità della luce, in direzione degli spalti.

Poi, la palla cadde a terra. Sì! Un fuori campo da due punti! Lui ridusse la sua velocità e fece il giro delle ultime due basi prima di imbattersi in un abbraccio di Nat in casa base. I suoi compagni lo accolsero calorosamente. Cal Crawley fece persino un sorriso.

"Abbiamo provato a segnare un paio di fuoricampo contro quel figlio di puttana di Murphy per tutta la stagione. Ottimo lavoro," disse il manager.

Bobby sorrise. Le persone sedute sugli spalti stavano sorridendo. Bobby si tolse il berretto e le guardò. Beh, guardò una tifosa in particolare. Notò Elena e le fece un cenno con la testa. Lei lo salutò con la mano e gli sorrise. Aveva un sorriso bellissimo. Come mai non se n'era accorto prima?

LA PARTITA CONTINUÒ con i Nighthawks in vantaggio di due a zero fino alla parte alta del settimo inning. Dan Alexander non aveva fatto segnare nemmeno un punto ai Wolverines, ma Cal era pronto a farlo uscire. Il sostituto, Moose Macafee, si preparò a entrare in campo mentre Cal si dirigeva verso il monte di lancio.

Dan aveva eliminato Eddie Weeks. Ora, Julio Santiago, il battitore dei Washington, era sul piatto. Anche Bobby si accorse che Dan era stanco. Aveva lanciato a una velocità di centocinquanta chilometri all'ora per quasi tutta la partita. Questo, insieme alla loro eccellente difesa, non aveva fatto segnare nemmeno un punto alla squadra di Washington. Ovviamente, Cal voleva che continuassero così. Bobby sapeva cosa provava il suo manager nei confronti dei Wolverines. Un paio di anni prima, avevano rifiutato il figlio di Cal e lui si sentiva ancora amareggiato.

Moose fece un paio di lanci di riscaldamento. Bobby indietreggiò. Weeks era un vero bastardo, al quale piaceva colpire con i tacchetti qualunque difensore si mettesse sulla sua strada. In particolare, odiava i Nighthawks perché l'avevano venduto a un'altra squadra. Aveva trascorso un anno nella minor league a Cleveland, prima che lo vendessero alla squadra di Washington. Hernandez si spostò all'indietro per non trovarsi sulla linea del corridore. Bobby non voleva rischiare con quel coglione.

Lui iniziò a correre verso la prima base e si rivolse a Bobby.

"Allontana le tue palle dalla mia strada o preparati a perderle" disse lui, ridacchiando.

"Fanculo, Weeks," borbottò Bobby. Lui fece ancora mezzo passo indietro dalla linea di fondo. Aveva dei piani per le sue palle che non comprendevano l'intervento di Eddie Weeks.

Bobby si accovacciò, tenendo un occhio su Weeks e l'altro sul battitore. Il suo guanto era aperto, il suo peso era spostato sulle punte dei piedi, pronto per agire. Moose iniziò a oscillare la mazza. Il lancio, poi uno strike. Matt Jackson, il ricevitore, si voltò verso la prima base, ma

Weeks era tornato indietro a mettere un piede in base prima di mettersi a correre verso la base successiva. Moose guardò Bobby, poi lanciò la palla a Nat in prima base. Weeks si tuffò all'indietro con la testa e precedette per un pelo l'arrivo di Nat in base.

Bobby si guardò intorno. Osservò il viso di Weeks, in particolare i suoi occhi. Non poteva esserne completamente certo, ma gli sembrò di vedere un cenno di Weeks al coach di terza base. Avrebbe provato a rubarla! Bobby guardò Matt, il quale lo fissò negli occhi, leccandosi il labbro superiore. Ciò voleva dire che stava per fare un pitchout. Bobby cercò di rilassarsi per non far capire il loro piano. Weeks aumentò il suo vantaggio verso la prima base.

Moose tenne la palla in mano per qualche secondo. Weeks si avvicinò alla seconda base. Bobby guardò negli occhi Skip Quincy, l'interbase. Dato che il lancio di Matt avrebbe potuto colpire Weeks, Bobby sapeva che il ricevitore avrebbe lanciato a Skip. Ciò voleva dire che Bobby doveva coprire la seconda base. Con i muscoli tesi, era come una tigre pronta a scattare. Quel bastardo di Weeks doveva pensare che sarebbe riuscito a raggiungere la seconda base e a inchiodare Bobby, ma oggi non ci sarebbe riuscito. Un leggero sorriso gli comparve sulle labbra. Strinse gli occhi, aspettando lo svolgimento del gioco.

Si concentrò su Weeks, che continuava ad avvicinarsi alla seconda base. Anche Bobby iniziò ad andare in quella direzione. Sapeva di doversi preparare a raggiungere la base, nello stesso istante in cui Weeks si sarebbe allontanato. La tensione era alle stelle. Moose si guardava intorno con la coda dell'occhio. Bobby sentì tossire il coach di terza base e Weeks partì di corsa!

Bobby scattò come una molla. Raggiunse la base appena due passi prima di Weeks e si voltò verso Skip. La palla partì come un razzo dal forte braccio di Matt e attraversò l'infield fino all'interbase. Tenendo il guanto ben aperto e il petto alto, si voltò verso il suo compagno di squadra, afferrò il suo lancio e tirò perfettamente la palla. Bobby chiuse il guanto intorno ad essa e, con un piede sulla base, si abbassò per fermare Weeks, che stava scivolando in base per colpirlo con un piede.

L'arbitro richiamò il corridore, ma questo non fermò Weeks, il quale sollevò il piede e colpì la tibia di Bobby. Lui cadde a terra per il dolore, tenendosi la gamba. Chiuse gli occhi e vide rosso poi, man mano che il dolore aumentava, iniziò a vedere bianco. L'arbitro sospese la partita. I tifosi rimasero in silenzio.

"Bobby. Bobby!" urlò Vic Steele. Bobby aprì gli occhi e vide gli occhi marroni del suo allenatore che lo guardavano dolcemente. "Credi che sia rotta?"

"Credo di no," disse Bobby.

"Riesci a camminare?"

Bobby annuì. Il dolore diminuì mentre la gamba gli cedeva. Quando toccò qualcosa di bagnato, abbassò lo sguardo. Il sangue gli scorreva dall'uniforme. Il dolore lasciò il posto alla rabbia e lui lanciò un'occhiataccia minacciosa a Weeks, che si limitò ad alzare le spalle.

"Faresti meglio a toglierti di torno."

Bobby aveva voglia di ucciderlo. Avrebbe potuto scortarlo in cinque secondi. Fece un salto per raggiungerlo. Vic e Skip lo afferrarono per trattenerlo. Nel momento in cui fece peso sulla gamba, un dolore acuto lo fermò.

"Forza. Andiamo a dare un'occhiata a questa gamba."

"Torno tra poco. Non sono fuori dalla partita."

"Vedremo, vedremo. Andiamo"

Bobby uscì zoppicando dal campo tra gli applausi dei tifosi, mentre Weeks andava nel dugout. Fece a Bobby il dito medio da dietro il guanto. In infermeria, Bobby si tolse i pantaloni. C'erano delle chiazze di sangue dove i tacchetti di Weeks avevano ferito la pelle. Bobby si distese sul tavolo. Vic indossò i guanti e gli disinfettò le ferite. Gli mise una pomata di antibiotico e delle bende.

"Facciamo subito una radiografia," disse Vic.

L'infermiere procedette a fargliela e poi guardarono entrambi la lastra.

"Non c'è niente di rotto, grazie a Dio," disse Vic.

Fasciò la gamba di Bobby e gli diede il permesso di rivestirsi.

"Sta cominciando a formarsi un ematoma. Ti spunterà una grossa macchia blu e nera. Ma non dovrebbe esserci altro."

"Weeks, fottuto coglione," borbottò Bobby. "Grazie, Vic."

"Di niente, ragazzo."

"Posso tornare?"

"Come ti senti?"

"Sto bene."

"Siediti in panchina. Domani prenditi una giornata di pausa. Se andrà meglio, forse potrai giocare dopodomani."

"Odio prendermi le giornate di pausa."

"Non preoccuparti. Resta in panchina per tutta la giornata."

"Ok."

Bobby sapeva che era una buona idea. Il dolore alla gamba rendeva il suo equilibrio instabile e probabilmente non avrebbe fatto bene alla squadra. Zoppicando, raggiunse il dugout, tra gli applausi del pubblico.

I ragazzi in panchina imprecavano contro Weeks. I Wolverines avevano fatto uno strike out e adesso gli Hawks erano alla battuta. Cal Crawley aveva fatto entrare in campo Will Grant al posto di Bobby. Grant era fresco della minor league. Cal aveva inserito in squadra i migliori giocatori della minor league per sostituire i giocatori infortunati.

Secondo le voci, Will aveva la media di battute più alta dei Durham Devils. Di solito, giocava nell'outfield, ma quel giorno avrebbe giocato in seconda base. Il suo soprannome, "Ulisse" l'aveva seguito, nonostante non fosse nella squadra dei Nighthawks da abbastanza tempo perché i ragazzi cominciassero a chiamarlo così. Prima di tutto, avrebbe dovuto dimostrare a se stesso di essere un bravo giocatore. Poi, i ragazzi avrebbero iniziato a prenderlo in giro senza pietà.

Will entrò in campo. Si posizionò tra l'interbase e il terzo difensore per una battuta valida. Skip era il prossimo. Bobby si appoggiò la schiena sulla parete del dugout. Jake gli porse uno sgabello, sopra il quale lui distese la gamba. Vic gli aveva suggerito di tenerla in alto.

"Qualcuno ha già vinto la scommessa?" chiese. "E ricordatevi che la donna col vestito rosso è off limits, e anche la sua amica."

"Skip ha adocchiato una ragazza sexy lungo la linea di terza base," disse Dan.

"Davvero? Probabilmente, quando avrebbe dovuto guardare la palla."

"Stava guardando qualcos'altro," ridacchiò Matt.

Skip fece uno strike out. Ora era il turno di Jake. Fece un doppio per regola di campo, permettendo a Will di raggiungere la terza base. Weeks copriva la seconda. Bobby guardò Jake muovere le labbra mentre guardava il giocatore dei Wolverines, ma non riuscì a capire cosa diceva. Gli altri due battitori furono eliminati e i Nighthawks erano in campo. Moose Macafee era ancora al lancio.

Dirigendosi verso il suo dugout, Weeks mostrò il dito medio a Bobby. Bobby scattò e gli mostrò il pugno prima che i suoi compagni di squadra riuscissero a trattenerlo. L'atmosfera era carica di tensione. Moose si riscaldò, poi affrontò il primo battitore.

Bobby non sapeva se fosse intenzionale o no, ma la palla colpì il battitore tra le costole.

Improvvisamente, lui lasciò cadere la mazza e corse verso il monte di lancio. Era fatta. I giocatori lasciarono le panchine e persino Bobby corse in campo e si lanciò nella mischia.

Braccia in aria, minacciosi calci e pugni ovunque. Diversi giocatori dei Nighthawks, compreso Bobby, si lanciarono su Weeks. Lo presero a pugni finché gli arbitri non li divisero. L'arbitro eliminò il battitore dalla partita e un corridore di rimpiazzo raggiunse la prima base. Nonostante Moose continuasse a proclamare la sua innocenza, arrivando persino ad ammettere che, se fosse stato intenzionale, l'avrebbe fatto molto prima, l'arbitro diede a Macafee un'ammonizione.

Passarono altri due inning, carichi di tensione e senza alcun punto segnato. I Nighthawks lasciarono i giocatori in base. Vinsero la partita per 2 - 0. Nello spogliatoio, i ragazzi furono medicati in seguito alla lite. Moose Macafee ricevette diverse pacche sulla spalla e sul sedere, per almeno un centinaio di volte. Bobby gli strinse la mano.

"Grazie."

"È stato un piacere," rispose Moose.

Bobby ci mise più tempo del solito a indossare i suoi vestiti normali. Elena, insieme a una ragazza bassina che non conosceva, lo stava aspettando fuori.

"COME VA LA SUA GAMBA?" gli chiese Elena.

"Non va così male. Probabilmente, potrò giocare di nuovo tra uno o due giorni. Comunque, credo che possiamo cominciare a darci del tu," disse lui.

"È stato terribile. A proposito, io sono Francie Whitman," disse lei, porgendogli la mano.

"Mi dispiace molto. Lei è la mia amica. La mia amica tutta matta."

"Hai visto il mio striscione?"

"Eri tu?" chiese Bobby stringendole la mano.

"Già." Lei sorrise.

Lui scoppiò a ridere. "L'ho visto."

"Quel bastardo. Speravo che lo riempissi di botte," disse Francie.

"L'ho colpito." Bobby piegò la mano. "Devo fare attenzione. Questa è la mano con cui lancio."

Elena la prese tra le sue e iniziò ad accarezzarla. I loro sguardi si incrociarono. Imbarazzato, lui fece un passo indietro.

"Avete fame?"

"Abbiamo mangiato un hot dog prima," disse Elena.

"Ma è stato ore fa. Sto morendo di fame," intervenne Francie.

"Forza. Andiamo da Freddie. Offro io. La mia macchina è laggiù," disse lui, indicandola.

"Da Freddie?" chiese Elena.

"È un locale dove si mangia molto bene. Gli Hawks si riuniscono sempre lì."

"Sembra magnifico," disse Francie. Lei balzò letteralmente fuori dall'edificio e raggiunse il veicolo. Elena la seguì insieme a Bobby.

Quando arrivarono, la maggior parte delle sedie al loro tavolo erano già occupate. Un'ondata di timidezza travolse Elena. I ragazzi della squadra e le loro ragazze stavano mangiando e parlando. Ovviamente, si conoscevano tra di loro. Delle brocche d'acqua e di coca - cola erano sparse per il tavolo. Le ragazze indossavano dei bei vestiti. Ridevano insieme agli altri per le barzellette e le storie che raccontavano.

"Non mi sento a mio agio." Elena fece un passo indietro. Francie diede una gomitata alla sua amica.

"Accomodatevi. Ci sono tre sedie da quella parte."

I piedi di Elena sembravano incollati al pavimento.

"Forza, Elena. Non è il momento di fare la timida. Sono simpatici," disse Francie.

"I miei amici non mordono. A meno che non si tratti di quel coglione di Weeks," disse Bobby.

Le prese la mano e la accompagnò a sedersi. Francie li seguì.

Una voce profonda alle sue spalle catturò l'attenzione di Bobby.

"Chi sono queste deliziose signorine?" chiese Skip, guardandole entrambe.

"Giù le zampe, amico. Lei è mia. Questa è Francie Whitman," disse Bobby, allontanando Elena del suo compagno di squadra.

"Piacere di conoscerti," disse Skip, porgendo la mano a Francie.

Lei deglutì e gli strinse la mano "Piacere mio," rispose lei.

Elena si avvicinò alla sua amica e le sussurrò all'orecchio. "Adesso chi è che fa la timida?"

Elena si sedette sulla sedia che Bobby le aveva tenuto, poi Francie si sedette accanto a lei. Notò che Skip continuava a guardare la sua amica. I suoi capelli corti e scuri, i suoi occhi grigi e il suo fisico formoso rendevano Francie semplicemente magnifica. Lo vide indugiare sulla sua amica e fermarsi un po' troppo a lungo sul petto di Francie. Elena distolse lo sguardo prima che lui si accorgesse che lo stava spiando.

"Volete qualcosa da bere, ragazze?" chiese Skip, avvicinandosi.

"Solo un tè freddo per me," disse Elena.

"Magari una birra?" domandò Francie.

"Ok, ok, prenditi una sedia, Skip. Puoi unirti a noi." Bobby sospirò.

Mentre il suo compagno di squadra cercava una sedia, Bobby ordinò da bere. Poi, le due ragazze ordinarono pollo grigliato e sandwich di avocado, mentre Bobby e Skip ordinarono hamburger e patatine fritte.

Elena, che era un'attenta osservatrice, osservava tutti, cercando di assimilare tutto su di loro e di ascoltare le loro conversazioni. Mentre lui non guardava, Francie osservava Skip.

Lo sguardo di Elena si posò su un ragazzo che sembrava più giovane degli altri. Lui la guardò negli occhi e le sorrise.

"Chi è quello?" sussurrò a Bobby, nascondendosi dietro la mano.

"Un tipo nuovo. Will qualcosa."

Elena annuì.

"Avete conosciuto il nostro nuovo giocatore? Ha sostituito Bobby dopo che quel cogl – idiota di Weeks l'ha colpito. Lui è Will Grant. Alzati, Will," disse Skip.

Palesemente imbarazzato, lui si alzò a metà dalla sedia, poi si risedette, rosso in volto.

"Noi lo chiamiamo Ulisse," intervenne Jake.

"Come il presidente?" chiese Francie.

Jake sollevò le spalle. "Presidente, centrocampo, per me lo stesso."

L'intera squadra scoppiò a ridere.

"È così che mi chiamavano quando giocavo nei Devils," rispose Will.

"Da dove pensi che l'abbiamo preso?" chiese Skip.

Il cameriere arriva con loro cibo. Elena diede un morso al suo sandwich. Mentre stava mangiando, non doveva parlare. Adesso, poteva guardare tutti senza farsi notare. Era ciò che preferiva fare — osservare le persone. Francie scoprì che lei e Will andavano in vacanza nella stessa spiaggia, quando erano bambini. La sua amica conversava col nuovo compagno di squadra come se fossero vecchi amici. "Sei silenziosa. Non ti piace parlare?" le domandò Bobby.

"In un certo senso," disse lei mentre mangiava.

"Non ho mai conosciuto una donna alla quale non piace parlare. Come mai?" Lui sollevò un sopracciglio.

Lei sollevò le spalle. "Non lo so." Non aveva intenzione di dirgli che una ragazza che veniva da una famiglia povera come lei non aveva molte storie da raccontare sulle vacanze, le auto, i bei vestiti e tutte le altre cose che il resto del mondo desiderava. Lei era una ragazza che proveniva da una famiglia numerosa della Repubblica Dominicana, che aveva avuto l'opportunità di andarsene e l'aveva colta. Nessuno avrebbe voluto sentire le sue storie di privazione, duro lavoro e sogni. "Andiamo. Non sei sincera con me. Una ragazza intelligente come te?"

"Ok. Sì. C'erano un sacco di bambini in casa mia quando ero piccola.

Sai che intendo? Troppo rumore, poco spazio. Mi piace la tranquillità. Così posso pensare."

"Oh? E a che cosa pensi?"

Lei arrossì. Quella domanda le fece ritornare in mente tutte le sue storie. Gli amori, le fantasie che aveva trasformato in romanzi. Ma non aveva alcuna intenzione di dirglielo. Il segreto di Elena doveva restare nascosto, lontano dallo sguardo predatore del giocatore di baseball. Dopotutto, chi era quel ragazzo? Era un giocatore di baseball e forse anche un playboy. Non avrebbe mai rivelato a qualcuno che conosceva appena i suoi segreti più profondi e oscuri, per quanto fosse sexy.

Quando portarono il conto, Bobby pagò anche per loro e poi disse. "Posso accompagnarvi a casa?"

"Non c'è bisogno. Posso prendere la metro con Francie," disse Elena. Stare da sola in macchina con lui poteva essere pericoloso.

"Io devo fare un po' di spesa. Ti dispiacerebbe lasciarmi al negozio di alimentari? È sulla strada. Dopo, potrai accompagnare Elena a casa," intervenne Francie. La sua intenzione era estremamente palese.

Elena fece una smorfia alla sua amica.

"Perfetto. Per me va bene. Andiamo, ragazze?"

"Aspettatemi," disse Skip.

"Tu puoi tornare a casa da solo." Bobby lanciò un'occhiataccia al suo compagno di squadra, che indietreggiò.

"Certo. Ovvio, come vuoi. Piacere di avervi conosciute, ragazze." Skip sorrise calorosamente a Francie.

Dopo aver lasciato la sua amica, Bobby guardò Elena. "Ti andrebbe di uscire qualche volta?"

"Uscire?"

"Sì. Per un appuntamento?"

"Io?"

"Ci sei solo tu qui." Lui sorrise.

"Mi dispiace. Ho capito che cosa vuoi dire. Ma, se devo scrivere un articolo su di te, non mi sembra una buona idea."

"Quale modo migliore hai di conoscermi che uscire con me?"

"Perché vuoi uscire con me?"

Bobby accostò vicino a un idrante e accese i fari dell'auto. "Perché? Magari perché sei bella e intelligente. Ti servono altre ragioni?"

"Ce ne sono?"

Lui arrossì in volto e si mise a guardare il volante. "Ok. Mi hai scoperto."

"Spara."

"Tu sei dominicana. A me manca la mia cultura. Me l'hanno portata via. Pensavo che forse, insieme a te, potrei recuperarla un po'. Ovviamente, se non è quello che vuoi, lo capisco. Posso accompagnarti a casa." lui mise in moto la macchina.

Elena rimase senza parole. Non si aspettava che le dicesse questo. Ovviamente, aveva perso tutto quando aveva lasciato casa sua ed era stato portato negli Stati Uniti per vivere con quella coppia non ispanica. Il cuore le balzò in gola. Quello era un aspetto di Bobby Hernandez che non aveva ancora visto — un aspetto del quale nemmeno sospettava l'esistenza.

"Se la metti così, va bene."

"Insegnami a essere di nuovo dominicano, Elena. Per favore."

Lui le prese la mano. Lei intrecciò le dita tra le sue mentre sentiva le lacrime spuntarle dagli occhi.

"Con enorme piacere."

"Grazie." Lui avvicinò la mano di Elena le sue labbra. "Ti va bene domenica sera? Non abbiamo nessuna partita."

"Perfetto."

"Conosci qualche ristorante dominicano a Manhattan?"

"Possiamo andare al mio preferito. La Paloma."

"La colomba. Per me va bene. A che ora?"

"Alle sette?"

"Vengo io a prenderti. Ora, fammi vedere dove vivi," disse lui, rimettendosi in mezzo al traffico.

Capitolo Cinque

Quella domenica, Elena non faceva che agitarsi nel suo appartamento. Si provò un vestito nero, ma era troppo elegante. Poi un vestito rosa catturò la sua attenzione, ma era troppo scollato. Non voleva che Bobby si facesse idee strane, nonostante fosse piuttosto sicura che ne avesse già. Se quel giocatore di baseball pensava di potersela portare a letto al primo appuntamento, sarebbe rimasto molto deluso. Serrò la mascella e iniziò ad accarezzarsi il mento.

Si mise a camminare su e giù, poi prese una gonna nera e una camicia bianca con le ruches sul collo. Indossando i suoi sandali neri di satin, si guardò allo specchio. Le piaceva. Era sexy ma non volgare.

Sentì bussare alla porta, ma non dovette andare ad aprire. Francie entrò immediatamente.

"Ti vestirai così stasera?"

"Qualche problema?"

"No. Stai benissimo. Non pensavo che riuscissi a trovare l'abbigliamento giusto senza i miei consigli," disse lei, buttandosi sul divano.

"Un po' di vino?"

"Certamente."

"Ho della sangria."

"Eccellente! Ne bevi un po' anche tu?"

"Voglio essere perfettamente sobria con il signor Hernandez," disse Elena, frugando nel suo porta gioielli. "Non so proprio che collana indossare."

Francie si versò un bicchiere di sangria, poi tornò dalla sua amica.

"Fammi un po' vedere. Mmm. Qualcosa di nero e argento?"

"Buona idea." Lei tirò fuori una catenina d'argento con delle pietre d'onice.

"Ti aiuto a metterla," disse Francie, posando il suo bicchiere. Agganciò il fermaglio dietro il collo di Elena.

"Fatto. Perfetto," disse Francie. "Sei bellissima."

Elena mise via il suo porta gioielli e prese una spazzola.

"Quale profumo metto? Lillà o mughetto?"

"Quello che preferisci. A me piacciono entrambi," rispose Francie.

"Tu che farai stasera?" le chiese Elena, spruzzandosi sul polso un po' di profumo di lillà. "Uscirai con Skip?"

"No. Non mi ha chiesto il numero di telefono. Non si può avere tutto."

"Ma ti sarebbe piaciuto, vero?"

"Sì, ma va bene anche così. E poi, ho delle cose da fare."

"Ad esempio?"

"Il mio ritratto multimediale per la scuola. Devo consegnarlo martedì e voglio essere certa di farlo bene."

"Sembra noioso."

"Non per me."

Elena sorrise. La sua amica creativa si perdeva tra colori e gessetti come Elena nella scrittura. "Prima o poi, dovrai disegnare la copertina di uno dei miei libri."

"Mi piacerebbe molto. Amo i tuoi libri. Credo che 'Amore sotto le stelle' sia il mio preferito, finora."

"Di Jane Downing." Elena ridacchiò.

"Perché usi uno pseudonimo?"

"Perché se mio padre lo scoprisse... scoppierebbe la guerra! Mi ucciderebbe. Probabilmente, smetterebbe di parlarmi. Mi sembra quasi di sentirlo adesso. 'Elena, se la smettessi di scrivere queste fantasie, forse riusciresti a trovare un uomo ricco da sposare. Allora potresti vivere tutte le tue fantasie, invece di perdere tempo a scrivere. Esci. Trova un uomo ricco. Sposati. Facci dei figli e smettila con questa stupidaggine della scrittura.'"

Francie aggrottò la fronte. "Mi dispiace."

"Non è colpa tua. Sa essere un vero rompiscatole. Ma è mio padre. Vuole solo il meglio per me. Il meglio secondo lui." Si sistemò i capelli e si mise un orologio d'argento intorno al polso.

"Sarebbe felice di sapere che stai uscendo con Bobby. Gliel'hai detto?"

"Vuoi scherzare? Inizierebbe già a organizzare il matrimonio."

"Non sarebbe poi così male. Sembra un bravo ragazzo," rispose Francie.

Elena alzò le spalle. "Forse. Vedremo. Scoprirò se lo è o no."

"Sei preoccupata perché stai facendo qualcosa che tuo padre vorrebbe che tu facessi?"

"Non esattamente. Non sto uscendo con Bobby perché è ricco. Mi piace. Lui me l'ha chiesto, quindi perché no? Otterrò più informazioni per la mia intervista e mi divertirò."

"Hai intenzione di dirgli che cercherai di ottenere più informazioni per l'intervista?"

"Lui sa che sono una reporter, giusto? Quindi, deve presumere che io ricordi tutto," disse Elena, prima di mettersi il rossetto.

"Ma glielo dirai, vero?"

"Dire cosa?"

"Che userai per il tuo articolo tutto ciò che dirà?" disse Francie, alzandosi a sedere.

"Dovrebbe già saperlo."

"Elena..."

"Va bene, va bene. Sì, glielo dirò. Tu sai sicuramente come rovinare un'intervista."

"Sai, è che potresti innamorarti di lui."

Elena scoppiò a ridere. "Io? Di lui? Non credo proprio."

"Perché no? È bello, intelligente, gentile e guadagna molto."

"Sembri mio padre."

"Non c'è nulla di sbagliato ad amare un uomo ricco."

"Mio padre sarebbe molto felice. Non farebbe altro che parlare di Bobby, costringendo mia madre a cucinare per lui. E, probabilmente, gli chiederebbe un prestito che non potrebbe mai restituirgli." Elena scosse la testa. "È meglio che mio padre non sappia quello che faccio. E con chi esco."

"È un peccato. Almeno, tu hai un padre," disse Francie, guardandosi le mani.

"Mi dispiace che tuo padre non ci sia più."

"Anche a me. Mi manca tutti i giorni. Sarebbe molto felice di vedermi prendere il mio master."

"Sarebbe bello avere un padre orgoglioso di quello che faccio."

"Io sono orgogliosa di te."

"Grazie, Francie," disse Elena stringendo la spalla della sua amica. "Anch'io sono orgogliosa di te."

"Potrei fare il tuo ritratto per il mio grande progetto alla fine del prossimo anno."

"Oh, no. Ritrai qualcuno di interessante."

Francie scoppiò a ridere. Elena controllò l'orologio. "Sarà qui tra poco."

Si sentiva i nervi a fior di pelle. Perché? Conosceva Bobby Hernandez. Per lei non era più una celebrità. Solo un ragazzo normale, come tanti altri ragazzi. E di certo aveva in mente ciò che hanno in mente tutti i ragazzi normali — il sesso. Elena non era una puritana, nonostante fosse stata educata in modo rigido.

Non era nemmeno vergine. Elena era andata per la sua strada, vivendo la sua vita senza doversi scusare né dare spiegazioni a nessuno — soprattutto ai suoi genitori. Non li vedeva dallo scorso Natale. Quel viaggio era stato un disastro, perché avevano litigato tutto il tempo.

Si era ripromessa di non ritornarci per il Natale successivo. Era arrivato il momento di tagliare i ponti per sempre. Nonostante questo la rendesse triste, aveva già preso una decisione. Non avrebbe mai rinunciato all'indipendenza che aveva conquistato con fatica. Se ciò voleva dire restare sola per tutta la vita, allora così doveva essere. Le sarebbe piaciuto avere un uomo meraviglioso nella sua vita, sposarsi e magari avere un paio di bambini, ma alle sue condizioni.

Il suono del campanello interruppe i suoi pensieri. Francie scattò in piedi per abbracciare la sua amica.

"Divertiti."

"Grazie. Lo farò," disse Elena, dirigendosi verso la porta.

"Ciao," disse Bobby.

Lui era bellissimo. Indossava una giacca sportiva blu, una camicia bianca con una cravatta a strisce blu e verdi e un paio di pantaloni khaki. Aveva il viso pulito e si era rasato la barba. I suoi capelli erano perfetti. Faceva un fresco profumo di sapone e lime. Elena deglutì.

"Sei bellissima. Posso entrare?"

"Certo, certo," disse lei, respirando profondamente e facendo un passo indietro.

La sua figura imponente iniziò a camminare per il salotto. Elena soffermò lo sguardo sulle sue spalle, dove il tessuto della sua giacca gli tirava leggermente tra le scapole. Ovviamente, un uomo con la sua corporatura non si adattava perfettamente a una taglia regolare.

"Carino. Davvero carino," disse lui, esplorando ogni angolo.

"È un po' piccola, ma è casa mia."

"Posso vedere il resto?"

"Perché no?"

Lei lo accompagnò nella piccola cucina, poi percorsero un breve corridoio, passarono davanti al bagno e raggiunsero la stanza da letto. Quella era l'unica stanza alla quale Elena aveva dedicato molta attenzione. Sempre parsimoniosa e attenta a risparmiare ogni centesimo, aveva speso il suo sudato denaro per creare una bella camera da letto, sui toni del bianco e del rosa. Il letto era solo un letto matrimoniale, perché la stanza era troppo piccola. Era coperto da una soffice trapunta con i fiorellini rosa e verdi. Sul letto c'erano cinque morbidi cuscini, sui quali potersi tuffare. Le pareti erano dipinte di rosa chiaro e le rifiniture delle finestre erano bianche. C'era una piccola toeletta, decorata con della stoffa rosa e uno specchio rotondo. L'effetto generale era molto femminile.

"Wow. Questa sì che è una bella stanza. Molto carina. Femminile."

Elena si sentì arrossire le guance. "Sì. È mia."

"Davvero carina."

"Grazie. Andiamo?"

"Certo. Tu hai fame? Io sì."

"Anch'io."

"Andiamo. A proposito, dov'è il ristorante?"

"Sulla Washington Heights. All'angolo tra la West 174th e Audubon. Proprio dietro Angela's Cakes."

Lui le aprì lo sportello dell'auto e lei si sedette, allacciandosi la cintura. Vivendo a nord della città, lui conosceva la strada. Il ristorante era piccolo, ma c'era un tavolo vuoto in un angolo. Il cameriere diede loro i menu e portò dell'acqua. Bobby guardò la lista di piatti.

"È tutto così strano per me, essendo cresciuto in Kansas," disse lui.

"Davvero?"

"La cultura dominicana non faceva parte del mondo dei Carrington. Sono cresciuto come un vero americano, dopo essere arrivato qui. Mio padre non faceva altro che dirmi che l'America fosse migliore e che dovevo essere grato per questo."

"E lo eri?"

"Sì. Se tu fossi cresciuta come me, anche tu lo saresti."

"Io sono cresciuta come te, Bobby. Troppi bambini, poco spazio, mai abbastanza denaro. Quando il tempo era bello, stavamo fuori casa per la maggior parte del tempo."

"Esattamente. Proprio come mi ricordo io."

"Non ci sei più tornato?"

Lui scosse la testa. "Ci sono andato un paio di volte, ma è passato tantissimo tempo."

Elena percepì che stava per avvicinarsi a una sorta di confessione, qualcosa della sua vita privata che nessuno conosceva. Le tornarono in mente le parole di Francie. Diglielo. Lei si schiarì la voce. Lui alzò lo sguardo e i loro occhi si incontrarono. Lei voleva sapere perché non c'era più tornato, ma si trattenne dal chiederglielo. Era una domanda da reporter e quello era un appuntamento. Sarebbe riuscita a tenersi la risposta per sé? Probabilmente no.

"Non ho ancora finito la serie su di te."

"La serie?"

"Sì, il mio capo vuole che io scriva due articoli su di te, forse tre, se c'è abbastanza materiale."

"Abbastanza materiale?" Lui sollevò un sopracciglio.

"Sono una reporter. Non dimenticarlo."

"Che vorresti dire esattamente?"

"Che qualunque cosa tu dica potrebbe finire nel giornale." Lei prese il suo bicchiere d'acqua. Si sentiva la gola secca.

"Quindi dovrei dire qualcosa tipo 'questo è confidenziale' quando voglio dirti qualcosa di personale? E, se non lo facessi, lo troverei nell'edizione di Hoy di domani e lo leggerebbe tutto il mondo?"

"Diciamo di sì."

"Questo è orribile. Non vai mai a un semplice appuntamento? Non metti mai da parte quello stupido atteggiamento da reporter per essere per una volta una persona vera? Semplicemente una donna che vuole stare col suo uomo?"

"Quindi tu saresti il mio uomo?"

"Non finché tu sei una reporter," ribatté lui.

Il cameriere si fermò al loro tavolo, ma Bobby fece un cenno per mandarlo via.

"Che cosa vuoi, Elena? Dimmelo."

Spiazzata dalla sua domanda, non aveva una risposta. "Non lo so."

"Vuoi essere una reporter di successo che vive da sola? O una donna che ha una relazione con un uomo?"

"Non posso essere entrambe?"

"Non se hai intenzione di pubblicare tutto ciò che dico sul giornale."

"Hai ragione."

"Bene. Questo vuol dire che la reporter ha lasciato la stanza e qui con me c'è soltanto la bella e sexy Elena?"

Lei si mordicchiò il labbro. Sarebbe riuscita a ignorare ciò che le avrebbe detto quando avrebbe scritto il suo articolo? Lui spalancò gli occhi.

"Per favore. Elena?"

"Va bene. Va bene. Possiamo evitare di parlare di cose troppo personali stasera?"

"Perché?"

"Per non avere tentazioni."

Lui scoppiò a ridere.

"Non mi sono mai trovata in questa situazione prima. Sono abituata ad ascoltare con le mie orecchie da reporter."

"Non hai mai avuto una relazione con un uomo?"

"Non da quando ho iniziato a fare questo lavoro."

"E quando hai iniziato?"

"Solo da nove mesi."

"Nove mesi senza un uomo?"

Lei annuì, imbarazzata.

"Al diavolo la cena, andiamo subito in camera da letto," disse lui.

Ora fu lei a scoppiare a ridere.

Lui prese il menu. "Consigliami cosa ordinare."

"Beh, cosa ti piace? Manzo? Pollo? Pesce?"

"Manzo."

"Ti fidi di me?" gli domandò lei, sorridendo.

"Ovviamente."

Quando il cameriere tornò, lei ordinò in spagnolo per entrambi.

"Cosa hai ordinato?"

"Churrasco. Manzo alla griglia, patate arrosto, purea di banane verdi e una piccola insalata."

"Sembra buono, e tu?"

"Gamberetti, banane verdi e insalata."

"Così poco?"

"Qui le porzioni sono enormi."

"Vino?"

"Sangria."

"Per me niente. Domani ho una partita. Ma tu bevi pure," disse Bobby, facendo un cenno al cameriere.

Lei appoggiò la schiena sulla sedia, guardando quel bel ragazzo seduto di fronte a lei. Sentimenti contrastanti lottavano nella sua mente. Quel lavoro voleva dire tutto. Le permetteva di scrivere le sue storie di passioni segrete durante la notte e di vivere lontano da casa. Non poteva rinunciare a quell'articolo su Bobby.

Ma poteva tradirlo per il suo lavoro? Il suo sguardo la riscaldava. Lo guardò mangiare. La sua bocca sensuale la tentava. Quanto tempo era passato da quando un uomo l'aveva baciata? Troppo. Aveva bisogno di essere baciata, in modo serio e appassionato — e sospettava che Bobby Hernandez sapesse farlo bene.

"È magnifico," disse lui, asciugandosi la bocca col tovagliolo.

Tu sei magnifico e anche terribilmente sexy.

"Sono contenta che ti piaccia," rispose lei.

Lui le prese la mano e la strinse. Il calore delle dita di Bobby le raggiunse il cuore. Seduta sulla sua sedia, non riusciva a rilassarsi. Elena era nei guai, in grossi guai, ma voleva godersi ogni momento.

DOPO CENA, BOBBY LA accompagnò a casa. Non riuscì a credere alla sua fortuna di trovare un parcheggio proprio davanti a casa di Elena. Lei viveva sulla Centoventesima Strada, a ovest di Broadway.

L'aria della sera era piacevole.

"È presto. Facciamo una passeggiata," suggerì lui.

Avevano trascorso la cena parlando di baseball e di Bobby, discutendo di tanto in tanto del significato di confidenzialità. Lui voleva sapere di più su quella donna. Ovviamente, era carina e molto sexy, ma era anche una reporter. Poteva fidarsi di lei? Era uscita con lui solo per scrivere il suo articolo o era veramente interessata a lui come uomo? Non ne aveva idea.

"Ok."

Le prese la mano, avvicinandola a se. Rallentò il passo per adattarsi al suo. Non c'era bisogno di andare di fretta. Non stava inseguendo una palla o correndo verso l'outfield per afferrare un fly ball. Lei seguiva il suo ritmo.

"Dimmi come sei arrivata qui. Non sei nata qui, vero?"

Lei scoppiò a ridere. "Assolutamente no. Sono nata in un villaggio a ovest di Santo Domingo."

"Grande famiglia?"

"Come la tua."

"Non so nemmeno quanti figli abbia mia madre adesso," rispose lui.

"Wow." Lei si voltò per guardarlo. "Non vi tenete in contatto?"

"Lei è impegnata con gli altri figli. Io ho avuto la mia matrigna, finché non è morta. Vivo da solo. La mia vita è frenetica. Viaggio, mi alleno, e poi ci sono anche le partite."

"Capisco," disse lei, abbassando lo sguardo.

Ma lo capiva davvero? Lui era cresciuto in condizioni disagiate. Voleva davvero che lei sapesse la verità — che non aveva mai superato di essere stato allontanato dalla sua famiglia e che si sentiva un estraneo ogni volta che ritornava a trovarli? L'avrebbe scritto nel suo giornale? Il sudore iniziò a imperlargli la fronte.

"Scriverai anche questo nel tuo articolo?" Odiava chiederglielo, ma doveva saperlo.

"Cosa? Non ti tieni in contatto con la tua madre naturale?"

"Già."

"No. Non vale la pena di scriverlo. E poi, non sono affari degli altri." Lei gli strinse la mano.

Lui sorrise, sollevato. "Bene. Grazie."

"Eri preoccupato?"

Lui annuì.

"Non esserlo. Anche questa stupida reporter si fa qualche scrupolo e ha un buon sesto senso per le notizie."

"Mi dispiace. Non intendevo dire questo," disse lui, fissandola.

"Sì, invece. Ma non importa. Sa come si comportano gli uomini. Quando qualcosa mette loro i bastoni tra le ruote, cercano un modo per definirlo. E stupido è una delle loro parole preferite, se vogliono evitare di dire qualche parolaccia come fanno sempre."

Lui abbassò lo sguardo sul marciapiede e si sentì arrossire le guance. Lei aveva fatto centro e lui non poteva negarlo.

"Non avrei dovuto dirlo."

"No. Non avresti dovuto. Ma è acqua passata. Sei mai stato al memoriale del generale Grant?"

"No."

"È magnifico. Siamo quasi arrivati," disse lei, conducendolo su Riverside Drive.

"Abiti anche vicino al parco."

"Sì. È un posto stupendo dove leggere o fare un picnic durante l'estate."

"Rimani in città per tutta l'estate?"

Lei scoppiò a ridere. "Dove altro potrei andare?"

"Molte persone affittano una casa per l'estate sull'isola di Fire, sugli Hamptons o sulle Berkshire Mountains."

"Ma questo ha un costo. Io devo già pagare l'affitto, il cibo, il prestito universitario e i vestiti."

Lui annuì. Ovviamente. Si era quasi dimenticato cosa volesse dire risparmiare e rinunciare a qualcosa. Bobby guadagnava tanto da diversi anni ed era riuscito a mettere da parte molto denaro.

"Mi sono sempre chiesto come fossero quei posti. Tuttavia, credo che non lo scoprirò fino a quando non sarò troppo vecchio per andarci," ridacchiò lui.

Il denaro era un altro argomento che voleva evitare di affrontare. Ne aveva abbastanza di donne che cercavano una vita agiata, grazie alla sua ricchezza. Non avrebbe mai fatto mancare niente a sua moglie, ma non voleva nemmeno essere spremuto fino all'osso, riducendosi al ruolo di un buono pasto per una donna che voleva solo il suo denaro.

"Com'è stata la tua infanzia? Perché sei andata via?" Lui cercò di indirizzare la conversazione su un argomento più sicuro — la vita di Elena invece che la sua.

"Stai scherzando, vero? Con sette figli in famiglia, era come un circo a tre piste."

"E tu quale figlia sei?"

"La terza. Ho due fratelli più grandi."

"Parlami della tua famiglia," le chiese.

"Mio padre ha cercato di insegnare loro a diventare falegnami come lui. Ma loro volevano solo giocare a palla. Hanno provato col baseball, poi col calcio, ma nessuno dei due era abbastanza bravo da diventare un professionista."

"E tu?"

"Io passavo molto tempo a occuparmi dei miei fratelli più piccoli."

"Quindi come hai fatto ad andartene e ad andare al college?"

Lei sorrise. Erano arrivati al memoriale. I cancelli erano chiusi. Erano le nove e mezza, quindi lei si sedette sui gradini e allungò le gambe.

"È una storia lunga e noiosa. Sono certa che tu non voglia sentirla"

"Invece voglio," disse lui, sedendosi accanto a lei.

Lei alzò le spalle. "L'hai voluto tu. Ma, quando ti addormenterai, non dirmi che non ti avevo avvertito."

Lui scoppiò a ridere. "Sono perfettamente sveglio. Ti ascolto."

"Io aiutavo mia madre in casa e mi prendevo cura dei miei due fratelli e delle mie due sorelle. Poi, cucinavo e pulivo. Una mia amica iniziò a lavorare come aiutante all'asilo nido di un grande albergo. Un giorno, le venne l'influenza. Così, mi chiese di sostituirla alla battuta."

"Sostituirla alla battuta? Complimenti."

"Volevo soltanto utilizzare un linguaggio che avresti compreso," disse lei, con un bagliore malizioso negli occhi.

"Non sono un analfabeta solo perché gioco a baseball," sbuffò lui.

Lei gli mise la mano sul braccio. "Ok, non prenderla male. Sto solo scherzando un po'."

"Ok. Continua."

"Così presi il suo posto. Iniziai a lavorare con due adorabili bambini americani. Rimasi lì per tre settimane, per sostituire Maria. Poi quelle persone ripartirono e la mia amica tornò. Mi mancavano sia il lavoro che il denaro."

Lui annuì.

"Circa due settimane dopo, ricevetti una chiamata dalla mamma di quei due bambini. Volevano assumermi come loro tata per l'estate."

"Questo vuol dire che avevi fatto un buon lavoro."

Lei gli sorrise. "Suppongo che loro lo pensassero."

"E tu accettasti quel lavoro?"

"Sì. Mio padre era furioso. Voleva che trovassi un marito ricco."

"Quanti anni avevi?"

"Diciassette. Ma mentii e dissi di averne diciotto. Ottenni un visto e venni qui." Lei fece un respiro profondo.

"E poi?"

"Vuoi che continui?"

Lui annuì.

"Mi piacevano quei bambini e i loro genitori erano molto gentili. Sapevo di non essere un membro della famiglia e restavo in disparte. Iniziai a lavorare per loro a tempo pieno. Quando compii diciott'anni, pensai di iscrivermi al college. Dovetti frequentare un paio di corsi in un centro di formazione professionale prima di poter fare la domanda di iscrizione. Feci tutto ciò che dovevo fare. Per fortuna, gli Hanson mi tennero con loro finché i bambini non cominciarono a frequentare la scuola media. Frequentavo i corsi ogni volta che potevo. Mi ci sono voluti sette anni per laurearmi. Ma ce l'ho fatta. Nove mesi fa."

"È magnifico, Elena. Sono orgoglioso di te. Ottimo risultato!"

Lei arrossì leggermente sulle guance, mentre fissava i gradini.

"Grazie. Poi, per fortuna, ho trovato questo lavoro nella redazione di Hoy. Grazie al consiglio del mio professore di giornalismo. Io sono bilingue, quindi quel lavoro mi calzava a pennello."

"Tuo padre ti dava del denaro per per il college?"

Lei fece una pernacchia con la bocca. "Stai scherzando? Avevano a malapena abbastanza denaro per nutrire e vestire tutta la famiglia. Mamma ha avuto un altro bambino e io sono andata via. Mio padre era furioso che io stessi negli Stati Uniti e che studiassi. Non mi ha parlato per un paio d'anni."

Bobby le mise il braccio intorno alle spalle e la strinse a sé. "Deve essere stato difficile."

"Infatti, lo è stato. Almeno avevo la mia stanza dagli Hanson, per quanto fosse piccola. Vivevo in una bella zona della città e i bambini erano fantastici. La loro famiglia mi pagava anche per tornare a casa una settimana per Natale."

"Sembra proprio che sia stata una fortuna trovarli."

"Oh, sì. Ho pregato Dio ogni notte per anni, ringraziandolo."

"Quindi, come hai fatto a pagarti gli studi?" Lui strinse gli occhi. Era una ragazza con un grosso debito universitario in cerca di un uomo ricco che glielo pagasse?

"Ora chi è il reporter?" Lei sollevò un sopracciglio, guardandolo.

"Almeno domani la tua storia non sarà sulla prima pagina di un giornale."

"Sei piuttosto ficcanaso."

"Mi dispiace. Ma se c'è qualche oscuro segreto che mi stai nascondendo..." Un sorriso gli comparve sulle labbra. Lei gli diede un colpetto sulla spalla.

"Ma smettila! Ok. No. Ho pagato tutto quello che riuscivo. Avevo i requisiti per ottenere un sostegno finanziario e, dopo il primo semestre, ricevetti una borsa di studio accademica, ma ho dovuto comunque richiedere un prestito. Risparmiavo sull'affitto vivendo con gli Hanson."

"Immagino che tu abbia dovuto studiare molto. Lavoro, studio. Non restava molto tempo per la vita sociale," osservò lui.

Gli occhi le brillarono dalla gioia. "Oh, riuscivo anche a uscire con qualcuno. Già. Avevo anche un ragazzo nel frattempo."

"Veramente?" Lui spalancò gli occhi.

"Che cosa credevi? Che fossi una ventiseienne vergine o qualcosa del genere?"

Lui ridacchiò. "In realtà, nemmeno io avevo il coraggio di chiedertelo."

Lei scoppiò a ridere. "Un punto per te."

Si alzarono e Bobby la strinse a sé. Tornare a casa abbracciati richiese più tempo che all'andata. Lui alzò lo sguardo, ma le stelle nel cielo non erano visibili. La fresca brezza della sera non contribuì molto a ridurre il calore che sentiva, percependo la pelle morbida di Elena contro la sua.

Era stato fortunato ad incontrare quella magnifica ragazza. Avrebbe voluto baciarla, toccarla, spogliarla e fare l'amore con lei sulla soffice erba del parco. Invece, fece un respiro profondo e le diede un bacio sulla testa. I suoi capelli profumavano di cocco e di lillà.

Lei prese la chiave. "Caffè?"

"Mi piacerebbe."

Lo fece accomodare e si diresse verso la cucina. Bobby fece un giro del salotto. Esaminò i quadri appesi alle pareti e i numerosi libri della sua enorme libreria. Ovviamente, quella ragazza era una lettrice. Si avvicinò, notando qualcosa di strano.

Gli scaffali erano stracolmi di libri in edizione tascabile. Di copertine di generi totalmente diversi l'uno dall'altro. Ma c'era uno scaffale che risaltava sugli altri. Anche questo era pieno di libri, ma sembravano tutti nuovi e c'erano diverse copie degli stessi libri. Chi comprerebbe più di una copia dello stesso libro, a meno che quello vecchio non sia rovinato? L'autrice di tutti quei libri era una certa Jane Downing. I titoli erano diversi ma, contandoli, vide che c'erano tre copie per ogni titolo.

I cuori di Hampton, Amore sulla spiaggia, Cuori al chiaro di luna, e poi l'ultimo, Baci al chiaro di luna. Lui lo tirò fuori dallo scaffale. La copertina era lucida e intatta, come un bambino appena nato. Lui scorse la mano sulla carta colorata e liscia.

Chi era questa Jane Downing e cosa ci facevano dozzine dei suoi libri sugli scaffali della libreria di Elena? Lo voltò e lesse la descrizione sul retro. Mmm, un romanzo d'amore. Decisamente un romanzo d'amore. La sua mente e il suo cazzo si risvegliarono. Mentre stava per aprire il libro, Elena lo raggiunse, portando un vassoio con due tazzine di porcellana, due piattini, una zuccheriera e una lattiera.

"Non toccare!" urlò lei, facendo tremare il vassoio e facendolo quasi cadere per terra. Veloce come un folletto, si precipitò verso il tavolino da caffè, mise giù il vassoio e gli strappò il libro dalle mani.

"Che stai facendo?" Lei si strinse il libro al petto, nascondendo la sua sensuale copertina ai suoi occhi.

"Piuttosto dovrei chiederti, cosa ci fai tu con quello? Tre copie? Stavo per leggerlo. Ma non credo che questa sia anche la tua intenzione.", disse lui.

"No, no. Io l'ho già letto," disse lei, riponendo il libro nella libreria. "Rispondi alla mia domanda."

"Quale altra domanda?" Lei evitò il suo sguardo, con la fronte imperlata di sudore e mordicchiandosi il labbro superiore. Lui le afferrò il braccio prima che lei potesse fuggire.

"Smettila con questi giochetti. Hai quattro libri di questa Jane Downing, chiunque lei sia. E hai tre copie di ogni libro. Come mai? Ovviamente non sei solo una sua ammiratrice."

Lei sollevò le spalle, implodendo come un palloncino sgonfio. "Ok. Te lo dico. Ma devi promettermi di non parlarne mai con nessuno...mai!"

Lui incrociò le dita sul cuore. "Te lo prometto."

"Siediti."

Lui appoggiò il suo meraviglioso sedere sul divano, davanti al tavolino da caffè. "Un'altra lunga storia?"

Lei annuì. Lui mise lo zucchero e il latte nel suo caffè.

Elena si sedette accanto a lui, distogliendo lo sguardo. "Sono io Jane Downing."

"Cosa?" Lui sollevò le sopracciglia per lo stupore. Quasi si strozzò con la saliva. "Per fortuna non avevo la tazzina in mano mentre sganciavi questa bomba. Che cosa intendi dire?"

"Quello è il mio pseudonimo. Sono io l'autrice di quei libri."

"Veramente? Stupendo!"

"Grazie." Lei diede un'occhiata rapida all'espressione sul suo viso. "Non sei arrabbiato?"

"Perché dovrei esserlo? Tu sei una scrittrice. Ci sta che tu possa scrivere qualcos'altro, oltre ai tuoi articoli da reporter ficcanaso sui giocatori di baseball."

"Davvero molto divertente." Ma lei gli fece comunque un sorriso.

"Perché usi uno pseudonimo?" Lui prese la sua tazzina e bevve un sorso. Il caffè era dolce e aromatico, proprio come gli piaceva.

"Non voglio che la mia famiglia lo scopra. A mio padre verrebbe un colpo. Credo che mi rinnegherebbe."

"Perché? Perché scrivi romanzi d'amore? Cosa c'è di male?"

"Ci sono delle scene di sesso in questi libri. A mio padre verrebbe un infarto se li leggesse."

"Ok. Allora, non dirglielo. Voglio dire, credo che sia improbabile che lui vada in una libreria a cercare il nome di sua figlia sulle copertine dei libri d'amore."

"È vero. Ma qualcuno potrebbe dirglielo. Magari qualcuno che lo conosce o la mia perfida sorella minore. Potrebbero pensare che sia la cosa giusta da fare." Lei si coprì il viso con le mani. "Mi sembra quasi di vederlo adesso. José, congratulazioni. So che Elena ha pubblicato un libro." Lei si fece scorrere il dito da una parte all'altra della gola.

"Addirittura?"

"Mi ucciderebbe."

"Credo che tu stia esagerando."

"Lo dici perché non lo conosci."

"Posso leggerne uno?"

Lei scosse la testa.

"Per favore. Vorrei comprarlo," disse lui, prendendo il portafoglio nella sua tasca posteriore.

"Non se ne parla. Dimenticatene. D'accordo?"

Lui alzò le spalle. "Se questo è ciò che vuoi."

"È ciò che voglio. E ricordati della tua promessa."

Lui si poggiò l'indice sulle labbra. "Non dirò una parola. Ma è un peccato. Credo che siano anche dei buoni libri."

"Vendono bene. E mi aiutano a pagare l'affitto di quest'appartamento."

Lui finì di bere il suo caffè. Senza riuscire a smettere di guardare i libri, gli venne in mente un'idea.

"È tardi. Devo andare. Grazie per il caffè." A malincuore, si alzò dal divano e raggiunse la porta d'ingresso. L'atmosfera accogliente del suo appartamento lo invitava a restare, ma doveva andar via.

"Possiamo rivederci?" Le chiese voltandosi, con la schiena contro la porta.

"Sei sicuro di voler rivedere questa stupida reporter?" scherzò lei.

"Andiamo, mi sono scusato per averlo detto. Accidenti, ma riesci mai a perdonare le persone?" Lui le accarezzò le braccia con le mani, mentre si avvicinava a lei. Guardando dritto nei suoi occhi scuri, si sentì travolto dal desiderio. Si abbassò a baciarla, senza avere nemmeno il tempo di pensarci. Elena si sciolse contro il suo petto. Il suo seno spingeva contro il suo corpo, invitandolo a toccarlo. Lui cercò di resistere, con tutto l'autocontrollo che riusciva ad avere.

Lui lasciò scivolare le mani sui suoi fianchi, poi fermò le dita sulle sue anche. Le dischiuse leggermente le labbra con la punta della lingua, per esplorarla in modo più approfondito. Le loro lingue si attorcigliarono mentre il loro desiderio aumentava. Lei sapeva di caffè e faceva un buon profumo. Lui sollevò una mano per accarezzare la sua guancia liscia.

Quando fece un passo indietro, il suo cazzo protestò. Odiava deluderlo, ma non avrebbe fatto niente con lei quella sera. Era tutto troppo bello e troppo prezioso per rovinarlo correndo troppo. Elena Delgado era ciò che aveva sempre cercato. Rovinare tutto questo sarebbe stato un peccato.

"Non è che io non voglia fare quella cosa con te."

"Fare l'amore," disse lei dolcemente, finendo la sua frase.

"Già. Lo vorrei. Cavolo se lo vorrei," disse lui, scuotendo la testa. "Ma non voglio metterti fretta."

"Lo apprezzo molto"

"Possiamo rivederci?"

"Certo."

"Dopo la partita di domani devo andare in trasferta. Staremo in viaggio per dieci giorni. Che ne dici del primo venerdì o del primo sabato dopo il mio ritorno?"

"Mandami un messaggio. Controllerò nella mia agenda."

Gli fece piacere che lei non si ritraesse, ma che gli restasse vicina, sfiorandolo con il seno. Oh, quella scollatura era fantastica. Le dita gli prudevano e il suo cazzo era sempre più sveglio, quasi a protestare per la sua partenza. Dio, quanto la voleva. Aveva bisogno di lei. Ma voleva andarci piano, anche se questo lo uccideva. Ne valeva la pena per una donna come Elena.

Esci adesso. Subito. Sei ancora in tempo. Prima che tu possa fare qualcosa di cui ti penta.

Lui aprì la porta alle sue spalle e uscì.

"Grazie per la cena. È stata una bellissima serata."

"Anche per me." Lui annuì, quasi inciampando sui due gradini del suo appartamento. Lei lo salutò con la mano mentre lui usciva dall'edificio. Attraversando Broadway, in mezzo al traffico, cercando di evitare i pedoni distratti, la sua mente ritorno a quei libri. Forse lei non gliene avrebbe venduto uno, ma poteva comunque comprarne uno online. Sorrise tra sé. Qualunque cosa lei non volesse fargli vedere, qualunque cosa volesse nascondere, era troppo doloroso per lui. Si sarebbe procurato una copia del suo libro, di tutti i suoi libri. Li avrebbe letti e memorizzati. No, Elena Delgado, non poteva nascondere niente a Bobby Hernandez. Lui sorrise.

Quando tornò a casa, accese subito il computer. Dopo aver ordinato un libro con la consegna rapida, ordinò anche gli altri. In edizione economica. Era così che gli piaceva agire. Tenere i suoi libri tra le mani gli avrebbe permesso di tenere viva la sensazione di stringerla tra le braccia — e della promessa delle gioie che, giocando bene le sue carte, avrebbe potuto provare insieme a lei.

Capitolo Sei

Elena si appoggiò alla porta. Chiuse gli occhi e rimase in silenzio ad ascoltare il rumore dell'aria che le entrava e usciva dai polmoni. Doveva calmare la passione che le scorreva nelle vene. Bobby Hernandez, l'aveva abbracciata, baciata e toccata — almeno sui fianchi. Le faceva bene fare dei respiri profondi.

Si allontanò dalla porta e si sedette sul divano, stravaccandosi come una vecchia bambola di pezza. Sapeva che era passato molto tempo da quando era stata con un uomo, ma non si era resa conto di quanto tempo fosse esattamente. Sorridendo, ammise a se stessa che il suo corpo sapeva perfettamente quanto tempo fosse passato. Era impaziente di lasciarsi andare. Sarebbe bastata una mano di Bobby sul suo seno e lei si sarebbe ritrovata nuda in quindici secondi. Avrebbe anche potuto possederla sullo zerbino della porta d'ingresso e a lei non sarebbe importato niente.

Sorrise. Già, Bobby Hernandez sapeva molto bene come baciare una ragazza. Se lui avesse continuato, lei sarebbe riuscita a venire solo con i suoi baci. Prese il vassoio e si diresse in cucina. Lavando le tazzine e mettendo via la lattiera, si concentrò sul suo profumo maschile, mescolato all'odore della sua camicia appena lavata e stirata e a un tocco di dopobarba. Grazie a Dio, lui non si faceva il bagno nel profumo. Lei fece una smorfia.

Non vi era alcun dubbio. Bobby Hernandez era un vero uomo, profumava di uomo, sapeva di uomo. Lei chiuse gli occhi, ricordandosi le sensazioni che aveva provato toccandogli le spalle e la schiena con le dita. Le sue mani a contatto con i suoi muscoli possenti. Fare l'amore con lui era una gioia che non vedeva l'ora di provare. Il fatto che lui l'avesse trattata come una signora era la ciliegina sulla torta. La ciliegina sulla torta? Lei rise tra sé. Poteva essere una vergine esperta? Era possibile? Assolutamente no. Era così che lui la faceva sentire. Lei immaginava che una notte nel suo letto le avrebbe dato una lezione sull'amore che non avrebbe mai dimenticato.

Quando finì, andò in camera da letto. Togliendosi i vestiti, non poteva sopportare di indossare una camicia da notte. Il tessuto sulla pelle le avrebbe solo fatto aumentare il desiderio di Bobby. Elena scivolò tra le lenzuola, permettendo all'aria della sera, che entrava dalla finestra, di accarezzarla. Allontanò dalla mente tutte le cose controverse di cui avevano parlato per concentrarsi sull'atteggiamento di Bobby. Era stato molto dolce premuroso e si era aperto con lei più di quanto avesse mai fatto prima.

Certo, c'erano delle cose di cui lui non le aveva ancora parlato. Probabilmente, si era sentito orgoglioso di aver cambiato abilmente argomento, credendo che lei non se ne accorgesse, ma lei l'aveva notato. Bobby era un uomo affascinante, che le piaceva in ogni suo aspetto. Tuttavia, adesso, preferiva concentrarsi semplicemente sul suo aspetto fisico.

Prima di addormentarsi, il suono di un messaggio catturò la sua attenzione. Era da parte di Bobby. La ringraziava per la bella serata e le proponeva due possibili date per il loro prossimo appuntamento. Lei aprì il calendario sul suo telefono e controllò. Non aveva programmi per nessuno dei due giorni — il che non era una sorpresa. Scelse il venerdì. Così, se le cose fossero andate bene, forse avrebbe potuto restare a casa sua per la notte. Forse sarebbero rimasti insieme per l'intero weekend, alternandosi tra le sue partite e le loro sessioni tra le lenzuola.

Lei rispose al suo messaggio e lui le mandò l'emoji del bacio come conferma. Un altro messaggio la risvegliò dai suoi pensieri sognanti. Era Francie.

Sto interrompendo qualcosa? Spero di sì...

No. Sono a letto, da sola.

L'appuntamento non è andato bene?

L'appuntamento è andato benissimo. Ma non voglio andare a letto con lui al primo appuntamento.

Peccato. Avrai un'altra possibilità?

Sarebbe meglio dire 'lui avrà un'altra possibilità'?

Ovvio! Già.

Abbiamo già un altro appuntamento per venerdì, tra due settimane.

Due settimane?

Deve andare in trasferta.

Oh. Me ne ero dimenticata. Bene. Sono felice che sia andata bene.

Grazie. Anch'io. Buona notte.

Buona notte.

Elena sorrise. Era grata di avere una vera amica e voleva molto bene a Francie. È una cosa rara avere un'amica che ti augura il meglio dal profondo del suo cuore. Elena allontanò dalla sua mente i pensieri sull'articolo che avrebbe dovuto scrivere sul secondo difensore. Si distese tra le lenzuola fresche, abbracciando un cuscino.

Appoggiando la testa, chiuse gli occhi. Che cosa avrebbero fatto per il loro prossimo appuntamento? Le importava davvero? Non particolarmente, perché stando con lui, ascoltando il timbro grave della sua voce, respirando il suo profumo e intrecciando le mani tra le sue, sarebbe stata felice. Forse la vita non era complicata come la dipingevano le persone. Perché non poteva essere semplice? Perché l'amore non poteva essere sempre puro e caloroso? Prima di trovare una risposta, si addormentò.

DUE GIORNI DOPO, BOBBY si alzò presto e si diresse verso lo stadio. Voleva allenarsi un po' prima che la squadra prendesse il pullman che li avrebbe portati all'aereo per Atlanta, dove avrebbero giocato una serie di tre partite contro i Georgia Gators. Poi, sarebbero andati a Baltimora per tre partite contro i Badgers.

Dopo un po' di corsa e un po' di esercizi alle macchine, raggiunse le docce. Qualcun altro dei suoi compagni di squadra aveva deciso di fare come lui. Salì sul pullman, sedendosi sul retro accanto a Skip per il tragitto di mezz'ora verso l'aeroporto.

Prima di mettere il suo borsone sotto il sedile, aprì la cerniera e prese il libro di Elena. Avrebbe lasciato che Skip prendesse il posto accanto al finestrino perché voleva immergersi in quel libro durante il viaggio. Le porte si chiusero e il pullman uscì dal parcheggio.

"Che diavolo è quello?" gli chiese Skip, vedendo il libro.

"Un libro."

"Sì, questo lo vedo. L'avevo già capito da solo. Che tipo di libro? Porno?"

"No. Almeno non penso. Credo che sia un romanzo d'amore."

"Un romanzo d'amore?" Skip spalancò gli occhi.

"Credo di sì."

"Fammi un po' vedere," disse lui, strappando il libro dalle mani del suo amico. Skip lo esaminò. "Sembra porno femminile."

"Porno femminile?" Bobby sollevò un sopracciglio.

"Sì. Roba leggera."

"È un libro d'amore. Ridammelo."

"L'hai comprato?" gli domandò Skip, rendendolo al suo amico.

"No, è entrato volando dalla mia finestra. Certo che l'ho comprato"

"Perché?"

"Perché l'ha scritto Elena"

"Elena?" disse Skip, quasi balzando in piedi.

"Shhh. Non devo dire a nessuno che scrive questi libri. Ho ordinato anche gli altri. Li troverò al nostro ritorno."

"Perché non puoi dirlo a nessuno?"

"È una lunga storia. Ma non dire niente, va bene?"

"Va bene. Certo," disse Skip, guardando il libro. "Posso leggerlo anch'io quando l'avrai finito? Evidenzia le pagine con le parti più interessanti, ok?"

"Potresti imparare qualcosa," ridacchiò Bobby.

"Vorresti dire che potrei insegnarti qualcosa."

"Sì, come no. Potresti imparare molto da una donna."

"Ho avuto abbastanza donne. Sono loro a imparare da me," disse Skip, sorridendo.

"A volte, sei veramente un coglione," rispose Bobby.

Skip scoppiò a ridere. Bobby aprì il libro e iniziò a leggere. Non passò molto tempo prima che si immergesse totalmente nella storia. Quando il pullman si fermò, lui nemmeno se ne accorse. Skip gli diede una gomitata.

"Siamo arrivati."

"Come? Oh," disse Bobby, guardandosi intorno. I due ragazzi presero i loro borsoni e si diressero verso il terminal. Bobby si mise il libro sotto il braccio. Salirono sull'aereo e, poco dopo il decollo, servirono il pranzo.

Quando finirono di mangiare, Bobby riaprì il suo libro. Skip si avvicinò e si sedette accanto al suo amico.

"Stai leggendo ancora quella stronzata?"

"Non è una stronzata. È interessante. Estremamente interessante," disse Bobby.

"Davvero? Posso leggerlo anch'io quando avrai finito?"

"Certo. Si svolge su una spiaggia. Credo che sia quella di Hampton."

"Forte. Ci sei mai stato?" gli domandò Skip.

"No. Ma leggendo questa storia mi sembra quasi di essere lì adesso," rispose Bobby.

"Come mai non può dire a nessuno che scrive questa roba?"

Bobby chiuse il libro e iniziò una lunga spiegazione sul rapporto di Elena con suo padre. "Lei non vuole che sappia che scrive questi libri."

"E come farebbe mai a scoprirlo? Lui è ancora nella Repubblica Dominicana, giusto?"

"Sì, è ancora lì. Ma lei mi ha chiesto di non dirlo a nessuno."

"E ovviamente, qual è stata la prima cosa che hai fatto? Dirlo a me," ridacchiò Skip.

"Lo so. Non avrei dovuto. Ma tu hai visto il libro. Tutti sanno che quel ficcanaso di Skip Quincy non avrebbe potuto evitare di fare domande"

"Hey, non dare la colpa a me. Avresti potuto dirmi di chiudere la bocca."

"Lo so, lo so. Ma adesso, non parlarne con nessuno, va bene?"

"Va bene."

"Perfetto. Grazie."

"Purché tu me lo lasci leggere quando avrai finito," rispose Skip, con un sorriso malizioso sul viso.

Ancora prima che l'aereo iniziasse la sua discesa, Skip aveva già detto a Matt, Jake, Nat e Dan del libro di Elena. Bobby fu circondato dai ragazzi in albergo, mentre aspettavano di fare il check-in. Pensando che il libro, Amore sulla spiaggia, fosse saldamente posizionato sotto il suo braccio, non fece molta attenzione quando Matt lo urtò e Nat lo afferrò. Fece il giro di tutti i ragazzi, che lessero la descrizione sul retro della copertina prima che il libro ritornasse nelle mani di Bobby.

"Accidenti! Ma che cazzo fate? Praticamente avete strappato la copertina. Skip, non ti avevo detto di tenere la bocca chiusa?"

"Ho mentito."

"Allora, non ti presterò il libro," rispose Bobby.

"Davvero? Allora lo comprerò."

"Veramente? Meglio così. Un'altra copia venduta per Elena."

"Se si parla di sesso, lo compreremo tutti," disse Matt.

"Siete solo un branco di ragazzi arrapati," rispose Bobby, scuotendo la testa.

"Oh, e tu non lo sei?" ribatté Jake.

L'allenatore diede loro le chiavi delle stanze e i ragazzi si separarono.

"Avete un'ora per sistemarvi. Ci vediamo qui alle quattro per prendere il pullman per lo stadio," disse Vic.

Bobby andò in camera sua e mise la sua roba nei cassetti. Era curioso di leggere qualche altra pagina prima di uscire. Una volta sul pullman, seduto accanto a Skip, si mise a osservare il panorama, mentre si dirigevano verso il Gator stadium.

Cosa posso fare per aiutarla? Lei lavora molto. Di giorno come giornalista, di notte come scrittrice. Niente vita sociale. Almeno, i ragazzi compreranno alcuni dei suoi libri. Deve esserci qualcosa che io possa fare per darle una mano.

Il suo rispetto nei confronti di Elena Delgado cresceva sempre di più. Non aveva mai conosciuto una donna come lei. Non era il tipo che si lamentava e piagnucolava tutto il tempo e non si aspettava che lui rendesse la sua vita migliore. Aveva preso il controllo della sua vita e aveva avuto successo. Era davvero una che lavorava sodo! Lui sarebbe riuscito a fare altrettanto se non avesse avuto il suo patrigno a spianargli la strada, a pagargli la scuola e a incoraggiarlo?

Si sentì colmo di gratitudine. Doveva davvero molto ad Alfred Carrington. Come avrebbe mai potuto ripagarlo? In nessun modo, non avrebbe mai potuto farlo. Poteva solo dare il meglio di sé. Forse, con Elena al suo fianco, sarebbe stato completo — avrebbe recuperato la sua cultura e sarebbe stato felice. Che cosa avrebbe pensato Al di Elena? Bobby aggrottò la fronte. Al non avrebbe mai approvato. La lunga lista di ragazze bianche, anglosassoni e protestanti che Al aveva presentato a Bobby era un lampante esempio di ciò che il vecchio voleva per il suo figlio adottivo.

Ma a Bobby non era mai scattata la scintilla per quelle ragazze. Aveva sempre voluto di più, una donna che conoscesse la sua cultura, una donna che gli permettesse di ricongiungersi ad essa. Non aveva ancora trovato quella donna.

Si ricordò dei weekend al collegio, quando i suoi compagni di scuola lo invitavano a cena o a trascorrere un weekend nelle loro case di campagna. Loro lo esibivano — lui era la star del baseball, il ragazzo che aveva garantito la loro vittoria sui loro più grandi avversari. Ma, quando Bobby iniziava a mostrare interesse nei confronti delle loro sorelle, gli inviti si esaurivano. Lui andava bene per una cena, non per uscire con le loro sorelle. Non era uno di loro e non lo sarebbe mai stato. Aveva ricevuto il messaggio forte e chiaro. Da allora, i suoi pensieri si erano rivolti alle donne ispaniche.

Quando arrivarono allo stadio, si diressero in sala mensa. Lì c'era un buffet e i ragazzi si riempirono i piatti di carne, pasta e verdure. Sul tavolo, vi erano brocche d'acqua e di succo di frutta.

Bobby si sedette con i suoi amici.

"Hai già finito il libro?" domandò Matt.

"Siamo a turno per chi deve leggerlo dopo di te," disse Jake.

"Sono io il prossimo," intervenne Skip.

"Stronzate. Dopo aver fatto la spia, si fuori dalla lista. Se vuoi, compratelo."

"È esattamente quello che farò," disse Nat.

I ragazzi annuirono mentre mangiavano.

"Anch'io. Dovremmo comprare tutti il suo libro," disse Matt mentre mangiava il prosciutto.

"Mi piacerebbe aiutarla a venderli," disse Bobby. "Ma non so cosa fare."

"Falle pubblicità," disse Matt.

"Pubblicità?"

"In una rivista o in un giornale," aggiunse Jake.

"È un'idea magnifica," rispose Bobby. "Ma come diavolo faccio a farlo?"

"Parla con Penny in direzione. Lei gestisce la pubblicità dei Nighthawks e cazzate del genere. Credo che lei possa aiutarti," disse Matt.

"Ed è sposata, quindi non ti chiederebbe di uscire con lei per restituirle il favore," ridacchiò Nat.

"E tu come fai a saperlo?" gli chiese Matt.

"Io individuo sempre le ragazze single," disse Nat.

"Caspita," disse Skip, scuotendo la testa. "E io che pensavo che tu fossi mezzo addormentato."

"Comunque, tu hai una ragazza, Nat. Le parlerò. Grazie."

I ragazzi finirono di mangiare. Poi, andarono nello spogliatoio. Era il momento di fare sul serio e di dare ai Georgia Gators una lezione che non avrebbero dimenticato.

VIC STEELE CONTROLLÒ la gamba di Bobby. Le ferite che gli aveva procurato Ed Weeks si erano cicatrizzate. Non c'era nessun rossore e il il gonfiore era sparito.

"Sembra che vada bene, Bob. Puoi giocare."

"Grazie, Vic." Bobby tirò su il suo calzino e si abbassò il pantalone, poi si allacciò la scarpa. Raggiunse il campo per cantare l'inno nazionale. Alla fine della canzone, i Nighthawks si diressero verso il dugout. Bobby afferrò una mazza e iniziò a riscaldarsi sul cerchio di attesa.

Il sole picchiava e l'aria era umida. Il caldo sarebbe stato un avversario altrettanto potente. La squadra di Atlanta, nota per essere una pessima squadra, aveva acquistato dei buoni giocatori, o per fortuna o per bravura. Avevano un lanciatore di successo e un battitore molto forte.

Avevano sentite parlare di come fosse migliorata adesso la squadra dei Gators. I Nighthawks li avevano già incontrati per una serie di quattro partite, che si erano concluse in perfetta parità. Cal ne fu sorpreso, perché si aspettava una vittoria facile, come in passato. Ora, i Nighthawks non sapevano cosa aspettarsi.

Capirono che Miguel Sanchez, il nuovo lanciatore della squadra di Atlanta, avrebbe aperto la serie. La squadra vincitrice della partita di apertura ha un vantaggio sull'altra squadra, che deve impegnarsi molto per raggiungerla. L'ultima volta che Bobby aveva affrontato Sanchez, era riuscito a fare un singolo e a raggiungere una base, ma poi si era bloccato. Poiché Sanchez aveva qualche precedente con Hernandez, poteva succedere qualunque cosa. Bobby vide che il giocatore sul monte di lancio iniziava a oscillare la mazza, mentre Nat Owen si metteva in posizione.

Nat mandò una palla in zona Texas nella parte sinistra del campo. La tensione aumentava sempre di più. Era solo il primo inning, ma Cal spinse i suoi ragazzi a procedere rapidamente, a prendere al più presto il comando e a dare una lezione all'altra squadra. Bobby corse verso il piatto. Strinse gli occhi mentre affrontava il lanciatore. Alle sue spalle, gli esterni si spostarono. Bobby batteva con la destra. Vide i giocatori dei Gators spostarsi di qualche cnntimetro sulla sinistra, aspettando che colpisse la palla.

Nonostante non fosse facile raggiungere la parte opposta del campo, doveva provarci. Cal aveva fatto esercitare i suoi ragazzi alla battuta proprio a questo scopo. La squadra alla battuta era intenzionata a confondere la difesa. Quando vide che gli esterni si stavano riposizionando, Bobby comprese ciò che Cal intendeva. Mandare una palla nella parte destra del campo gli avrebbe permesso di raggiungere la base e di far avanzare Nat. Uscì per un attimo dalla base. Con l'interno che copriva anche la sinistra, c'era un enorme e promettente distanza tra il primo e il secondo difensore. Se fosse riuscito a mandare una palla a terra, il che era piuttosto difficile, questa avrebbe superato la difesa e gli Hawks avrebbero avuto due giocatori in base.

Ritornò sul piatto e prese la sua posizione, impugnando la mazza un po' più in alto. Sanchez iniziò a prepararsi per il lancio. Bobby ricevette il primo lancio, facendo un ball. Ricevette anche il secondo, facendo un altro ball. Ora era pronto. Immaginava che il prossimo tiro sarebbe stato alto e verso l'esterno, l'ideale per raggiungere il punto giusto dell'infield, proprio tra i due giocatori. Lui serrò la mascella e rimase fermo in posizione, in attesa del lancio.

Ed eccola lì — esattamente dove voleva. Bobby fece oscillare la mazza e colpì la palla. La palla volò attraverso la parte interna del campo, rimbalzando sul terreno, finché l'interno destro non riuscì a raggiungerla. L'allenatore di terza base aveva fatto il suo segnale per il 'batti e corri', così Nat partì di scatto. Quando la polvere si depositò per terra, Nat aveva raggiunto la terza base e Bobby occupava la prima, asciugandosi la fronte con la manica.

Skip fece uno strike out e Jake fece avanzare i suoi compagni grazie a un home run. I Nighthawks erano in vantaggio di tre punti nel primo inning. L'espressione di tensione sul viso di Cal Crawley si era attutita quando i Nighthawks erano entrati in campo nella parte alta del primo inning.

Dan Alexander, il miglior lanciatore dei Nighthawks, fece il suo quinto shutout della stagione. Con una vittoria di tre a zero, gli Hawks avevano iniziato bene quella serie di tre partite.

Vinsero due partite su tre, poi andarono a Baltimora per affrontare i Badgers, uno dei loro più grandi rivali. La serie di partite in Maryland non andò altrettanto bene. Herman "Speedy" Gonzalez riuscì a rubare abbastanza basi da permettere ai Badgers di vincere due partite contro i Nighthawks. Almeno, non ci furono più risse tra giocatori in campo. Gli Hawks tornarono a casa dopo aver giocato entrambe le serie di partite.

La squadra aveva il venerdì libero. La partita di sabato era alle quattro, quindi avevano un po' di tempo per rilassarsi. Quella mattina, Bobby tranguggiò i suoi cereali e appoggiò i piedi sul tavolino del salotto, mentre sorseggiava il suo caffè mattutino. Era arrivato il momento di prenotare per la cena con Elena. L'ultima volta, erano andati in un ristorante dominicano. Stavolta, era determinato a portarla nell'elegante ristorante francese dove lo portavano i suoi genitori. Era sulla cinquantaquattresima strada. Chez Michel.

Aprì il giornale. Dopo cena, l'avrebbe portata al cinema. Poi, sarebbero tornati a casa sua a farsi un po' di coccole e forse anche per qualcosa di più. Lui ridacchiò. Almeno, avrebbe potuto provarci. Era solo il secondo appuntamento, se l'intervista contava come il primo, ma gli sembrava impossibile aspettare ancora molto a lungo. Il suo corpo aveva brama di lei.

Ora, per metterla dell'umore giusto, avrebbe dovuto scegliere il film perfetto — qualcosa di romantico. Sfogliò il giornale, leggendo le trame di ogni film, finché non lo trovò. You Were Meant for Me. Non aveva bisogno di leggere la trama, il titolo diceva già tutto.

Lo davano in un cinema non lontano dal ristorante. Un'ottima cena, un film romantico, poi del sesso spettacolare, poteva esserci una serata migliore? Assolutamente no. Sorrise e raggiunse la doccia.

Bobby andò allo stadio per allenarsi. Si fermò prima davanti all'ufficio della direzione e bussò alla porta di Penny.

Lei alzò lo sguardo. "Cosa posso fare per te, amico mio?"

Lui le spiegò cosa aveva intenzione di fare.

"Potresti dirmi di che si tratta?"

"No. Gliel'ho promesso. Voglio solo aiutarla a vendere i suoi libri."

"Puoi pubblicare una pubblicità. Inserendo il sito internet del negozio dove i libri sono in vendita."

"Sarebbe stupendo, ma non so proprio da dove iniziare."

"Giornali e riviste sono il posto migliore per trovare nuovi lettori. Potremmo anche prendere in considerazione la pubblicità on-line."

"Ok. Quanto potrebbe costare?"

"Fammi controllare e ti farò sapere. Hai un limite di budget?"

"No. Consigliami tu. Voglio dire, non voglio certo spenderci mille dollari, ma farle un po' di buona pubblicità potrebbe funzionare."

"Ok. Posso anche preparare la pubblicità per te."

"Grazie mille. Sarebbe magnifico."

Lui si voltò verso la porta, poi si fermò. "Oh, potresti aggiungere Hoy alla lista? Lei lavora lì. Sarebbe bello fare una pubblicità a pagina intera proprio nel giornale in cui lavora."

"Lo farò"

"Grazie."

Camminando lungo il corridoio, si mise a fischiettare.

Capitolo Sette

Elena ebbe il permesso di uscire prima dal lavoro. Si precipitò a casa, nervosa per il suo appuntamento. Dopo aver fatto la doccia, si stava asciugando i capelli, quando la porta d'ingresso si aprì. Francie entrò in casa, sorseggiando un bicchiere di vino e offrendone uno a Elena.

Lei sollevò la mano per fermare la sua amica e sorrise. Francie si accomodò sul divano e incrociò le gambe. Era impossibile conversare con il rumore dell'asciugacapelli. Quando i suoi capelli furono quasi asciutti, Elena lo spense.

"Voglio avere i capelli puliti per quest'appuntamento."

"Sono gelosa. Lui è bellissimo."

"È vero. E sembra anche gentile e simpatico. Ma la giuria deve ancora pronunciare il verdetto finale."

"Che altro vorresti? Un rapporto della polizia?"

Elena scoppiò a ridere. "Non esattamente. È stato dolce quando siamo usciti. È stato anche un vero gentiluomo. Ma questo potrebbe cambiare. Non lo conosco molto bene."

"Potresti conoscerlo molto meglio se ti togliessi i vestiti."

Elena sollevò le sopracciglia e spalancò la bocca, fingendosi scandalizzata.

"Cosa indosserai?"

"Mi porterà in un elegante ristorante francese, quindi pensavo di indossare il mio vestito nero, che ne pensi?"

"Ooh, sì. Molto sexy," disse Francie, sorseggiando il suo vino.

"Troppo sexy? Non voglio che si faccia un'idea sbagliata," disse Elena, mordicchiandosi il labbro.

"Hai intenzione di andare a letto con lui?"

"Potrebbe non chiedermelo."

Francie scoppiò a ridere. "Certo, come se non potesse buttartisi addosso."

"L'altra volta non l'ha fatto."

"L'altra volta era il vostro primo appuntamento," precisò Francie.

"È vero. Vedremo." Elena fece cenno alla sua amica di seguirla in camera da letto. Iniziò a spulciare il suo armadio come se fosse lo scaffale di un negozio, escludendo tutti i vestiti che non andavano bene.

"Troppo provocante, non abbastanza provocante, viola, non sono dell'umore per metterlo, rosso, troppo eccessivo, beige, troppo semplice —"

"Rallenta!" Francie posò il suo bicchiere. "Adesso ti siedi e ci penso io. Vediamo un po'."

"Ottima idea." Elena si lanciò sul letto.

"Trovato!" disse Francie, tirando fuori un abito di cotone bianco in piqué. Aderente, con una scollatura a cuore e le bretelle larghe, era decisamente perfetto. "Indossa questo, è sexy al punto giusto."

"Mmm. Potresti avere ragione."

"E io ho la collana perfetta per questo vestito," disse lei, precipitandosi verso la porta.

Elena prese un paio di sandali, che erano ancora in buone condizioni. Indossò la sua lingerie più nuova e l'orologio di sua nonna. Si mordicchiò il labbro inferiore, chiedendosi se indossare l'orologio della sua abuela fosse una buona idea. E se si fosse ritrovata nella camera da letto di Bobby? Alla fine ne scelse un altro, meno costoso e più moderno, ma senza legami con chiunque potesse disapprovare ciò che stava facendo.

Francie tornò tenendo in mano una collana nera e dorata. "Questa è perfetta. È quasi un girocollo, ma pende un po'. Provatela."

Elena si infilò il vestito e la sua amica le alzò la cerniera sulla schiena, poi le chiuse la collana. Le bastò un'occhiata allo specchio per rendersi conto che Francie aveva ragione. Era perfetta, impreziosiva il vestito senza renderlo banale. La sua amica creativa sapeva sempre come dare il giusto tocco alle cose, come abbinare i colori e tutto il resto.

"Sei sicura che non ti dispiace prestarmela?"

"Certo. Me l'ha regalata la mia matrigna quindi, se succedesse qualcosa, non me ne importerebbe nulla."

"Francie!"

"Almeno, sono sincera."

"È bellissima."

"Sì, lei ha buon gusto. Dopotutto, ha sposato mio padre, no?"

Elena scosse la testa e scoppiò a ridere.

"Ok. È ora di truccarti," disse lei, guardando l'orologio. "Arriverà tra venti minuti, quindi dovresti sbrigarti."

"Venti minuti?" Elena si sedette davanti alla sua piccola toeletta e fece un respiro profondo per calmarsi i nervi.

"Io me ne vado. Ascoltami, se decidi di andare a letto con lui, non preoccuparti. Lasciati andare, per una volta, Elena."

"Grazie."

"Ovviamente, domani voglio tutti i dettagli," disse lei, abbracciandola, per poi precipitarsi fuori dalla porta.

Canticchiando una delle sue canzoni preferite, Elena si truccò in modo leggero, mettendo in risalto le sue caratteristiche migliori, i suoi occhi e le sue labbra. Si mise un po' di profumo sui polsi e li strofinò sulla scollatura. La bottiglia era quasi vuota. Lei aggrottò la fronte. Non aveva abbastanza denaro per un nuovo profumo — e nemmeno per un nuovo paio di sandali. Aveva ancora qualche debito universitario e le vendite dei suoi libri erano crollate nell'ultimo mese. Doveva solo stringere ancora di più la cinghia. Fece un mezzo sorriso. Elena Delgado era una vera esperta nel fare economia e nel rinunciare alle cose.

Cercando di pensare a qualcosa di più felice, si sistemò i capelli un'ultima volta e si diresse verso il salotto. Poi, suonò il campanello. Lei fece un respiro profondo, sorrise e aprì la porta.

Bobby era bellissimo. Indossava una giacca su misura color khaki, che gli metteva in risalto le spalle. I pantaloni blu scuro e la camicia bianca gli calzava a pennello. Una cravatta sportiva blu e dorata completava il suo look.

"Wow! Sei fantastica. Spettacolare," disse lui, entrando nell'appartamento di Elena.

"Grazie."

Il suo sguardo le riscaldò tutto il corpo, mentre lui la osservava. Le mise le mani sulla vita e la avvicinò a sé per darle un bacio. Lui aveva un profumo buonissimo. Una camicia fresca di lavanderia e una colonia maschile che si mescolava al suo profumo. Lei respirò a pieni polmoni.

Lui le appoggiò il viso sul collo. "Di nuovo lillà?"

"No. Mughetto, questa volta."

"Lo adoro." Le labbra di lui accarezzarono la sua soffice pelle per un attimo prima che lui facesse un passo indietro. Controllando il suo orologio, lui prese la giacca dorata di Elena e aprì la porta d'ingresso.

"Abbiamo una prenotazione alle sei."

Lei lo precedette in strada. Lui riuscì a fermare un taxi e poco dopo stavano percorrendo la strada verso il ristorante. Lui guidava raramente verso quella zona della città, perché parcheggiare lì era impossibile. Prendere un taxi era più comodo.

"Questo ristorante era il preferito dei miei genitori. Crescendo, mi portavano qui per le occasioni speciali."

"Ci sei andato spesso?"

Bobby sorrise. "Vorrei poter dire di essere stato un liceale disciplinato che aveva buoni voti e seguiva le regole."

"Invece non lo eri?"

"Diciamo che il baseball è stata la mia salvezza. Era l'unica cosa in cui fossi davvero bravo."

"Non sei molto umile," disse lei, facendogli un sorriso.

"Come non sono molto umile? Ho appena detto che facevo schifo in tutto il resto! Non credo di poter essere più umile di così."

"È vero, è vero."

Rimasero in silenzio per qualche minuto. "E tu in che cosa eri brava?" le chiese.

"A scrivere. Amavo scrivere. Anche quando ero molto piccola. Mi inventavo delle storie e i miei fratellini e le mie sorelline le recitavano."

"Davvero? Che bello! Io non ho nemmeno una briciola di creatività nel mio corpo."

"Ti vesti bene."

"Grazie. Me l'ha insegnato mia madre."

"Tua madre adottiva o la tua vera madre?"

Bobby si sollevò sul sedile. "Arlene Carrington era la mia vera madre. Per favore, smettila di chiamarla in quel modo. La mia madre biologica mi ha abbandonato. Non la considero la mia vera madre."

Lui si schiarì la voce.

Elena trattenne il respiro per un attimo. Che cosa aveva fatto? Aveva offeso quell'uomo magnifico? Era conteso tra due famiglie? Forse. Forse avrebbe fatto meglio a smetterla di parlarne. Avrebbe dovuto rinchiudere la sua anima da reporter in un armadio, quando usciva per un appuntamento. Gli mise la mano sul braccio.

"Mi dispiace. Non lo dirò più." il taxi si fermò davanti a un semaforo rosso.

Lui le fece un mezzo sorriso. "Nessun problema. So che può creare confusione. Mi sento confuso anch'io."

Lei si sporse verso di lui e gli diede un bacio sulla guancia. Lui la guardò, le prese il viso tra le mani e abbassò la bocca sulla sua. L'auto ripartì, zigzagando attraverso il traffico, mentre Bobby Hernandez la faceva andare fuori di testa. La baciava lentamente, in modo sensuale e seducente, esplorandole la bocca. Il respiro di Elena si faceva sempre più veloce.

L'autista si schiarì la voce. "Siamo arrivati, signore."

Bobby la lasciò andare e prese il portafoglio che aveva in tasca per pagare la corsa. Elena aprì lo sportello e scese dall'auto. Prendendole la mano, si diresse verso il ristorante. Il maître lo saluto.

"Ah, Monsieur Robert! Ça va?"

"Oui. Ça va bien, Antoine."

"Chi è questa bella ragazza?" chiese l'uomo, stringendole la mano.

"Le presento Elena Delgado."

"Charmant," disse il francese, facendole il baciamano.

"Abbiamo una prenotazione," disse Bobby.

"Bien sûr. Da questa parte," disse Antoine, prendendo un paio di menu. Li accompagnò a un tavolo per due, situato in un angolo appartato. Il ristorante era molto elegante, con le sue pareti turchesi, le decorazioni bianche, le tovaglie rosse e i piatti di porcellana bianca. Sul tavolo vi erano due candele accese in due piccoli candelieri. Elena strabuzzò gli occhi per l'eleganza di quel posto. Descriversi come un pesce fuor d'acqua era un colossale eufemismo.

Sul tavolo c'erano tre forchette, due cucchiaini e un cucchiaio da zuppa, tutti fatti di lucentissimo argento sterling, che brillavano al romantico lume di candela. Lei osservò Bobby. Lui non sembrava affatto a disagio. Antoine spostò il tavolo, poi le mise un tovagliolo sulle gambe. Lei stava quasi per dargli uno schiaffo. Nessun estraneo si era mai avvicinato così tanto alle sue parti intime senza il suo permesso.

Quando lui si allontanò, lei si sporse per sussurrare qualcosa a Bobby.

"Tu sei cresciuto venendo qui?"

Lui annuì. "Sì, ma solo quando vincevamo una partita o se prendevo un buon voto a un esame."

"Wow. Semplicemente wow." Lei aprì il menù, che era scritto tutto in francese.

"Dall'altra parte. Dall'altra parte è scritto in inglese," disse lui, indicando.

Con un sospiro di sollievo, Elena iniziò a leggere la lista. I prezzi erano astronomici.

"Questo deve essere il ristorante più costoso di New York," disse lei.

"In realtà, no. Quando vincemmo le World Series della Little League, papà mi portò in una steak house dell'East side che, al confronto, fa sembrare questo ristorante una catapecchia."

Lei spalancò gli occhi. "E che cosa servivano? Oro zecchino?"

"Le bistecche migliori del mondo. E porzioni gigantesche. Riuscii a malapena a finirla. È un posto famoso."

"Questo è già abbastanza costoso per me."

"Che cosa ti andrebbe? Vuoi prima un antipasto? Un bicchiere di vino?"

"Oh, Dio. Davvero? Cervella di vitello? Non credo proprio."

"Nemmeno io. Ma il loro agnello è fantastico, e anche la trota. E le capesante. Le mie preferite."

"Prenderò qualunque cosa tu prenda, purché non siano le cervella. Ok?"

Lui si mise a ridere. "D'accordo. Vino?"

Lei sollevò le sopracciglia. "Sì, uno Chardonnay. Sta bene con la trota."

"Ok. Ottima scelta."

Bobby ordinò. Antoine portò a entrambi una piccola insalata con cuori di carciofo e vinaigrette. Quando arrivò il sommelier, Elena lo osservò meravigliata. Lui stappò la bottiglia di vino, fece odorare il tappo a Bobby e glielo fece assaggiare prima di versarlo. Elena era affascinata. Quando il sommelier si allontanò, Bobby iniziò a parlare.

"Lasciami indovinare, è la tua prima volta in un ristorante francese?"

"È così evidente?"

Con un sorrisino, lui rispose, "Chiaro come il sole."

Mentre aspettavano il cibo, Bobby cambiò argomento.

"Se ti va, dopo cena possiamo andare a vedere un film al cinema."

"Al cinema?"

"Proprio in fondo alla strada, danno You Were Meant for Me."

"Davvero?"

"Ho pensato a un film d'amore."

"Veramente?"

"Mi sbagliavo?"

"È un film di animazione. I protagonisti sono cani che vivono allo stato brado."

Bobby scoppiò a ridere.

"Allora, signore. Avevi intenzione di portarmi a vedere un film romantico per ammorbidirmi e poi portarmi a casa tua? Era questo il piano?"

Bobby rideva troppo forte per riuscire a parlare, così si limitò ad annuire.

"Capisco," ridacchiò lei.

"Immagino che avrei dovuto leggere la trama," disse lui, quando riprese fiato.

"Davvero?"

DOPO CENA, ELENA SUGGERÌ di fare una passeggiata. Bobby intrecciò le dita con le sue e passeggiarono per Broadway. Al crepuscolo, il cielo diventa turchese scuro. Elena amava quel colore. Sorrise vedendo i marciapiedi affollati di persone, preoccupati solo di raggiungere le loro destinazioni, senza nemmeno notare il meraviglioso cielo della sera.

"Guarda. Non è bellissimo?"

Lui annuì, lasciandole la mano. Le mise un braccio intorno alle spalle e la strinse a sé. Lei lasciò scivolare il braccio sotto la sua giacca e glielo mise intorno alla vita. Nonostante la serata fosse calda, a Elena non dispiaceva sentire il calore del corpo di Bobby. Lei appoggiò la mano sul suo fianco muscoloso. Le dita di lui le sfioravano la spalla.

"Ti va di venire a casa mia? Ho un po' di sangria in frigo," disse lui.

"Sangria? La conosco molto bene."

Lui sorrise. "Passa la notte insieme a me, tesoro," le sussurrò all'orecchio.

Lei doveva congratularsi con lui per essere stato così diretto. Nessuna manipolazione, nessuna finzione, nessuna bugia e nessuna strategia per portarsela a letto. Una proposta diretta era più nel suo stile.

Lei sorrise. "Lei non è molto discreto, signor Hernandez."

"No. Quando voglio qualcosa, la chiedo. Non ti ingannerei mai."

"Veramente? E allora perché volevi portarmi al cinema?"

"Ok, ok. Volevo solo essere romantico, ma ho decisamente sbagliato film."

Lei scoppiò a ridere.

"Allora? Io ti voglio, piccola, e non voglio più aspettare."

"L'avevo capito."

"Ok, ok. Ti accompagno a casa."

Lei si fermò e gli mise una mano sul petto. "Aspetta un attimo. Aspetta!"

Lui la guardò male. "Perché? Tu non vuoi venire. Perfetto. Quindi ti accompagno a casa."

"Non ho detto di non voler venire a casa tua."

"Non l'hai detto?" disse lui, in tono acuto.

"No. Volevo solo renderti le cose un po' difficili."

"Hai ragione. Non sono molto sofisticato in queste cose. Appuntamenti e roba del genere. Non sono molto discreto. Sono sincero, con me saprai sempre come stanno le cose. Allora, ti va di venire?"

"Ok."

"Hey, non devi farmi un favore!" Lui fece un passo indietro e alzò le mani.

"Cosa vuoi che faccia? Devo esultare? Ho lasciato i miei pon pon a casa."

Lui le osservò maliziosamente il petto. "I tuoi pon pon sono proprio lì."

Lei gli diede una leggera pacca sulla spalla. "Non credi di essere un po' rozzo?"

"Volevo solo un po' di entusiasmo. Non devi farlo per forza. Ti chiederei comunque di uscire di nuovo."

"Lo faresti? Anche se io ti rifiutassi?"

"I ragazzi sono abituati a essere rifiutati. Quindi lo farebbero comunque. Non se la prendono. Una ragazza potrebbe dire di no, ma chi può dirlo? Potrebbero anche avere fortuna."

"E tu ne hai avuta." Lei si avvicinò alla strada e alzò la mano per fermare un taxi. Per fortuna, il film al cinema non era ancora finito, quindi era facile trovare un taxi libero. Bobby aprì a Elena lo sportello e si diressero verso il suo appartamento.

Elena aveva i nervi a fior di pelle. Ma lo voleva, lo voleva tremendamente, e finalmente l'aveva ammesso a se stessa. Perché avrebbe dovuto aspettare? A che scopo? Lui la voleva, quindi perché non esaudire i loro desideri?

A Bobby brillavano gli occhi mentre la guardava. Era l'aria fredda del condizionatore che le faceva venire i brividi e le faceva indurire i capezzoli, vero? Non era l'uomo sexy seduto accanto a lei? Lui le mise la mano sulla coscia, con le dita aperte. Quella leggera pressione le fece balzare il cuore in gola.

Lui si sporse per darle un bacio. Quello che era cominciato come un dolce bacio, diventò in pochi secondi un bacio appassionato. Lui teneva il petto stretto al suo, mentre le esplorava la bocca. Elena riusciva a malapena a resistere, sopraffatta dai suoi sensi. Il sangue e l'adrenalina le scorrevano nelle vene, dritti fino all'inguine. Se non avesse fatto attenzione, l'avrebbero fatto in macchina.

L'auto si fermò a un semaforo e lei si allontanò. Cercando di calmare il suo corpo e il suo cuore, si avvicinò allo sportello. Doveva restare lontana da Bobby, se aveva intenzione di arrivare a casa sua mantenendo intatta la sua dignità. Lui prese un fazzoletto e si asciugò la bocca.

Quando raggiunsero il suo palazzo, l'autista si voltò.

"Lei è Bobby Hernandez, vero? Un giocatore dei Nighthawks?"

"Esattamente."

"Le dispiacerebbe farmi un autografo? Sono un suo grande fan."

Bobby sorrise. "Certo che no."

L'uomo gli porse un pezzo di carta e una penna attraverso il divisorio in plastica. Bobby lo firmò e glielo restituì

"Grazie. Mio figlio sarà felicissimo di sapere che l'ho portata nel mio taxi. Buona fortuna per domani."

"Grazie. Buona notte."

"Buona notte, Bobby, signora Hernandez."

Scesero dall'auto e chiusero lo sportello.

"Signora Hernandez?" Elena sollevò un sopracciglio.

Bobby alzò le spalle. "Immagino che sia perché sembriamo fatti l'uno per l'altra."

La sua affermazione la lasciò senza parole.

"Prima che io possa dire qualcos'altro, entriamo," disse lui, prendendole il gomito e scortandola attraverso il portone e l'androne del suo palazzo di lusso.

Il portiere sollevò il cappello in segno di saluto, mentre Bobby ed Elena si precipitavano verso l'ascensore. Mentre raggiungevano la cima dell'edificio, Bobby la baciò un'altra volta. Le piaceva riscaldare il suo motore in quel modo. L'ascensore si fermò al penultimo piano. I due balzarono fuori non appena le porte si aprirono. Lui le prese la mano e la condusse verso il suo appartamento.

Dopo aver aperto la porta, si mise da parte per farla entrare per prima.

Capitolo Otto

Lui non sapeva se mettersi a urlare o a saltare, o se contenere la sua gioia per il fatto che Elena avesse accettato di andare a letto con lui. Ora, doveva fare attenzione a non rovinare tutto. Non doveva fare lo stupido. Non doveva offenderla. Non doveva essere borioso. Lei è comunque più intelligente di te. Quindi sta tranquillo.

Avrebbe voluto esultare, ma allora il suo atteggiamento sarebbe stato stupido e borioso e sarebbe rientrato in almeno cinque delle categorie di cose da non fare in quel momento. Il sangue gli pulsava nelle vene e il suo cazzo era già mezzo pronto per fare l'amore con Elena.

"Sangria?"

Lei annuì.

"Vuoi fare un giro?" le chiese, aprendo il frigo.

"Darò solo un'occhiata in giro mentre tu versi da bere," disse lei.

Lui sorrise. Cavolo, lei avrebbe persino potuto dire che avrebbe preso possesso del suo appartamento in quel preciso istante e lui non avrebbe avuto niente da obiettare. Qualsiasi cosa lei volesse. Adesso però togliti quel vestito e lasciati toccare.

Lui prese i bicchieri e la seguì. Lei aveva già attraversato l'enorme salotto che dava sul fiume Hudson ed era entrata nel suo studio. Lì c'erano alcuni videogiochi e il suo laptop.

"Quella è la porta del bagno e conduce alla stanza da letto. Una specie di passaggio segreto," disse lui, porgendole un bicchiere.

Lei lo prese e annnuì. "Bello. È enorme."

"Mi piace lo spazio. La città è così affollata." Lui le aprì la porta.

"Wow, davvero wow," disse lei, vagando per la stanza spaziosa.

Le portefinestre si affacciavano a est. Le pesanti tende bianche erano aperte. Le pareti erano bianche e la coperta king size era verde acqua, con un motivo caraibico. Altri oggetti in stile marinaro decoravano la stanza. Due bassi cassettoni bianchi occupavano una parete, mentre sull'altra c'era un grande armadio. In un angolo, c'era una poltrona. Un grosso schermo televisivo occupava una buona parte di una parete, mentre il resto era riempito da una serie di acquerelli. Il pavimento di legno chiaro era perfettamente liscio.

"È bellissimo. L'hai fatto tu?"

"No," disse lui, scuotendo la testa. "Ho assunto una decoratrice. Dan mi ha dato il suo nome."

"Ha fatto un ottimo lavoro." Elena finì di bere la sua sangria e andò in cucina per posare il bicchiere.

"Non osare lavare quel bicchiere!" disse lui.

"Perché no?"

"Sei mia ospite. Ci penserò dopo."

"Hai una governante?"

"Sì. Esmeralda. È grandiosa. Non riuscirei a occuparmi di una casa così grande."

Elena annuì.

"Ascolta, piccola, guadagno bene e ho uno stile di vita agiato, ma non spreco il denaro. Non sono un tipo appariscente. Ho una macchina normalissima."

"La cena di stasera era piuttosto costosa," disse Elena.

"Ti stai lamentando? Non ti è piaciuta la cena?"

"No, no, Bobby. Non intendevo affatto questo. Mi è piaciuta molto. E tu mi hai trattata come una regina. Ma non vivi così tutti i giorni, vero?"

"Certo che no. Ma niente è troppo per la mia donna. La prossima volta ti porterò da Freddie."

"Non volevo essere ingrata. Non lo sono. È stata un'esperienza unica per me cenare in un posto così elegante. Ma non mi aspetto di fare questo tutto il tempo."

"Perfetto. Perché non ho intenzione di portarti lì tutto il tempo," disse lui, mostrando la sua rabbia.

"Senti, non intendevo..."

"Allora cosa intendevi, Elena? La maggior parte delle donne sarebbero felici di essere portate in un posto così bello. Non si lamenterebbero che spendo troppo per loro. Ma che cazzo hai? Volevo solo dimostrarti quanto ci tengo a te. Condividere con te un posto speciale. Un posto dove sono stato solo con la mia famiglia."

"Vuoi dire che non ci porti mai altre donne?"

"Tu sei la prima. Troppe rincorrono il denaro. È tutto quello che vogliono. Andare in locali costosi e ricevere da me dei regali costosi. Mi piace che tu non sia così. Solo che sei completamente all'opposto. E io sono confuso."

"Sei uscito con delle cacciatrici di dote?"

"Qualcuna. Ma non sono durate molto"

Lei si mise a ridere. "Devo averti sorpreso."

"Tu mi sorprendi costantemente."

"Sono una donna pratica. So cosa ci vuole per vivere. E quando vedo il lusso, beh, credo di provare un po' di invidia."

"Invidia?" Lui appoggiò il bicchiere sulla scrivania.

"Sto attraversando un periodo difficile. Le vendite dei miei libri sono diminuite e io sono un po' con l'acqua alla gola," disse, alzando velocemente la mano. "Non che non riesca a pagare l'affitto. Ce la faccio. Ma sto risparmiando sugli extra."

"Ti ammiro molto. La tua indipendenza. Il modo in cui gestisci il denaro e come ti prendi cura di te. È sexy."

"Sexy?" Lei sollevò un sopracciglio.

"Molto. Adesso vieni qui e dammi un bacio," disse lui, aprendo le braccia.

Lei si ritrovò tra le sue braccia prima ancora che lui potesse finire la sua frase. Bobby le appoggiò il viso sul collo. Respirò il suo profumo di mughetto. Il suo odore era magnifico. Elena gli strinse le braccia intorno al collo mentre lui poggiava le labbra sulle sue.

Nella privacy della sua stanza, la sua ragazza si rilassò. Lui riuscì a percepire la scarica di tensione delle sue spalle mentre la stringeva a sé. Lei gli esplorò la bocca con la lingua, e le loro lingue si misero a danzare, accarezzandosi.

Insomma, un uomo doveva pur cominciare da qualche parte, così le mise le dita sul seno. Era pieno e morbido e si adattava perfettamente alle sue mani. Quando trovò il suo capezzolo, lei emise un gemito. Le mise l'altra mano sul fianco, per poi fargliela scivolare sulla schiena, in cerca della cerniera. Scorse il dito su di essa, fino alla fine, a metà del suo sedere. Aveva il cuore colmo di gioia. Una cerniera lunga, poteva essere più fortunato di così?

Trovò la linguetta e la tiro giù, lentamente. Si fermò all'altezza dei fianchi, perché doveva toccarla. Doveva far scorrere le sue dita sulla sua pelle soffice. Appoggiò la mano sul suo fianco nudo. Lei gemette e spinse i fianchi contro le sue cosce. Lui era più alto. Ciò poteva essere facilmente compensato stando a letto, ma era molto più difficile in piedi.

Lei gli sbottonò la camicia, lasciando scivolare la mano per accarezzargli il petto. Gli passò le dita tra i peli, poi abbassò la mano per sfiorargli gli addominali. Gli fece un po' di solletico, facendolo sobbalzare. La sua esplorazione e l'attacco alla fibbia della sua cintura gli fecero pompare il sangue fino al cazzo. Gli piaceva che una donna volesse spogliare il suo uomo, esattamente come lo voleva lui.

Finì di abbassarle la cerniera del vestito, prima di togliersi la camicia. La lanciò su una sedia, poi si tolse i pantaloni, che ebbero la stessa sorte della camicia. Quandò alzò lo sguardo, lei si abbassò le bretelle del vestito e lo lasciò cadere per terra. Rimase davanti a lui, con addosso il suo reggiseno e le sue mutandine di pizzo bianco. Lui deglutì. Il suo sguardo si fermò sul suo seno, sbirciando attraverso il pizzo. Le dita gli si contrassero e gli venne l'acquolina in bocca.

Lei sollevò lo sguardo per guardarlo negli occhi, ed era uno sguardo sicuro, non timido. Sembrava proprio che lei sapesse ciò che voleva e non avesse paura di chiederlo.

"Allora? Hai intenzione di restare fermo lì a guardarmi? O pensi di aiutarmi a liberarmi di questo fastidioso reggiseno?"

Bobby scoppiò a ridere, mentre si avvicinava a lei. "Arrivo subito. Così potrei metterti comoda," disse lui, avvicinandosi per sganciarlo. Dopo qualche minuto, totalmente nuda, si diresse verso il letto. Lui si tolse i boxer, rivelando la sua erezione, e la seguì.

Le tiro giù il lenzuolo e si mise a letto, guardandolo, tirandosi il lenzuolo fino alla vita.

"Sei bellissima. Proprio così. Esattamente nel posto che ti appartiene."

"Oh?" Lei sollevò un sopracciglio. "Questo posto mi appartiene?"

"Assolutamente," disse lui, stendendosi accanto a lei. La fece stendere sulla schiena e iniziò a baciarla a lungo e appassionatamente. Le massaggiò il seno, stuzzicandole i capezzoli di tanto in tanto, apprezzando i suoi piccoli sussulti. Quando finalmente si allontanò dalla sua bocca, le sue labbra iniziarono a esplorare la sua pelle morbida mentre scendeva lungo il suo corpo. Succhiando, baciando e leccando ogni centimetro del suo collo, fino alla vita.

Lui le aprì le gambe e si inginocchiò tra di esse. Appoggiando le mani sul letto, da entrambi i lati della vita di Elena, la osservò, esaminandola con lo sguardo dalla testa ai fianchi e ancora oltre. Lei aveva la pancia piatta e i fianchi generosi, ma non sproporzionati. La sua vita era sottile. Lei si era depilata un po' il pube, lasciando tuttavia una peluria sufficiente per nascondere le parti più intime alla sua vista. Lui era intrigato.

Le mise le mani sulle cosce e le lasciò scivolare verso l'alto, stringendole nel tragitto. Fermandole, le allargò le gambe con le dita e iniziò a guardarla.

"Sei bellissima," le sussurrò.

Lei gli passò le mani tra i capelli. Lui alzò lo sguardo e lei si sedette, massaggiandogli la testa. Poi gli diede un bacio sulla fronte.

"Sei un uomo bellissimo."

"Gli uomini non sono belli," rispose lui.

"Tu lo sei. Ogni centimetro del tuo corpo lo è. Oh, mio Dio." Lei chiuse gli occhi e alzò la testa. "Bellissimo non è sufficiente per te."

"E tu sei così bella da assomigliare a Venere," disse lui.

"Venere?" I loro sguardi si incrociarono. "Veramente? Molto gentile, Signor Hernandez."

"Beh, grazie, signorina Delgado," ridacchiò lui. "Tu sei bella come una statua. Come quelle che ci sono nei musei."

"Ma non sono una statua. Sono fatta di carne e sangue."

"Grazie a Dio," disse lui, facendo scivolare un dito dentro di lei. Il dito entrò facilmente — lei era già bagnata. Lei sospirò, guardandolo ardentemente negli occhi. Bobby la spinse dolcemente indietro, finché lei non fu completamente distesa, e si mise sopra di lei. Sostenendosi sui gomiti e sulle ginocchia, i loro corpi si ritrovarono perfettamente a contatto. Il suo petto prosperoso gli faceva da cuscino. I loro fianchi si toccarono, la pelle dei loro corpi si fuse, generando un calore sempre crescente.

I morbidi capelli neri le ricadevano sulle spalle. Lui si arrotolò una ciocca tra le dita. Bobby le mordicchiò l'incavo del collo e procedette verso l'alto, prendendosi il suo tempo. Con le mani sulla sua schiena, lei gli fece scorrere le dita su e giù per i muscoli. Lui emise un gemito. Il suo fuoco si accendeva ovunque lei lo toccasse.

Lui la bacio, poi le mise una mano intorno al seno e abbassò la testa per succhiarglielo. Con le mani, gli strinse dolcemente le spalle e i bicipiti. Poi le fece scivolare sui suoi fianchi, abbassandone una, in cerca del suo cazzo. Sentire la sua mano scorrere su e giù sulla sua asta lo fece eccitare tanto che pensava di esplodere.

Lui le prese il polso e le spostò la mano dai suoi genitali, per rallentare un po'. Non voleva venire prima di entrare dentro di lei.

ELENA NON AVEVA MAI visto un uomo nudo bello come Bobby. Aveva il fisico di un atleta, senza nemmeno un grammo di grasso. I suoi muscoli erano ben definiti, ma non tanto da farlo sembrare un fanatico che trascorreva diciotto ore al giorno ad allenarsi. Il suo corpo era forte e aggraziato. Il modo in cui su muoveva era rapido e sicuro di sé. Non vi era alcun segno di esitazione in lui. Era evidente che la voleva. Il modo in cui la toccava le faceva venre i brividi sul braccio. Lei cercò di allontanarli, ma continuava a sentirsi calda e bagnata tra le gambe, mentre pensava di fare l'amore con lui.

Sembrava che le mani di Elena avessero una mente tutta loro mentre si muovevano lungo il corpo di Bobby, esplorandone ogni centimetro. Un minuto le sue mani accarezzavano la sua pelle soffice, il minuto dopo le sue dita gli sfioravano i peli scuri del petto.

Oh, anche lei lo voleva. Lo voleva terribilmente. Era passato molto tempo dall'ultima volta che era stata con un uomo. Ma Bobby non ero un uomo qualunque, era l'uomo migliore che potesse esistere. Rispettoso, educato, bello e più intelligente di quanto avesse creduto. Ebbe la sensazione che i suoi polmoni smettessero di funzionare, mentre lui le toglieva il respiro con ogni bacio e con ogni carezza. Le sembrava quasi che lui adorasse il suo corpo, invece di farle credere che forse avesse i fianchi un po' troppo larghi o la bocca un po' troppo grande.

Lui la spinse un po' indietro e si mise tra le sue gambe. Il bisogno superò l'imbarazzo, la voglia si mescolò col desiderio. Quando la sua lingua toccò la sua pelle calda, il corpo di Elena ebbe un fremito.

"Tutto ok?"

"Oh, mio Dio."

Lui sorrise e, anche con gli occhi chiusi, lei capì che stava sorridendo. Lui si riconcentrò sulla sua pelle, senza sosta, insistendo finchè lei non riuscì più a resistere.

"Sto per venire," ansimò lei.

"Bene. Forza. Fallo, piccola. Fallo."

Elena non riuscì a trattenersi, mentre la passione si faceva sempre più impetuosa. Le sembrò quasi di vedere un bagliore, pur avendo le palpebre chiuse, mentre stringeva i muscoli e sollevava i fianchi sul letto. Lui rimase con lei per tutto il tempo. Il piacere le scorreva nelle vene, finchè un forte sospiro le sfuggì dalle labbra. All'improvviso, il suo corpo divenne estremamente sensibile.

"Basta. Basta! Ti prego," disse lei.

"Qualcosa non va?"

Lei aprì gli occhi e incontrò il suo sguardo stupito, notando le sue labbra, umide per i suoi fluidi.

"Tutto ok?' le chiese, mettendole una mano sulla guancia.

"Sì. Oh, sì, sì, sì. Molto più che ok." Lei gli sorrise, facendogli scorrere delicatamente il pollice sul mento.

"Mi sono spaventato. Non avevo mai sentito parlare di morte per orgasmo. Accidenti, tesoro, sei una ragazza caliente."

Lei sorrise. "E tu sei un uomo magnifico. Ora è il tuo turno." Lei gli prese il viso tra le mani e lo baciò, poi iniziò a leccargli il petto, finché non raggiunse il suo cazzo. Se lo mise in bocca e iniziò ad attorcigliare la lingua sulla punta. Era più grande di ciò a cui era abituata.

Un suo sospiro le fece capire che le piaceva quello che stava facendo.

"Piccola, ancora un po', va bene?"

Lei annuì. Lui aveva un buon sapore. Lei gli strinse le dita intorno e iniziò a muovere la mano in alto e in basso, lentamente, mentre continuava a succhiare.

"Iabadabadu!"

Lei scoppiò a ridere. Dovette fermarsi.

"Basta così. Vieni qui, lasciati prendere."

Le mise le mani sotto le ascelle e lo sollevò con la testiera del letto come se fosse una piuma.

"Prendi la pillola?"

Lei scosse la testa. Nel suo budget, non aveva denaro per medicine simili. Soprattutto, quando non c'era nessun uomo all'orizzonte.

"Nessun problema." Lui aprì il comodino e tirò fuori un preservativo. Dopo che lui ebbe aperto la bustina, lei gli mise una mano sul braccio.

"Faccio io."

"Serviti pure," disse lui, sorridendo. Bobby si spinse all'indietro, reggendosi sulle braccia mentre Elena gli metteva il preservativo. Lei lo fece scivolare lentamente, prendendosi il suo tempo. Quando finì, sollevò gli occhi e lo guardò. I suoi occhi scuri erano colmi di desiderio.

"Ti voglio. Ti voglio così tanto."

Lei si distese sulla schiena e sollevò le ginocchia. Lui le separò e si mise in posizione. Lei lo guardò con desiderio mentre lui si sistemava, poi strofinò la sua asta sul suo corpo fino a inondarla con i suoi fluidi. Lui mise di nuovo un dito dentro di lei.

"Sei stretta, piccola. Molto stretta." Lui sollevò le sopracciglia, facendola sorridere.

Dopo aver tolto il dito, si mise sopra di lei e iniziò a spingere. Dio, quanto tempo era passato! Era davvero troppo stretta o era lui che ce l'aveva troppo grosso? Gli uomini adorano le donne strette, non è vero? si chiese, sperando che fosse la verità.

Lui le sollevò il ginocchio quasi fino alla spalla ed entrò totalmente dentro di lei. Le chiuse gli occhi per concentrarsi sulle magnifiche sensazioni che sentiva aumentare dentro di lei. Era enorme, era bellissimo, la riempiva completamente e lei non aveva mai provato niente di così bello.

"Santo cielo!" esclamò lui.

"Qualcosa non va?"

"È incredibile. Sei davvero stretta. Gesù, Giuseppe e Maria."

Lei scoppiò a ridere.

"È meraviglioso. Elena, sei fantastica," disse lui, iniziando a muovere le anche.

Lei lo strinse con le cosce, accarezzandogli la schiena con le dita.

Lui iniziò a muoversi sempre più velocemente, con la testa accanto alla sua. Le strinse le mani sulle spalle e la sua fronte iniziò a sudare.

"Mamma mia, oh, piccola," disse lui, chiudendo gli occhi.

I fianchi di Elena si muovevano seguendo il suo ritmo. Lui spinse sempre più forte, sempre più velocemente, facendole ribollire il sangue nelle vene e riempendole il corpo di passione.

Mentre si muoveva, lei si sentì un tutt'uno con lui, come se lo stesse facendo avvicinare al suo cuore ben protetto. Cavolo, lui era magnifico. Fare l'amore con lui era magnifico. Si era quasi dimenticata quanto potesse essere bello. Forse era Bobby che lo rendeva bello. O quello che lei provava per lui. O forse tutte queste cose insieme.

Qualunque cosa fosse, la sua mente era rapita dai suoi sensi, che le permettevano solo di sentire, senza pensare. Sentì la gioia attraversarle tutto il corpo, poi ebbe un altro orgasmo, seguito a ruota da quello di Bobby.

Lei fece scorrere le dita sulla sua schiena, leggermente sudata, mentre lui ansimava leggermente tra le sue braccia. Gli accarezzò la testa con le labbra, mentre lui le mise una mano sul seno e iniziò a baciarglielo.

"Sei davvero una donna stupenda," sussurrò lui, prendendole un capezzolo in bocca.

"Non ho mai provato niente del genere prima. È stato così intenso. Così travolgente," rispose lei.

"Davvero?" Lui uscì da dentro di lei e si distese al suo fianco, guardandola negli occhi.

All'improvviso, si sentì sopraffatta dalla timidezza. Tirò su il lenzuolo. Lui lo tirò giù.

"Così mi copri il panorama," disse lui.

Lei si rannicchiò sullo stomaco.

"Oh, capisco. Non posso evitarlo. Ti vuoi nascondere da me. Ok. Fa pure. Rannicchiati e nasconditi sotto le coperte."

"È una cosa nuova per me."

"Non hai avuto molti uomini nella tua vita?"

"Qualcuno. Ma no, non tanti. Immagino che tu abbia avuto molte donne."

Le guance di Bobby arrossirono. "Immagino di sì."

"Non ti sto chiedendo di dirmi quante. Ma nessun uomo diventa così bravo senza aver fatto molta pratica."

Lui scoppiò a ridere. "Mi hai beccato."

"Non mi sto lamentando. Assolutamente no." Lei gli sorrise.

"Sei piuttosto brava per avere meno esperienza. Come lo spieghi?" Lui sollevò un sopracciglio.

"Una donna non dice mai queste cose," disse lei, abbassando gli occhi per evitare il suo sguardo.

Lui si mise a ridere. "Vieni qui, chica." lui la avvolse nel suo abbraccio.

Lei si rannicchiò sul suo petto nudo, appoggiandogli una mano sui pettorali. Dio, che bella sensazione! Una sensazione di calore in basso la sorprese. Era possibile che soltanto toccarlo le facesse venire di nuovo voglia?

Tenendola stretta, lui iniziò a baciare i suoi capelli lucenti. La parola "amore" le attraversò rapidamente la mente, per poi essere ignorata altrettanto rapidamente. Non lo conosceva abbastanza bene da tenere così tanto a lui. Ma era appena andata a letto con lui, quindi doveva conoscerlo abbastanza, altrimenti sarebbe stata solo una sgualdrina. Lei sorrise tra sé. Forse un po' lo era stata, ma chi non l'avrebbe fatto, con un ragazzo come quello che si interessava a lei?

"Resti qui stanotte?" le chiese, sussurrando.

"Ma non ho niente da indossare."

Lui ridacchiò. "Per me non ci sono problemi."

Lei si mise a ridere.

"Forza. Vorrei che tu restassi. Per favore."

"Ok."

"La partita è domani pomeriggio. Non devo essere allo stadio prima delle dieci."

"Stupendo," disse lei, stringendogli un braccio intorno alla vita. La vicinanza col suo corpo la fece rilassare. Lui tirò su il lenzuolo e, prima ancora che lei potesse accorgersene, si era già addormentata.

ELENA NON DORMIVA MAI bene la prima notte in un letto diverso. In albergo, a casa di amici, in vacanza, le ci voleva almeno una notte per abituarsi a un nuovo materasso. Quello di Bobby non era diverso. Si svegliò alle tre. Dopo essere andata e tornata dal bagno, continuò a rigirarsi nel letto, in cerca di una posizione comoda. Stendendosi su un fianco, ci rinunciò e si accontentò di guardare il suo amante. Lui era disteso sulla pancia, con il lenzuolo avvolto intorno al sedere. Un leggero raggio di luna proiettava delle ombre sul suo corpo. Lei esaminò i suoi muscoli, il modo in cui si sollevavano, creando una piccola conca sulla sua schiena. La sua pelle era liscia e senza peli e la invitava a toccarla. Lei resistette per non disturbarlo.

Uno sbuffo, seguito da un grugnito e un piagnucolio, la colse di sorpresa. Lui si voltò sulla schiena. Qualcosa di umido sul suo viso attirò l'attenzione di Elena. Un leggero grido gli uscì dalla bocca, a malapena udibile. Lei gli toccò la guancia il più delicatamente possibile, poi si portò il dito sulle labbra. Era salato — erano lacrime.

Irrequieto, lui si stese sul fianco, poi di nuovo sulla schiena. Dopo qualche minuto, si fermò. Sbatté le palpebre e aprì gli occhi.

"Bobby?" sussurrò lei.

Lui ebbe un sussulto, poi si voltò. "Chi è?"

"Sono io. Elena." Lei allungò una mano per accarezzargli la guancia, asciugandogli le lacrime col pollice.

Lui si asciugò l'altra guancia con il dorso della mano. "Perché sei sveglia?"

Lei sollevò le spalle. "Non lo so. Non riuscivo a dormire."

"Non stai comoda?"

"È un letto nuovo."

"Oh." Lui annuì.

"Hai avuto un incubo?" gli chiese.

"Sempre lo stesso."

"Ti succede spesso?"

"No. A volte, sto anche mesi senza farlo," rispose lui.

"Vuoi parlarmene?"

"Non c'è molto da dire. È solo un ricordo."

Lei rimase in silenzio, aspettando che lui continuasse.

"Quando mio padre mi portò qui, avevo dieci anni. Fu difficile separarmi dai miei genitori. Soprattutto da mia madre. Non mi ricordo molto del mio vero padre. Ho pianto ogni notte per tanto tempo."

"Ed è questo il tuo incubo?"

"Qualche volta. E come se ritornassi ad avere dieci anni. Ma passa rapidamente."

Lei gli si avvicinò, mettendogli una mano sul petto. "Ogni notte?"

"Hey, ero solo un bambino."

"Deve essere stato terribile," sussurrò lei.

"Allora non lo capivo. Ma adesso sì. Non sarei qui se non fosse per il mio padre adottivo."

"Ma a che prezzo?"

"Mi sono trasferito in una casa molto più grande. Avevo la mia stanza. Del buon cibo, vestiti nuovi, giocavo sempre a baseball e frequentavo le migliori scuole. Gli sono grato."

"Ma quelle notti?" Lei si immaginò Bobby da bambino, disteso sul suo letto, mentre piangeva col viso sul cuscino. Le si strinse il cuore.

"È tutto passato. Credimi. Mi è andata bene."

Lui allungò la mano e le passò le dita tra i capelli. Alcune parti del suo viso erano nascoste dall'ombra, ma il calore dei suoi occhi scuri la confortava. Nonostante sembrasse un uomo che aveva tutto, aveva pagato un prezzo molto alto per poter diventare un giocatore di baseball professionista.

Si era impegnato molto e aveva fatto dei sacrifici per la sua carriera. L'immagine del playboy esperto, dell'uomo immaturo, interessato solo a divertirsi, del ragazzo che si era ritrovato ad avere successo, era svanita. Bobby non era così. Avrebbe potuto raccontare la sua vera storia? Sarebbe stata una sfida, perché c'era una linea molto sottile tra la verità e il suo diritto alla privacy.

La sua storia la commosse. Essendosi allontanata anche lei dalla sua famiglia, sapeva quanto fosse doloroso sentire la mancanza dei cibi familiari, dei luoghi e delle persone che la amavano. Non ci sarebbe stato alcun futuro per Elena e per Bobby Hernandez nella Repubblica Dominicana. Quando si era presentata l'opportunità, entrambi l'avevano colta ed erano andati via, senza mai guardarsi indietro. Forse avevano lasciato un pezzetto di sé alle proprie spalle.

"Neanche per te è stato facile," disse lui.

"No. Ma è stata una mia scelta. Io ero più grande. Vivevo con la mia famiglia."

"Tu hai rischiato. E se quell'uomo ti avesse fatto delle avances? O se ti avesse stuprato? Ho abbandonato per la strada? Non avevi nessuna garanzia."

"Sono stato fortunato."

"È vero. E hai fatto in modo che quella diventasse l'occasione della tua vita."

"Sì. Suppongo di sì."

"Tu ti sei impegnata molto. Sono colpito."

"Grazie." Lei arrossì per l'imbarazzo. "Anche tu."

"Puoi dirlo forte."

Rimasero distesi, fianco a fianco, toccandosi senza parlare. Lei gli mise la mano su un bicipite, mentre lui le stringeva le dita intorno alla nuca per avvicinarla a sè. Quando lui lasciò scivolare la mano sul suo collo e poi sul suo seno, lei ricevette il messaggio.

"Vuoi fare l'amore?" gli chiese.

"Sì. E tu?"

"Sono pronta."

Bobby si mise sopra di lei. Lei accolse volentieri la sua proposta, stringendogli le braccia intorno al petto e aprendo le gambe. Cambiando posizione, lui si strinse a lei, fianco a fianco, baciandola delicatamente sotto l'orecchio. Il suo respiro le solleticò il collo.

Stringendolo a sé, Elena chiuse gli occhi. Spense i pensieri e si concentrò sui suoi sensi, lasciando che il suo amante la travolgesse in un impeto di passione e di piacere.

Capitolo Nove

Due settimane dopo, a Philadelphia, Bobby si sedette su una panchina dello spogliatoio, per allacciarsi le scarpe.

"Allora, voi dove la portereste? Due settimane fa siamo andati in un ristorante francese, la settimana scorsa ha cucinato per me, e ora?" Lui guardò i suoi compagni di squadra.

"Mmm. Fuori da qualche parte. Magari al parco?" suggerì Matt Jackson.

"No, no. La Boathouse a Central Park," disse Skip.

"No, è sempre affollata," intervenne Jake. "Che ne dici della darsena? Come si chiama quel locale? Lungo il fiume sulla Settantanovesima?"

"Oh, sì. Ho capito quale dici," rispose Bobby, alzandosi.

"Puoi mangiare all'aperto, guardando le barche e il fiume. È molto romantico. E non costa molto," disse Jake.

"Me lo ricordo. Fanno degli ottimi hamburger alla griglia," disse Nat. "E non è nemmeno affollato."

"Bene. Quando torneremo, la porterò lì." Bobby si tirò i capelli indietro con le mani e si mise il berretto.

"Ogni settimana, quindi?" chiese Skip, sollevando le sopracciglia. "E quante notti?"

"Chiudi quella boccaccia," disse Bobby, sentendosi arrossire in viso.

"Due notti," disse Nat, sollevando due dita.

"Era ora," disse Matt, sorridendo e scuotendo la testa.

Fortunatamente per Bobby, Cal Crawley fece capolino nello spogliatoio. "Andiamo, ragazzi. È ora di dare una lezione ai Falcons."

"Chi è al lancio?" chiese Matt al suo amico, Dan Alexander.

"Stan Carter."

"Merda." Il sorriso di Matt si trasformò in una smorfia.

I ragazzi raggiunsero in silenzio il campo per l'inno nazionale. Bobby pensò a Elena, ricordandosi la sua sensualità di quel sabato sera, prima che lui partisse per la trasferta. L'immagine di lei con indosso una camicia da notte nera trasparente gli tornò in mente.

Quando l'inno finì, lui strabuzzò gli occhi un paio di volte, obbligando la sua testa a concentrarsi sul baseball. Dovevano giocare tutte e tre le partite contro i Philadelphia Falcons per rimanere al secondo posto. Lui si mise in bocca un pezzo di gomma e raggiunse il cerchio di attesa. I Nighthawks erano i primi a giocare e Nat Owen era alla battuta.

Carter dimostrò che il suo soprannome gli si addiceva. Nat fu eliminato al piatto, come Bobby, Skip fece un walk e Jake colpì un fly ball verso sinistra. Julio Suarez era il lanciatore d'inizio dei Nighthawks. Mandò in base il primo battitore, eliminò il successivo e poi rinunciò a un home run. I Falcons erano in vantaggio per due a zero.

Gli inning passarono velocemente, e Stan Carter riuscì rapidamente ad avere la meglio sugli Hawks. La frustrazione fece sì che i alcuni ragazzi ricevessero male i lanci. Altri saltarono sul primo lancio, determinati a fare un punto. Ma invano.

A peggiorare le cose, Suarez non era nella sua forma migliore. I Falcons fecero un altro run. Il punteggio di tre a zero fece sì che Cal Crawley si mettesse a masticare tre pezzi di gomma contemporaneamente. Il punteggio rimase invariato fino alla parte alta del nono inning. Carter fu sostituito e Moose Macafee entrò in gioco per chiudere la partita dei Nighthawks.

Le espressioni inorgoglite dei Falcons irritarono Bobby. Avrebbe voluto distruggerli, ma sembrava proprio che questo non sarebbe successo. O almeno, non quel giorno. Chet Candelaria andò alla battuta e fu eliminato. Poi fu il turno di Moose. Bobby credeva che non avesse senso far entrare un altro lanciatore a quel punto della partita, così il manager lasciò Macafee alla battuta. Sembrava che Cal avesse perso le speranze. Anche il sostituto fu eliminato e le speranze cominciarono a morire.

Bobby si ricordò le famose parole di Yogi Berra, ricevitore degli Yankees e guru del baseball. "Non è finita finché non è finita." Se lo ripeteva in testa mentre si dirigeva verso il cerchio d'attesa. Nat andò alla battuta.

Per qualche miracolo, Nat fece un walk. Continuando a spostarsi tra la prima e la seconda base, distrasse il lanciatore, che fece un lancio pazzo verso Bobby. Nat raggiunse in sicurezza la seconda base. Ora i Falcons permisero intenzionalmente a Bobby di fare un walk per poter eliminare anche il terzo giocatore. Lui raggiunse la prima base e guardò il coach di terza base. Una doppia rubata sarebbe stata perfetta, ma era impossibile con due giocatori eliminati. Inoltre, avevano bisogno di quattro punti per vincere, non di uno.

Bobby si rilassò sulla base, spostando lo sguardo dal battitore, a Nat, al coach di terza base. Skip andò al piatto. Il suo amico fissò il lanciatore e portò indietro la mazza. Ecco il primo lancio. Sapeva che Skip sarebbe arrivato fino in fondo. L'arbitro chiamò un ball. L'interbase prese il secondo lancio, facendo uno strike. Bobby iniziò a sudare. Ma a cosa diavolo stava pensando?

Stava aspettando il suo lancio. Ed eccolo lì, una palla veloce proprio in centro. Skip mandò una palla a terra tra la seconda e la terza base. Intercettandola rapidamente, l'interno sinistro la lanciò al terzo difensore, trattenendo Nat e mantenendo Bobby in seconda base. Ora le basi erano cariche e Jake Lawrence, il quarto battitore dei Nighthawks, raggiunse il piatto.

Quella sarebbe stata l'ultima battuta e tifosi erano sempre più irrequieti. La maglietta di Bobby si inzuppò di sudore mentre lui otteneva un notevole vantaggio sulla seconda base. Cerco di leggere i segnali del ricevitore, che raggiunse il lanciatore per parlare di strategia invece che fare segnali. Peccato, Bobby avrebbe potuto intercettarlo e mandare un segnale a Jake. Ammirava l'atteggiamento prudente che mostravano i Falcons. Erano in vantaggio e non sembravano intenzionati a fare errori stupidi.

Quando le basi sono cariche, le pressioni sul battitore per fare un grande slam sono enormi. Ne aveva parlato una volta con Jake, about in quanto lui doveva subirle più spesso di tutti gli altri Hawks, essendo il quarto battitore della formazione. Jake aveva detto che ogni giocatore alla battuta aveva la possibilità di fare un punto. Cercò di ignorare quel fardello, concentrandosi semplicemente per colpire la palla. Se questa si fosse levata in volo fuori dal campo, sarebbe stato meglio.

Il duello tra Jake e il lanciatore era cominciato. Il punteggio era di due a due. Dopo due foul ball, Bobby immaginò che probabilmente Jake avrebbe iniziato a fare il suo swing. Non poteva permettersi uno strike out — non con le basi cariche.

Se il lanciatore l'avesse saputo, probabilmente avrebbe tirato male. Bobby trattenne il respiro mentre Jake si caricava per il lancio. Jake oscillò la mazza e colpì la palla. La palla schizzò verso il cielo. Figlio di puttana! La palla si diresse verso gli spalti. Bobby procedette velocemente verso la terza base, continuando a guardare la palla. Eccolo — finalmente — un grande slam per Jake Lawrence! Bobby non riusciva a crederci. Strabuzzò gli occhi per un attimo prima di circondare la terza base. Lui, Nat e Skip lo aspettarono in casa base, mentre lui correva tra le basi a testa alta.

I ragazzi saltarono su Jake non appena lui mise piede in casa base. I giocatori nel dugout gli diedero il cinque e diverse pacche sulle spalle, mentre Jake attraversava le forche caudine. Nonostante fossero a Philadelphia, tra gli spalti c'erano alcuni tifosi dei Nighthawks, così Jake fece un leggero inchino.

Il giocatore successivo fece un fallo. Adesso la tensione era alle stelle mentre i Nighthawks raggiungevano il campo per quello che speravano fosse l'ultimo mezzo inning della partita. La tensione riempì il campo. Bobby poteva giurare di sentirne l'odore mentre spostava il peso sugli avampiedi, apriva il guanto e si sporgeva leggermente in avanti, pronto a giocare.

Moose lanciò un'occhiata all'interno prima di mettersi in posizione. Bobby gli fece un lieve cenno, poi si concentrò sulla casa base. Quel figlio di puttana di Moose eliminò il primo battitore. Dovevano eliminarne solo due per vincere la prima partita. Il controllo di Macafee venne un po' a mancare sul secondo battitore — che fece un walk.

Matt Jackson raggiunse il monte di lancio. Fece cenno a Bobby e a Skip di raggiungerlo.

"Quel coglione se la cava. Preparatevi a ricevere qualche tiro dalla vostra parte. Se faremo un doppio gioco, la partita finirà," disse Matt.

Bobby annuì. La pressione si raddoppiò. Lui guardò Moose negli occhi, poi ritornò nella sua posizione. Avanzò ulteriormente tra la prima e la seconda base. Skip avrebbe coperto la seconda e Jake si sarebbe avvicinato alla seconda, per coprire il buco. Se la palla fosse rimbalzata verso Bobby, lui avrebbe dovuto lanciarla a Skip, per raggiungere il corridore in vantaggio. Ma se fosse stato un line drive diretto verso di lui, avrebbe dovuto mandarlo in prima base.

Bobby sospirò, grato che Matt si fosse avvicinato, così avevano un piano e gli interni sapevano cosa fare. Lui si concentrò, con la fiducia che gli scorreva nelle vene . Moose colpì la palla a centocinquantasette chilometri all'ora. Il battitore mancino iniziò a oscillare la mazza. La palla balzò in aria, dirigendosi verso Bobby. Lui aprì il guanto e alzò la mano. La sua mano attutì l'impatto mentre si voltava, tolse la palla dal suo guantone e fece un passo indietro.

Il corridore cercò di bloccarlo prima di voltarsi e di mettersi a correre verso la prima base. Bobby mantenne la calma e guardò Nat. Il primo difensore stava aspettando, col guanto aperto e il petto in fuori. Il secondo difensore eseguì un lancio perfetto. Nat chiuse il guanto intorno alla pallina e si posizionò sulla base prima che il corridore ritornasse. Nat sollevò il guanto e l'arbitro dichiarò eliminato il giocatore dei Falcons.

I Nighthawks erano estremamente felici. Non vedevano l'ora di cambiarsi e ritornare in albergo, dove li aspettava un banchetto. Bobby aprì il suo armadietto e controllò il suo telefono. Magari Elena aveva provato a chiamarlo. C'era un messaggio, ma era da parte di Penny, dall' Hingus Stadium. Lui lo lesse:

Il piano pubblicitario di cui abbiamo parlato è stato ordinato. Ti manderò la fattura. Buona fortuna. Vincete per noi!

Bobby sorrise. Non vedeva l'ora di sentirle dire che le vendite del suo libro erano andate alle stelle grazie alla sua pubblicità. Fece un ampio sorriso, immaginandosi la sorpresa e la gioia di Elena quando avrebbe visto la pubblicità a pagina intera pubblicata su Hoy. Felice di aver fatto qualcosa di bello per la sua donna, rimise il telefono nel suo armadietto e si diresse verso la doccia.

NONOSTANTE LUI LE MANCASSE, a Elena non pesava che lui fosse in trasferta. Trascorreva il tempo a sistemare il suo articolo su Bobby e a scrivere qualche capitolo del suo ultimo romanzo d'amore. Sabato sera, aveva programmato una cena con Francie per aggiornarsi sulle ultime novità.

Bobby occupava tutto il suo tempo libero. Trascorreva con lui tutti i weekend. Quando non erano insieme, lei andava a vedere le sue partite e dopo lo raggiungeva da Freddie. Ascoltava le loro storie, apprendendo tutto sulle vite dei giocatori e delle loro donne. Alcune erano più interessanti di altre. Sembrava che ognuno avesse una storia unica da raccontare.

Forse avrebbe potuto scrivere un libro, o una serie, sulle mogli dei giocatori di baseball. Poteva basarli sulle vite delle donne che conosceva? Mise tutto da parte per un altro momento, poiché la sua attenzione fu catturata da una vivace discussione tra Matt Jackson e una delle ragazze. Stava spiegando la regola della volata interna.

I giocatori dei Nighthawks erano piuttosto sexy, ma non abbastanza rispetto a Bobby. Per Elena, era una spanna sopra tutti gli altri. Le loro appassionate notti d'amore l'avevano ulteriormente avvicinata a lui. Inoltre, lui insisteva che lei gli parlasse della sua vita nella Repubblica Dominicana. Bobby ascoltava ogni sua parola, ridendo per le sue storie divertenti e aggrottando la fronte per quelle tristi.

"Tu non ti ricordi nulla della tua vita lì?" gli chiese lei.

"Non molto. Il Natale, un compleanno. Solo sprazzi di memoria che ritornano. Come la torta di mamma, il riso giallo e i fagioli neri. E la musica."

"Riesci ancora a parlare spagnolo?"

"Sì, in un certo senso. Non faccio molta pratica."

"Vuoi che ti parli in spagnolo?"

"Perché no? Mi piacerebbe riprendere a parlarlo."

"Qual era il tuo cibo preferito?"

"La torta tres leches."

"Ti piacciono i dolci?"

"Sì," ammise lui, con un sorriso timido sulle labbra. "Mamma me la preparava sempre, mentre mi parlava. Io la ascoltavo. Era un po' prima che nascesse mia sorella."

Per un istante, Bobby si trasformò in quel bambino, seduto al tavolo a mangiare la torta di sua madre, mentre lei chiacchierava. Elena notò il bagliore nei suoi occhi e il suo sorriso malizioso.

"E dopo la nascita di tua sorella?" gli chiese.

"Prima Juanita, poi Carlos, poi Carina, e non mi ricordo niente dopo di lei. Avevo sette anni quando è arrivata lei. È la prima volta che mi ricordo di mio padre."

"Non continuavi a mangiare insieme a tua madre?"

Lui scosse la testa. "Lei era troppo occupata. Sai, con un figlio dopo l'altro. Non aveva mai tempo per me. All'improvviso, ho dovuto diventare un uomo, come diceva mio padre. Farmene ua ragione. Dovevo aiutare in casa e non dare fastidio a mia madre. O, almeno, così diceva lui. Trovavo il cibo sul tavolo e mangiavo da solo."

Lei si sentì il cuore indolenzito per quel bambino che veniva lasciato sempre da solo.

"Ti mancava tua madre?" Lei si strinse alle coperte.

Lui le prese il mento con due dita e la baciò. "Puoi dirlo forte."

"Quanti anni avevi quando Carrington ti adottò?"

"Dieci. E sapevo già giocare a baseball."

Lei scosse la testa. Per quanto lei non andasse d'accordo con suo padre, almeno lui non l'aveva mandata via. All'improvviso, sentì il bisogno di rivedere la sua famiglia, per quanto fosse matta e per quanto lei non la approvasse.

"Torni spesso da loro?" le chiese, guardandola.

"Non li vedo da Natale."

"Perché no?" L'espressione di sorpresa sul suo viso la colpì.

"Non sei l'unico ad avere problemi con la sua famiglia."

"Almeno, io ho l'arte."

"Com'era la tua madre adottiva?" Lei si appoggiò il mento sulla mano. Poi, esaminò con lo sguardo il suo corpo tonico. Mentre lui le parlava della sua vita negli Stati Uniti, le gli mise un braccio intorno alla vita e le sue dita iniziarono a giocherellare con peli del suo petto, con la testa appoggiata sulla sua spalla.

"Arlene doveva essere simpatica."

"Lo era. Ed era buona con me. Mi trattava come se fossi suo figlio," disse Bobby, sbadigliando.

"Spegniamo la luce?"

"Sì." Le sorrise un'ultima volta, le diede un bacio e spense la luce. Elena si strinse a lui. Bobby la coccolava più di ogni altro uomo con cui era stata. Il suo calore fisico la tranquillizzava. Lui tirò su le coperte, le diede un bacio sulla testa e sussurrò "Buona notte."

Lei allontanò dalla sua mente da reporter le numerose domande sulla sua eredità. Si ripromise di non ficcare il naso in quella storia. Le lenzuola profumavano di pulito. Lei non riusciva nemmeno a immaginare come fosse avere una governante. Non dover pulire e fare il bucato dopo avere lavorato sodo tutta la settimana. Doveva essere il paradiso.

Con il viso vicino al suo collo, lei fece un respiro profondo. Le piaceva il suo profumo. Un tocco di lime del suo dopobarba o della sua colonia le stuzzicò il naso. Chiuse gli occhi mentre lui la teneva stretta a sé, accarezzandole l'orecchio con il suo respiro.

ELENA ARRIVÒ AL LAVORO in orario e appoggiò il suo caffè sulla sua scrivania. Una copia fresca di stampa del giornale, uscito proprio quel giorno, giaceva sulla sua scrivania. Luis, il ragazzo delle fotocopie, le lasciava sempre la sua copia al centro della scrivania. Lei scorse i titoli, cercando il suo articolo su Bobby, ma non lo trovò. Aggrottò la fronte, chiedendosi quanto a lungo Anita avrebbe aspettato prima di pubblicarlo.

Impaziente di portare a termine il suo rapporto professionale con lui per rilassarsi ed essere semplicemente la sua amante, prese un appunto mentale di dover parlare con la sua direttrice. Si mise a sfogliare il giornale mentre sorseggiava il suo caffè.

Quando arrivò a pagina cinque, si fermò. Spalancò gli occhi e spruzzò il caffè sulla pagina. Lì, a pagina intera, c'era un enorme pubblicità di Amore sulla Spiaggia di Jane Downing! Prese il suo cellulare e digitò il numero del suo piccolo editore indipendente.

"No, tesoro. Non ho fatto pubblicare io quella pubblicità. Vorrei tanto avere del denaro da spendere in quel modo. Pensavo che l'avessi fatta pubblicare tu. È comparsa anche su un altro paio di giornali. Due grosse riviste. Ti avrei mandato dei fiori. È tutto quello che posso permettermi col mio budget."

"Non sono stata io a farla pubblicare. Nemmeno io ho abbastanza denaro per farlo."

"Beh, chiunque sia il tuo angelo, digli che lo ringrazio molto. Sono sicuro che questo ti farà vendere molto. Ti terrò aggiornata."

Elena fissò la pubblicità. Chi avrebbe potuto farlo? Conosceva solo una persona che aveva abbastanza denaro da spendere per qualcosa di così folle — Bobby. Merda. Lesse la pubblicità. C'erano un paio di commenti e l'elenco dei posti in cui il libro era in vendita. C'era un enorme immagine della copertina. Lei sorrise. Era stato molto dolce da parte sua. Quando gli aveva detto che le sue vendite erano diminuite, lui l'aveva ascoltata. Il suo cuore era colmo di gioia. Poteva soltanto ricambiarlo con la sua gratitudine.

Per un attimo, fu colta dalla preoccupazione. E se i suoi genitori l'avessero scoperto? Come avrebbero potuto, da una pubblicità sul giornale? Sì, loro leggevano Hoy. Lo ricevevano con una settimana di ritardo, ma comunque lo leggevano. Lei aveva regalato loro un abbonamento al suo giornale. Sorrise — non avrebbero mai potuto scoprirlo.

Mentre era immersa tra i pensieri dell'amore di Bobby, la sua direttrice fece capolino nel suo ufficio.

"Vedo che hai visto la pubblicità. L'autrice deve essere ispanica. Altrimenti, perché farebbe pubblicità nel nostro giornale? Mi piacciono le pubblicità a pagina intera. Scopri di chi si tratta. Intervistala. Voglio un articolo su di lei. Una scrittrice ispanica di romanzi d'amore, che sembra anche avere successo — è proprio quello che fa per noi."

"Ma, io," mormorò Elena.

"Oh, e per quanto riguarda l'articolo su Hernandez. Cavolo, è troppo ovattato! Voglio che scavi nella vita di quel ragazzo. Non può essere immacolato come dici nel tuo articolo. Voglio qualcosa che faccia venir fuori il lato oscuro del signor Hernandez."

"Ma, io," disse Elena.

"Tutto chiaro? Adesso ho una riunione. Puoi andare via prima. Lavora a casa. Forza."

Anita scomparve rapidamente come era apparsa. Un'intervista con Jane Downing? Merda! Come poteva intervistare se stessa? Se non avesse dovuto nascondersi, avrebbe potuto rivelare tutto ad Anita e farsi intervistare da lei. L'intervista le avrebbe fatto molta pubblicità. Ma non poteva assolutamente farlo. Appoggiò la schiena sulla sedia, immergendosi nei suoi pensieri.

Cosa poteva fare? Si alzò in piedi e iniziò a camminare. Non le ci volle molto tempo prima di realizzare che avrebbe dovuto mentire, creando una falsa intervista. Avrebbe dovuto intervistare se stessa e inventare un po' di cose. Se avesse rifiutato di farlo, Anita l'avrebbe licenziata. E non poteva permettersi di perdere il suo lavoro. Se avesse detto la verità al suo capo, avrebbe rivelato il suo segreto e la sua famiglia avrebbe scoperto cosa faceva.

Sobbalzò al pensiero di una conversazione telefonica con suo padre, se lui l'avesse saputo. Lui l'avrebbe definita in tanti modi diversi. Si sentì un brivido lungo la schiena.

Un'intervista falsa sembrava essere l'unica soluzione, a meno che non avesse trovato qualcuno che potesse fingere di essere lei. Scosse la testa. Non avrebbe mai potuto trascinare una sua amica in un piano disonesto come quello. Avrebbero anche potuto querelarle. Lei si mangiò un'unghia.

L'unico modo per farlo era inventarsi un'intervista e non parlarne con nessuno, nemmeno con Francie. Se qualcuno l'avesse saputo, la verità sarebbe certamente venuta fuori. Lei deglutì. Quella era la cosa peggiore che avesse mai fatto in tutta la sua vita. Si sentì pervasa dalla paura e dalla vergogna.

"Stai andando via?" le chiese Luis. Lei guardò l'orologio. Erano le tre.

"Sì." Prese le sue cose e si diresse verso casa, ancora preoccupata per il suo dilemma.

Maledizione a quel Bobby Hernandez! Probabilmente era stato lui a pagare la pubblicità. Lei aggrottò la fronte e corrugò le sopracciglia.

Aveva forse pensato di farle un favore? Adesso era nei guai fino al collo. Favori, sorprese, poteva anche tenerseli! Perché non si era fatto gli affari suoi? Probabilmente si aspettava che lo ringraziasse e che gli fosse grata. Grata per averle creato il guaio più grande della sua vita?

CHIUDENDO LA PORTA alle sue spalle, lei si buttò sul divano. Le squillò il cellulare. Era suo fratello.

"Hey, Elena."

"Ciao, Paco. Cosa c'è? Sto lavorando."

"È così che parli a tuo fratello?"

"Ok, ok. Mi dispiace. Cosa c'è?"

"È quel periodo del mese o sei nervosa per qualcosa?"

"Non parlarmi in questo modo. Cosa c'è?"

"Papà vuole sapere quando tornerai a casa," le disse suo fratello.

"Oh, ha paura di chiedermelo lui?"

"Dice che tu gli manchi di rispetto."

"Forse lo faccio. Ho la mia vita, Paco. Sono felice qui."

"Questo vuol dire che non tornerai a casa?"

"Puoi dirlo forte. Perché adesso?"

Suo fratello le sembrava agitato.

"Che sta succedendo? Dimmelo, Paco. Qualcosa non va?"

"Ok. Non dovrei dirtelo. Papà ti ha trovato un marito."

"Un cosa?" Lei balzò in piedi dal divano.

"Sì. Ti ricordi Jaime Gonzalez?"

"Quel teppista che credeva di essere chissà chi al liceo?"

"Sì. Proprio lui. Adesso possiede un terzo di un supermercato. Papà dice che è ora che tu ti sposi. E Jaime vuole sposarti. Quindi, dovresti tornare a casa per organizzare il matrimonio. Papà dice che le brave ragazze dominicane non vivono da sole a New York, non lavorano e non fanno cose che non dovrebbero fare. Vuole che torni a casa. Ti ho solo riferito il suo messaggio. Non uccidermi."

Lei fece un respiro profondo. "Non è colpa tua. Digli che non tornerò a casa. Digli di smetterla. Adesso sono qui in America e vivo come le altre ragazze americane. Tu come stai?"

"Io sto bene. Tranne per il fatto che lui mi ucciderà."

"Dovresti andar via da casa. Trovarti un vero lavoro."

"Io ho un vero lavoro. Mi sto allenando per fare fortuna nel baseball."

"Devi tornare con i piedi per terra, Paco. Non succederà mai. Trovati un vero lavoro."

"Ho detto a papà di dimenticarsi di te. Tu sei un problema. Gli rendi la vita difficile e qui ne paghiamo tutti le conseguenze. Dovresti sentirlo urlare su di te. Tu stai umiliando tutta la famiglia. Torna a casa, Elena."

Quella fu la fine della loro conversazione. Lacrime di rabbia le offuscarono gli occhi. Chi si credevano di essere? Dei porci, maschilisti, maniaci del controllo, gli uomini della famiglia. Era sicura che l'altro suo fratello, Carlos, la pensasse come Paco e suo padre. Pazienza, Elena era un'adulta e aveva il suo modo di pensare. Eppure, le loro parole le facevano male. Aveva sperato nel loro sostegno fin da quando era arrivata negli Stati Uniti. Ma non avevano fatto altro che denigrarla, criticando ogni sua azione e implorandola di tornare nella Repubblica Dominicana.

Non c'era niente per lei lì, nemmeno Jaime Gonzalez. Le vennero i brividi al pensiero di sposarlo. Non le piaceva nemmeno al liceo ed era difficile immaginare che fosse cambiato in meglio.

Lei era la figlia maggiore, quella che avrebbe dovuto sposarsi per prima e avere tanti figli. Quel genere di vita non faceva per lei. Certo, un giorno avrebbe voluto avere dei figli — magari due, non sette come sua madre. Voleva una vita e una carriera, per essere una donna realizzata. Si buttò sul divano, esausta di doversi difendere.

Essere una delusione per suo padre, per i suoi fratelli e probabilmente anche per il resto della famiglia — nonostante sua madre non le avesse mai detto niente, la stressava. Sapere che ogni passo falso avrebbe potuto farla tornare nella Repubblica Dominicana, a casa di suo padre, a condividere una stanza con le sue due sorelle più giovani, la incentivava a lavorare di più. Ma adesso la sua libertà era a rischio.

Se suo padre avesse scoperto la sua carriera come scrittrice di romanzi d'amore, probabilmente l'avrebbe rinnegata. Lei sospirò. Tutto questo poteva essere peggio di ciò che doveva affrontare adesso? Probabilmente no. Afferrò un bloc-notes, si versò un bicchiere di vino e scrisse delle possibili domande per un'intervista. Doveva fare in modo di convincere Anita, che non era affatto stupida.

Indossò mentalmente i panni di "Jane Downing" e immaginò quali domande avrebbe voluto che le facessero e quali avrebbe preferito evitare. Poi, accese il suo laptop e iniziò a scrivere. Dopo aver esaurito tutte le domande possibili e decenti, si mise la penna tra i denti e ne scelse quindici. Dopo aver riempito di nuovo il suo bicchiere, iniziò a rispondere, ridacchiando di tanto in tanto.

Non era il sogno di ogni scrittore quello di essere intervistato da un giornale? Elena credeva di sì, ma l'idea di intervistarsi da sola la faceva ridere. Questo la fece sentire un po' meno a disagio per quella situazione. Era meglio ridere che piangere.

Alle cinque, fece una pausa e chiamò Bobby.

"Hai programmi per stasera?"

"No. L'allenamento è finito. E la partita è domani alle due."

"Vuoi venire a cena?"

"A cena?"

"Sì, voglio ringraziarti adeguatamente per quella pubblicità."

"Oh, per quello? Non preoccuparti. Non è niente."

"Oh, no. Non è vero che non è niente. Affatto! In effetti, è molto più di niente."

"A che ora?"

"Tra un'ora?"

"Perfetto."

Lei riagganciò. Arrabbiata com'era, come poteva prendersela con Bobby? Lui l'aveva fatto per il suo bene. Come avrebbe fatto a sapere che la sua folle direttrice le avrebbe chiesto tutto questo? Decise di bere un terzo bicchiere di vino, mise della musica da salsa e danzò verso il frigo. Presere delle verdure fresche e della carne dal frigorifero. Ne prese due confezioni. Bobby mangiava molto.

Sorseggiando il suo vino e cantando, si mise a scongelare, saltare, sminuzzare e condire le verdure. Agitando i fianchi, alzò la voce così tanto che quasi non sentì suonare il campanello.

Bobby! Ridacchiò, correndo verso la porta. Sì, aveva decisamente esagerato. Aprì la porta e si gettò tra le braccia del suo amante.

"Hey!" disse lui, stringendola a sè, tenendola ferma e ridendo allo stesso tempo.

Mettendogli le mani sul petto, respirò il suo profumo. Lui aveva un buon profumo, come quello che stava cucinando.

"Grazie, grazie," mormorò lei, chiudendo gli occhi.

Le sue braccia forti la sostennero mentre lei si immergeva in un mondo fantastico, sognando di essere sua moglie.

"Lo voglio," sussurrò lei.

"Cosa?" le chiese lui.

Lei chiuse gli occhi. Che cosa aveva appena detto? No, no, no, no, Elena Delgado non avrebbe sposato un ricco dominicano come voleva suo padre.

"Nulla," disse, riprendendosi. "Entra, entra." Lei fece un passo indietro e lo fece entrare.

"Che profumino! Che cosa stai cucinando?" Bobby prese una birra fredda.

"È un piatto che ho inventato, si chiama fiesta comida."

"Cibo da festa? Hai invitato altre persone?"

Lei sollevò la testa e lo guardò negli occhi. "No. Solo te. Che ne pensi?" gli lanciò il suo sguardo più seducente.

Lui sorrise. "Cavolo, chica. Direi che è perfetto." Lui la baciò. "Che cosa posso fare?"

"Potresti apparecchiare la tavola?" lei sollevò le sopracciglia.

"Certo. Quanto vino hai bevuto?" le chiese, aprendo il cassetto degli utensili.

"Un paio di bicchieri. Perché?"

"Non ti ho mai vista barcollare in questo modo. Va tutto bene? Te la senti di cucinare?"

"Sto bene." Lei rispose un po' troppo velocemente.

Lui sollevò le mani. "Hey, ok. Voglio solo dire che, se non te la senti di cucinare, possiamo uscire."

"Sto bene, Bobby. Grazie, ma sto bene." Prima di spegnere il fornello, gli accarezzò la guancia.

Elena impiattò la carne speziata e le verdure con del riso giallo, poi aggiunse dei fagioli neri cucinati con le cipolle. Gli porse un piatto.

"Sembra buonissimo."

"Spero che tu sia affamato."

"Lo sono."

Mangiarono in silenzio per un po'. Elena non si riempì di nuovo il bicchiere e bevve della Coca Cola. Bobby fece lo stesso. Le raccontò degli allenamenti, della partita del giorno prima, dei ragazzi e della prossima trasferta.

Dopo cena, Elena prese un contenitore dal frigorifero. "Questa è una cosa speciale solo per te." Lei catturò la sua attenzione.

"Davvero? Che cos'è?"

"La torta tres leches. Dal mio ristorante preferito."

"Stai scherzando."

"No. Controlla tu stesso." Divise il dolce in due porzioni e porse un piatto a lui. Lui chiuse gli occhi e assaporò il primo morso.

"Somiglia a quella che faceva mia madre."

Lei sorrise e lui ricambiò il sorriso e le prese la mano. "Non dovevi farlo."

"Non sapevo in che altro modo ringraziarti."

"Passare il tempo con te è sufficiente."

"In senso biblico?" gli chiese, inarcando le sopracciglia.

Lui arrossì. "In quello e in altri modi." Lui controllò il suo orologio. "Devo alzarmi presto domani."

"Allora, andiamo a letto," disse lei, facendogli il suo sorriso più sensuale.

Prima sistemarono la cucina e poi Bobby la baciò fino a raggiungere la stanza da letto. Lei si arrese alla sua bocca. La sua insistenza la fece eccitare. Si gettò sul letto, distesa sulla schiena. Lui si rotolò sul letto insieme a lei. Alzandosi sulle braccia, le chiese, "Sono pesante, ti ho fatto male?"

"Sto bene." I suoi occhi scuri incrociarono quelli di Bobby. Lui prese a baciarle il viso, mentre le sue mani le sbottonavano il vestito. Elena lasciò andare la sua presa e si tolse il vestito.

"Ora tocca a lei, signore," disse lei, gesticolando.

La sua rapidità nello spogliarsi la stupì.

"Wow," disse lei, spalancando gli occhi.

"È la pratica," rispose lui.

Lei scoppiò a ridere. Bobby tirò giù le coperte e i due fecero l'amore finché non scoccarono le nove.

Dopo, lei si strinse a lui, con la testa appoggiata sul suo petto, mentre lui le accarezzava i capelli. Quella stupida intervista a Jane Downing continuava a tormentarla. Una cosa era qualche piccola bugia bianca, ma questa sarebbe stata una grossa bugia. Lei si mordicchiò il labbro.

"Qualcosa ti preoccupa, Elena?" La sua voce era dolce e rassicurante.

Mettendo da parte la sua promessa di tenersi tutto per sé, gli raccontò tutto.

"Oh, mio Dio," rispose lui, quando lei finì il suo racconto.

"Lo so. Non so che altro potrei fare. Non posso dirle che sono io. Conosco Anita, lei distruggerebbe tutto. Ma io non sono una bugiarda. Inoltre, non so se posso farcela."

"E se tu rifiutassi?"

"Lei mi licenzierebbe. Ha minacciato di farlo anche quando ho rifiutato di intervistare te."

"Me? L'hai fatto davvero? Perché? Oh, già, già. Quelle stronzate su mio padre. Mi ricordo."

"Cosa posso fare?"

"Non lo so. Mi dispiace molto di aver causato tutto questo."

"Non è colpa tua," mentì lei, rifiutandosi di dargli la colpa.

"Se io non avessi fatto pubblicare quella pubblicità, tu non avresti dovuto affrontare questa decisione."

Lei rimase in silenzio. Bobby iniziò a parlare.

"Non è una vera bugia, comunque. Tu intervisterai davvero Jane Downing."

"Ma sono io."

"E allora? Sarebbe comunque un'intervista con l'autrice." Lui le accarezzò la schiena nuda.

"Suppongo di sì."

"Voglio dire, non fingerai di essere qualcuno che non sei. Sei davvero tu Jane Downing." Lui alzò leggermente il tono di voce.

"È vero. È vero. Sono io. L'intervista non è una bugia. Non veramente."

"Va avanti e falla. Riuscirai a ingannare la tua direttrice. Sei brava. Ho letto qualcosa che hai scritto. Sei molto brava. Fatti un'intervista tosta. Poni domande difficili, rendila intensa. Sarebbe anche una buona pubblicità per te."

"Mi stai dicendo di affrontarla con un atteggiamento positivo?" Lei si sedette.

"Esattamente. Cerca di ricavare il meglio da questo, invece di averne paura. È come quando devo affrontare il lanciatore più bravo di tutta la lega. Vado lì fuori, sapendo che se voglio posso batterlo, se mi impegno abbastanza. Cerco di prepararmi psicologicamente. Quando arrivo sul piatto, non ho paura. E la sua brutta faccia non mi impressiona."

"Hai ragione." Lei sorrise, sentendo la speranza crescere nel suo petto.

"Già. È vero, a volte non ci riesco, ma altre volte riesco a batterlo. E poi la paura scompare. Lui è un ragazzo, esattamente come me. Non c'è niente di cui aver paura."

Una sensazione di sollievo le scorse nelle vene. Lui aveva detto una cosa giusta. Lei sospirò. "Hai ragione."

"Puoi dirlo forte, tesoro," disse lui, spostando la sua attenzione sul suo seno.

Il suo sguardo le fece indurire i capezzoli, risvegliando il suo desiderio.

"Facciamolo prima della trasferta."

"Ma andrai in trasferta solo la settimana prossima."

"Così ci portiamo avanti." Lui le si avvicinò e le loro bocche si incontrarono.

"Bobby, sei stupendo," sussurrò lei.

"E tu sei la mia ragazza," disse lui, mettendosi sopra di lei per fare l'amore.

IL MATTINO DOPO, I due amanti uscirono insieme. Bobby la accompagnò in ufficio, poi andò allo stadio. Lei era in ritardo di mezz'ora, a causa delle coccole. Ma non poteva fornire quella come ragione del suo ritardo.

"Sei arrivata, finalmente!" Anita le lanciò un'occhiata fredda. "Come sta andando con l'intervista?"

"Tutto bene. Scusa il ritardo. Non mi sentivo molto bene stamattina," mentì lei.

"Non ammalarti adesso. Abbiamo delle scadenze. Ecco l'articolo su Hernandez. Abbelliscilo un po'. Dammi qualcosa di intrigante. Lo voglio sulla mia scrivania entro la fine della settimana." Anita scomparve rapidamente come era arrivata.

Elena scorse l'articolo. Era orgogliosa di quello che aveva scritto. L'intervista metteva in luce il suo background dominicano, ma non era esagerata, altrimenti lui si sarebbe sentito in imbarazzo. Lei aveva descritto il suo programma di portare i ragazzi meritevoli dalla Repubblica dominicana al campo di baseball primaverile per bambini che la squadra teneva in Florida. Nell'ultimo anno, Bobby aveva sponsorizzato cinque ragazzi e ragazze. Lei aveva sottolineato questa sua voglia di dare qualcosa ai bambini meno fortunati.

Ok, ok, non era un articolo esplosivo, in cui parlava del suo passato e della sua famiglia perché i lettori lo giudicassero e lo mettessero in ridicolo. Cosa avrebbero detto i suoi tifosi se avessero saputo che sua madre l'aveva affidato a un estraneo per portarlo negli Stati Uniti? Si era immaginata le lettere cariche di odio che lui avrebbe potuto ricevere. Avrebbe scritto quell'articolo se non si fosse innamorata di lui? Essendo onesta con se stessa, sapeva che l'avrebbe fatto — che avrebbe detto la verità, indipendentemente dalle conseguenze. Un bravo reporter non addolcisce le sue storie, ricoprendo la verità di panna montata fino a non riuscire più a vederla.

Un punto in meno per Elena per la sua mancanza di professionalità. Ne era pentita? No. Bobby non se lo meritava. Essere un famoso giocatore di baseball non voleva dire che tutto il mondo avesse il diritto di frugare nei suoi panni sporchi. E tutti avevano qualche segreto da non rivelare. Raccontarle di sua madre e di quando aveva lasciato la Repubblica Dominicana era stato emozionante per lui. Lei non avrebbe mai potuto scrivere che lui piangeva tutte le notti, sentendo la mancanza di sua madre. Nonostante lei non amasse il padre di Bobby, una storia come quella gli avrebbe spezzato il cuore. E avrebbe spezzato anche quello di Bobby.

Luis si fermò nell'ufficio di Elena.

"Ti va di prendere un caffè dopo il lavoro?" le chiese, appoggiandosi alla porta.

"No. Grazie. Ti ho già detto che non voglio uscire con te."

"Hai trovato qualcuno migliore di me?" le domandò, tirando su col naso.

Lei si voltò per nascondere il suo sorrisetto. "Sono occupata. E, sì, mi vedo con qualcuno."

"Con chi?"

"Non sono affari tuoi."

"Sei veramente snob, Elena. Solo perché hai una laurea, credi di essere più meglio di me."

"Migliore."

"Cosa?"

"Ti sto solo correggendo."

"Non c'è bisogno di correggermi. È vero, non parlo perfettamente. E allora? Almeno io so qual è il posto di una donna."

"E qual è, Luis? Dietro i fornelli e in camera da letto?"

"Ovviamente! E la maggior parte delle donne lo sanno. Ma non tu. Tu pensi di essere migliore di tutti. Beh, non lo sei."

"Non lo penso affatto. Solo che non voglio quello che vuoi tu. Tutto qui."

Lui fece una smorfia.

"Io voglio un uomo che voglia stare con una donna intelligente."

Luis fece un sorrisetto furbo. "Io sono intelligente. So a che cosa serve una donna."

"Sta zitto, Luis."

"Non puoi farci niente. È il tuo destino. Portare in grembo mio figlio."

"Esci di qui o chiamerò la sicurezza."

"Non oseresti."

"Mettimi alla prova!" Lei allargò le narici e spalancò gli occhi mentre prendeva il telefono.

"Ok," disse lui, alzando la mano. "Me ne vado. Ma non dimenticarlo. Quando vorrai sentirti una vera donna, chiamami."

Lui se ne andò mentre lei prendeva la sua tazza di caffè. Bastardo! Ma tutti gli uomini ispanici pensano questo? Forse. Ma non Bobby, vero? Lei si mordicchiò il labbro. Lui non le aveva mai detto di volere una donna come lei. Le aveva detto di volere una donna che potesse riportare nella sua vita la cultura dominicana. Intendeva forse dire che voleva una donna che stesse tutto il giorno dietro i fornelli e che sfornasse una nidiata di figli? Le vennero i brividi. Non poteva essere così. Non per Bobby.

Se avesse voluto una donna così, che cosa ci faceva con lei? Lei non aveva mai tenuto segrete le sue opinioni. Sospirò. Lui sapeva di certo cosa avrebbe avuto con lei e voleva quel genere di donna. Lei era così e non poteva cambiare la sua natura.

Elena appoggiò la schiena sulla sedia, appoggiando i piedi sul cestino della carta e iniziando a vagare con la mente. Immaginò come potesse essere vivere nell'elegante e spazioso appartamento di Bobby. Certo, era davvero un posto di lusso, ma lei l'avrebbe arricchito con un tocco ispanico. Sorrise, immaginando come avrebbe cambiato alcuni colori.

"Allora? Hai finito di sistemare l'articolo su Hernandez? Hai trovato qualcosa di buono? E quando intervisterai Jane Downing?" le chiese Anita, ferma sull'uscio. Elena cadde quasi dalla sedia, mentre i suoi sogni svanivano come bolle di sapone.

"Oh, no, no. Non ancora. Sto cercando."

"È difficile trovare qualcosa con gli occhi chiusi. Svegliati, Elena. Questo lavoro è una grande opportunità per te. Ma devi impegnarti di più e scavare più a fondo!"

Luis chiamò Anita e lei lo seguì sul retro dell'ufficio. Elena si sentì sollevata. Forse quello non era il lavoro per lei. Gli editori erano tutti così cattivi? Perché Anita doveva essere una tale schiavista? Lei frugò tra le carte sulla sua scrivania e fece finta di cercare qualcosa sulla Repubblica Dominicana nel suo laptop, nel caso in cui Anita le fosse comparsa all'improvviso alle spalle. Sentendo sbattere la porta dell'ufficio del suo capo, Elena si rilassò.

Era al sicuro — almeno per adesso. Mettendo da parte il suo ignobile compito di infangare Bobby nel suo articolo, si concentrò sulla sua intervista a Jane Downing. Avendo solo un cubicolo, non poteva chiudere la porta. Ma, rivolgendo le spalle ad essa, iniziò a leggere le domande a se stessa, a voce alta e lentamente. In qualche modo, questo la faceva sembrare una vera intervista. Se avesse potuto portare una seconda sedia nella stanza, l'avrebbe fatto. In questo modo, avrebbe potuto spostarsi da una sedia all'altra. Sedersi su una sedia — porre una domanda. Spostarsi sull'altra sedia — rispondere alla domanda. Si mise a ridacchiare per quel suo pensiero stupido.

BOBBY SI ABBOTTONÒ la maglietta, poi si pettinò i capelli. Se avesse saputo fischiettare, l'avrebbe fatto. La vita non gli poteva andare meglio. Il braccio che usava per lanciare era più forte che mai, godeva di ottima salute e non c'era niente che gli facesse male — almeno non ancora. Ma mancava ancora molto tempo per la fine della stagione. E aveva appena trascorso una notte di fuoco al letto con la ragazza più sexy del mondo. Avevano fatto l'amore tre volte, due durante la notte e una al mattino. Il sesso mattutino gli dava sempre la carica per cominciare la giornata.

Sorrise mentre riponeva i vestiti nel suo armadietto. Poi seguì Matt Jackson e Skip Quincy verso il campo. I Boston Blue Jays erano in città per una serie di tre partite.

"Guarda quel sorrisetto," disse Matt, scuotendo la testa. "È quello di un uomo che ha appena fatto l'amore."

Bobby si sentì arrossire le guance. "Come diavolo fai a saperlo?"

Skip scoppiò a ridere. "Non lo sapeva. Ma adesso lo sa!"

Bobby era troppo di buon umore per arrabbiarsi con Matt. E doveva ammettere che il ricevitore fosse un ragazzo intelligente. Ok, quindi sapevano che aveva appena fatto l'amore. Allora, li avrebbe lasciati ingelosire.

"Ace Benson sostituirà Rowley Banner," disse Matt, mentre si dirigevano verso il campo.

"Rowley, il tipo che è morto?" chiese Bobby.

"Già. Ti ricordi, proprio davanti al locale di Freddie?" Skip se lo ricordava.

"Oh, sì, sì. Me lo ricordo. È stato un peccato."

"Questo tipo è stato alle calcagna di Banner per tutto l'anno passato," disse Matt.

"Alle calcagna?" Bobby corrugò la fronte.

"I due continuavano a contendersi il record di battute. Ace lo stava raggiungendo di nuovo. Adesso il record è suo. Ha campo libero e vuole mantenere il vantaggio per la sua squadra."

"Usa la destra?" Bobby si strofinò il mento.

"Sì. Ma usa anche la sinistra," disse Matt, incrociando lo sguardo di Bobby.

"Allora è un problema di Skip e Jake."

"Non esserne così sicuro," rispose Matt.

I ragazzi si misero i berretti sul cuore e iniziarono a cantare l'inno nazionale, stando sull'attenti.

I Blue Jays andarono alla battuta per primi, così i Nighthawks entrarono in campo. Passando davanti all'interbase dei Jays, Skip Quincy disse, nascondendosi la bocca con la mano, " Gli Hawks mangiano i Blue Jays."

Boots ridacchiò e rispose: "Davvero? E li ingoiano anche?"

Skip e Bobby scoppiarono a ridere. Skip era stato nella minor league con Boots e l'aveva superato per prendere il posto nei Nighthawks. I ragazzi erano rimasti amici. Con tutti questi scambi, un giocatore non poteva mai sapere in che squadra sarebbe finito. Rimasero amici, anche con i ragazzi che erano entrati prima di loro. Era impossibile dire quando uno di quei ragazzi sarebbe entrato nella loro stessa squadra.

Bobby era pronto. Dan Alexander, il lanciatore di punta dei Nighthawks, era sul monte di lancio. A Cal Crawley, il manager, piaceva cominciare al meglio. Credeva che fosse più facile mantenere un record di vittorie cominciando al meglio fin dall'inizio e non alla fine di una partita. Bobby immaginava che fosse una cosa mentale, perché i numeri erano numeri e, quando Cal l'aveva detto, per lui non aveva avuto alcun senso. La matematica era sempre stata una delle materie in cui Bobby era più bravo.

Boots era il battitore di inizio. Bobby piegò le ginocchia, spostò leggermente il peso sugli avampiedi e concentrò lo sguardo sulla palla. Si ricordò le parole del suo padre adottivo, "Quando l'altra squadra raggiunge il piatto, mantieni lo sguardo sulla palla. Non sul battitore, sulla palla. Non è il battitore che devi afferrare, ma la palla"

Bobby aveva sempre portato quel consiglio nel suo cuore. Art Carrington aveva giocato a baseball da semiprofessionista quando era giovane. Bobby sapeva che quello era il sogno del suo vecchio e questo lo spingeva a fare meglio ogni giorno. Voleva che fosse orgoglioso di lui. Dopotutto, aveva investito molto tempo e denaro su Bobby. Ora, era il momento che quegli investimenti dessero i loro frutti.

Boots mandò una palla terra attraverso lo spazio tra Skip e Bobby per un singolo e i Jays avevano un uomo in base. Il battitore successivo era mancino. Bobby si sentiva in ansia, immaginando che il lancio sarebbe arrivato dalla sua parte. Quel coglione poteva facilmente mandare la palla proprio verso il secondo difensore. Si mise il guanto sul petto, pronto ad afferrare qualunque cosa.

Prendendo in giro tutti, il battitore mandò la palla dritta verso Skip. Bobby corse verso la seconda base. Skip afferrò la palla a terra mentre rimbalzava e la lanciò a Bobby. Come si era esercitato a fare migliaia di volte, si posizionò dietro la base, per non essere colpito dal corridore che scivolava in base. Bobby afferrò la palla, si posizionò al centro della base e si voltò. Si tolse la palla dal guanto e la lanciò a Nat Owen. Fu un lancio perfetto, diretto verso Owen, che la afferrò — doppio gioco!

I Nighthawks non avevano molte opportunità di fare un doppio gioco. Cal guardò Bobby alzando i pollici. Dan eliminò il battitore successivo e la squadra evitò di affrontare Ace Benson fino al secondo inning. Ora era il turno degli Hawks di segnare qualche punto sul tabellone.

Nat fu il primo a battere, con Bobby sul cerchio di attesa. Osservò il suo compagno di squadra mentre si metteva in posizione. Scuddy Figueroa, il migliore lanciatore dei Blue Jays, iniziò a oscillare la mazza. Nat era stato il miglior giocatore delle World Series e si stava impegnando per vincere di nuovo il titolo. Il primo difensore rimase fermo, oscillando leggermente la mazza mentre la palla veniva lanciata. Crack! La palla volò proprio sopra la testa di Boots McGuffin e atterrò nella parte destra del campo. Nat lasciò cadere la mazza e si mise a correre, alla massima velocità, raggiungendo facilmente la prima base. Bobby era pronto.

Raggiunse facilmente il piatto. Sapeva che il lanciatore era preoccupato. Lui aveva cercato di nasconderlo lanciando un'occhiata sicura a Bobby, ma non lo convinse. Bobby riuscì a mandare fuori la palla, permettendo al suo compagno di raggiungere la base. Anche Scuddy lo sapeva.

Stringendo gli occhi, si concentrò sulla palla, proprio come Art gli aveva insegnato.

"Strike!" urlò l'abitro.

Bobby serrò la mascella e uscì dal box di battuta. Col cazzo che avrebbe fatto strike out, concedendo a Scuddy un inning facile. Una palla lunga avrebbe permesso a Nat di restare in base, prima di avanzare verso la base successiva. Lui era secondo solo a Bobby per le basi rubate.

Guardò la prima base, dove Nat era accovacciato, ottenendo un grande vantaggio.

Scuddy seguì lo sguardo di Bobby e lanciò verso la prima base. Nat dovette tornare indietro per evitare di essere mandato fuori. Merda! Aveva sbagliato. Non avrebbe dovuto far capire le sue intenzioni dal suo sguardo. Ritornando sulla base, si appoggiò la mazza sulla spalla, poi si mise in posizione. Il lancio successivo fu un ball. Lui si mise a fissare Figueroa. Il lanciatore stava iniziando a sudare? Il terzo lancio fu una palla bassa, mentre il quarto fu una palla alta. Scuddy si asciugò il viso con la manica.

Bobby sorrise. Il lanciatore era proprio dove lui avrebbe voluto. Anche il suo prossimo lancio poteva essere un ball, perché Figs aveva perso il controllo, oppure un lancio verso il centro che, con un po' di fortuna, sarebbe arrivato esattamente dove voleva. Bobby uscì di nuovo dal box e si prese un momento per pensare. La partita era iniziata da troppo poco perché Figueroa cominciasse a perdere il controllo.

Bobby si spostò sul piatto e si mise in posizione. Fissando Scuddy, strinse la presa e si preparò a colpire la palla. La palla arrivò verso di lui e Bobby oscillò la mazza appena in tempo per colpirla. Aveva indovinato. Era arrivata proprio al centro, solo un po' alta, esattamente nel suo punto preferito, e Bobby ne approfittò. La mazza colpì la palla e il rumore fu così forte che gli sembrò di sentirlo nelle mani mentre la colpiva.

La palla volò in alto, dirigendosi verso gli spalti del centrocampo. Nat iniziò a correre verso la terza base. Anche Bobby iniziò a correre. La palla continuò la sua traiettoria e rimbalzò sui gradini delle tribune. Un home run! Bobby aveva dato inizio alla temuta serie di partite contro i Jays con un fuori campo da due punti. Nat aspettava in casa base.

I ragazzi si diedero il cinque. Bobby si diresse verso il dugout, dove si tolse il caschetto. Matt gli diede una pacca sul sedere.

"Ben fatto, Bob."

Bobby prese una bottiglietta d'acqua e si sedette. Skip Quincy, il suo migliore amico, lasciò di corsa la terza base e raggiunse i suoi compagni di squadra in panchina. Prese un berretto da baseball, con dentro delle banconote da cinque e dieci dollari.

"Forza, Bobby. Partecipa anche tu."

"Ok, ok." Si mise la mano nella tasca posteriore e tirò fuori una banconota da dieci dollari. Arlene, la sua madre adottiva, gli aveva consigliato di tenere sempre un paio di banconote da dieci dollari nella tasca posteriore, anche mentre stava giocando. Se avesse avuto bisogno di qualche dollaro o se gli avessero rubato il portafoglio, avrebbe avuto qualcosa per prendere un taxi o per comprarsi da mangiare, o entrambe le cose. Lui sorrise tra sé. Non aveva pianificato di unirsi ai suoi amici in questa caccia alle ragazze sexy, ma non poteva dire di no a Skip. Arlene era una donna saggia.

Chet Candeleria iniziò a parlare.

"Ho visto una ragazza con un bel paio di tette da qualche parte," disse lui, gesticolando.

"Com'è vestita?" gli domandò Skip, sporgendosi leggermente dal dugout.

"Non saprei. Di giallo? Forse di verde. Comunque, quando si è piegata in avanti si è visto tutto," ridacchiò lui. "Wow! Ho vinto."

"La partita è appena cominciata. C'è ancora molto tempo," disse Bobby. Lui non aveva alcuna intenzione di esaminare la folla per cercare qualche ragazza sexy o con le tette grosse. Aveva già tutto ciò che un uomo potesse desiderare con Elena Delgado. Nessuna poteva competere con lei.

I Nighthawks segnarono altri due punti, ma i Blue Jays stavano quasi per raggiungerli. Il punteggio era di quattro a tre, a favore degli Hawks. Durante l'intervallo del settimo inning, Cal raggiunse il dugout.

"Dobbiamo vincere. Sapete come sono i Jays. Se vincono la prima partita, probabilmente si aggiudicheranno tutta la serie. Batteteli. Entrate in campo e fateli fuori."

I ragazzi annuirono. I loro avversari, la squadra di Boston, li raggiunsero, rendendo le cose più difficili agli Hawks. Bobby aveva imparato presto che era meglio andare in vantaggio subito. Mettere l'altra squadra in una situazione di svantaggio era sicuramente un incentivo. L'altra squadra, sentendosi sotto pressione, avrebbe cercato di segnare qualche punto. Facendo errori, perdendo la palla, sbagliando i lanci e facendo strike out — concedendo ulteriore vantaggio alla squadra avversaria.

In collegio, Bobby era diventato spietato nello sport. In campo, era totalmente sicuro e concentrato. Con la vittoria come unica opzione, aveva poca pazienza nei confronti dei compagni di squadra che non la prendevano seriamente. Bobby sapeva che quello sarebbe stato il suo biglietto per una vita migliore — la sua unica opportunità. Irrequieto a scuola, l'università non gli interessava. Si obbligava a studiare abbastanza per mantenere dei voti decenti, non rendendosi conto di quanto fosse dotato.

Al college nella vita, avrebbe dovuto competere con persone più dotate di lui, con una migliore istruzione e che avevano un background americano. Quelle persone avrebbero sempre avuto un vantaggio. Ma Bobby aveva un dono, quello di giocare a baseball come nessun altro. In campo, era lui ad avere il controllo e gli altri lo ammiravano e lo temevano.

Grato di avere quel talento, lui l'aveva coltivato, lavorando sodo ogni giorno, sognando persino a occhi aperti di essere alla battuta mentre era in classe. Suo padre gli aveva detto migliaia di volte che il talento senza l'impegno era sprecato. Nonostante fosse nato con quel talento, aveva dovuto imparare a impegnarsi. E l'aveva fatto — in palestra, nella gabbia di battuta e sul campo. Si era impegnato più di tutti gli altri membri della sua squadra, anno dopo anno. Ed era sempre stato la star della squadra, anno dopo anno. A scuola, si era guadagnato il rispetto di tutti.

Il giorno del diploma, aveva vinto un premio speciale. Si trattava di un premio di merito, un nuovo premio istituito proprio l'anno del suo diploma. "Per il merito dimostrato in quattro anni," conferito al piccolo Bobby Hernandez dalla Repubblica Dominicana. Gli avevano anche fatto una standing ovation. Quel giorno si era sentito estremamente orgoglioso di vedere tutti quei ragazzi ricchi alzarsi per applaudirgli. Ogni volta che ci pensava, si sentiva le lacrime agli occhi, ricordandosi l'orgoglio che aveva provato.

Inginocchiandosi nel cerchio di attesa, allontanò quei ricordi dalla mente e guardò il lanciatore. Scuddy era ancora in gioco. Ciò voleva dire che non si era ancora stancato. Probabilmente sarebbe stato il suo ultimo inning. Matt aveva contato i lanci e aveva detto a Bobby che ci sarebbero voluti molti altri lanci per eliminare ogni giocatore dei Nighthawks.

Nat Owen andò alla battuta. Bobby vide aumentare il conteggio dei lanci, uno strike, un ball, un altro ball e per finire un terzo ball. Il primo difensore, come Bobby, apprezzava il conteggio di tre ball e uno strike, perché gli permetteva di battere nel modo che preferiva. E fu proprio così! La palla arrivò proprio lì, proprio nella power zone di Nat. Il battitore la mandò nell'outfield, dove rimbalzò tra gli spalti per un doppio per regola di campo. Bobby sorrise. Sì, Figueroa si stava stancando. Pregò che il lanciatore avesse abbastanza energia da affrontare un altro battitore.

Lui guardò Matt, il quale sollevò tutte le dita. Dieci lanci. In questo modo, segnalò a Bobby che a Scuddy mancavano solo dieci lanci prima di essere sostituito da un lanciatore di rilievo. Un giocatore furbo avrebbe cercato di ottenere ogni vantaggio possibile. Lui raggiunse il piatto appena in tempo per vedere Figueroa che si asciugava il sudore sul viso. Sì, Bobby aveva colpito la palla mandandola fuori dal campo e Scuddy lo sapeva. Stava sudando più di prima o era solo un'impressione di Bobby?

"Suda, coglione," borbottò Bobby tra sé.

Raggiunse il piatto, si mise in posizione, voltò la testa verso il lanciatore e strinse gli occhi. Se quello fosse stato un duello, sarebbe stata l'ultima possibilità per Figueroa in quella partita. L'istinto e la sete di sangue crescevano nel cuore di Bobby. Il primo lancio fu un ball. Forse qul coglione pensava di poter dare a Bobby del filo da torcere? Impossibile. Lui si sarebbe preso il suo tempo, aspettando il suo lancio o il suo walk. Cercò di mantenere la calma mentre assisteva ai suoi due strike e ai suoi due ball. Sapeva che Figueroa si aspettava il suo swing al lancio successivo.

Bobby digrignò i denti, sussurrò una preghiera veloce e aspettò. Come previsto, la pallina atterrò nel terriccio. Ottenne un conteggio pieno e iniziò a fare il suo swing. Se quel coglione sul monte di lancio non fosse riuscito a mandarla sul piatto, lui avrebbe avuto due uomini in base invece di uno. Matt aveva studiato Scuddy e aveva consigliato a Bobby che, quando il lanciatore avrebbe lanciato, lui avrebbe dovuto fare un tiro a effetto, sperando di mandare la palla nell'angolo superiore esterno. Era esattamente ciò che anche Bobby sperava.

E fu proprio ciò che successe, come previsto, e Bobby fu pronto. Fece oscillare la mazza e colpì la palla. La palla si diresse verso l'angolo destro del campo. Nat si stava avvicinando alla seconda base quando l'esterno raggiunse la palla. Bobby scattò, muovendo le gambe sempre più veloce, quasi volando sopra il terriccio.

Nat si avvicinò alla terza base e si fermò, mentre l'esterno lanciava la palla verso la seconda base. Bobby fece l'impossibile, precipitandosi verso la base, scivolando con la testa in avanti. Il lancio era un po' alto, il che gli permise di scivolare sotto la base. Il secondo difensore inciampò sulla gamba di Bobby e cadde, facendo cadere la palla. Bobby alzò lo sguardo appena in tempo per vedere che Nat stava cercando di rubare la casa base.

La folla fece un urlo assordante. Lui si alzò, spolverandosi l'uniforme con le mani per togliere la terra, mentre il giocatore che copriva la seconda base, che aveva commesso l'errore, borbottò tutte le imprecazioni che conosceva. Sorridendo, Bobby si voltò dandogli le spalle e lanciò un'occhiata a Scuddy Figueroa. Il manager dei Blue Jays fece per raggiungere il monte di lancio. Il lanciatore aveva finito di giocare per quel giorno. La battuta di Bobby gli aveva dato il colpo di grazia. Entrò in gioco un lanciatore sostituto per affrontare Skip Quincy e, in seguito, il battitore più potente degli Hawks, Jake Lawrence.

Bobby si accovacciò, spostando il peso sugli avampiedi e lanciando uno sguardo di sfida verso la terza base. Il lanciatore di rilievo unì le mani e guardò Bobby. Il ricevitore sollevò due dita verso il lanciatore. Bobby si spostò, sporgendosi verso la seconda base, mentre il lanciatore di rilievo si voltò e colpì la palla verso il secondo difensore, che iniziò a correre verso la base alla velocità della luce. Ma Bobby fu più veloce. Si tuffò in sicurezza sulla base una frazione di secondo prima del suo avversario.

"Fanculo," sussurrò, sorridendo all'interno, che lo guardò storto.

I segnali del coach di terza base avvertirono Bobby che avevano iniziato il loro hit and run. Skip era un battitore ambidestro. Adesso, stava usando la mano destra. Aveva la tendenza a colpire la palla con forza. Dopo due lanci, il conteggio era di uno e uno. Skip guardò Bobby, a breve distanza dalla seconda base. Quello era il segnale. Lui avrebbe iniziato a correre velocissimo al prossimo lancio. Appoggiandosi le mani sulle ginocchia piegate, il corpo di Bobby era in tensione.

La pallina volò verso il piatto. Il suo rumore forte catturò l'attenzione di tutti. Skip la mandò nella parte destra del campo. Figlio di puttana, una battuta valida! Bobby scattò come se il diavolo in persona lo stesse inseguendo. I suoi polmoni sembravano quasi urlare mentre spingeva il suo corpo a correre a una velocità che non aveva mai raggiunto prima. Passò intorno alla terza base, acquisendo vantaggio mentre si precipitava verso il piatto di casa base.

L'esterno destro lanciò la palla verso il piatto. Bobby non aspettò di vedere se il secondo difensore avrebbe ricevuto il lancio. Mantenne la testa bassa e le gambe in azione. Era arrivato il momento di fare un altro tuffo in base. Come se si trovasse sul bordo di una piscina, Bobby si tuffò verso il piatto, con le braccia tese, stringendo la terra con le mani e riempendosi la bocca di polvere, mentre scivolava in casa base. Nonostante tutto fosse successo molto velocemente, a lui sembrava che tutto fosse avvenuto al rallentatore. Lui e la palla raggiunsero la base nello stesso momento.

Bobby distese il braccio e alzò la mano. Toccò il ginocchio del ricevitore un momento prima che la palla arrivasse. Spinse il giocatore abbastanza da fargli mollare la palla, che schizzò dal suo guanto come una fetta di pane dal tostapane. Il giocatore indietreggiò e la palla cadde a terra. Bobby era al sicuro — punto segnato!

Tutto coperto di terra, si alzò sorridendo. Cal Crawly lo guardò alzando i pollici, che era la massima dimostrazione del suo entusiasmo, per essere un uomo così taciturno. I suoi compagni di squadra iniziarono a saltare su e giù nel dugout. Jake Lawrence lo raggiunse nel box di battuta, dandogli il cinque. Bobby si diresse verso il dugout, mentre cercava di togliersi un po' di polvere dall'uniforme. Nat Owen si tolse il caschetto.

Bobby fece un cenno a Skip, in prima base. Ora il punteggio era di sei a tre. I Blue Jays avrebbero dovuto fare di tutto per recuperare. I Nighthawks mantennero il loro vantaggio, vincendo la prima partita della serie. Nello spogliatoio, i ragazzi chiamarono le loro ragazze per celebrare la vittoria.

Bobby chiamò Elena. "Ci vediamo da Freddie?" Aveva bisogno di vederla prima di andare in trasferta. Non era soltanto per mangiare insieme, ma soprattutto per avere la sua parola che non sarebbe uscita con nessuno mentre lui era in viaggio.

Per la prima volta, Bobby avrebbe rifiutato di andare in un locale di spogliarello con i suoi compagni di squadra durante la trasferta. Sapeva di doversi comportare bene, se si aspettava che Elena facesse lo stesso. Non era preoccupato. Del resto, dove avrebbe potuto trovare un'altra donna come lei? Da nessuna parte. Si vestì sorridendo, impaziente di passare del tempo con la sua ragazza. La sua vita non poteva andare meglio di così. Forse, arrivare alle World Series avrebbe completato il quadro. Lui sorrise mentre si metteva il suo nuovo dopobarba, Seduce Me Not. Ridacchiando, si diresse verso la sua auto, pronto per una notte di passione.

Capitolo Dieci

Con Bobby in trasferta, Elena aveva molto tempo per sistemare la sua intervista con Jane Downing e per cercare di aggiustare quella di Bobby. Nessuno dei due era un compito piacevole, quindi continuava a rimandare. Giorno dopo giorno, cercava di evitare entrambi i compiti, cercando anche di elaborare una lista di proposte per distrarre Anita.

Ma la sua direttrice aveva l'olfatto di un segugio e, ogni mattina, chiedeva a Elena a che punto fosse con i suoi articoli. Finalmente, dandosi la carica con due enormi tazze di caffè, Elena decise di affrontare le domande che aveva scritto per l'intervista con Jane Downing. Mettendosi nei panni dell'autrice, rispose a ogni domanda con sicurezza, prendendosi del tempo per sistemare ogni risposta, per renderla plausibile e accurata.

Quando Anita fece capolino, lei sorrise e annuì.

"Stai rivedendo l'intervista a Jane Downing? Perfetto." Lei si allontanò prima che Elena potesse rispondere. A ora di pranzo, si recò con il suo laptop in un parco lì vicino e si accomodò a un tavolo da picnic. Mentre mangiucchiava un panino, iniziò a scrivere. Quando ebbe quasi finito, le squillò il cellulare. Era Bobby.

"Ciao, piccola."

"Hey, pensavo che fossi in trasferta!"

"Lo sono. Siamo a Baltimora. Abbiamo interrotto gli allenamenti per il pranzo. Come va?"

"Sei preoccupato?" Lei diede un morso al suo panino.

"Un po'. Per quell'intervista. So che ti preoccupa. Come procede?"

"Ho quasi finito. Me la porterò a casa e ci lavorerò stasera. Posso mandartela?"

"Mandarmela?"

"Ti andrebbe di leggerla?"

"Certamente. Solo che non so come potrei aiutarti."

"Ho bisogno di sapere se sembra che si tratti di una persona diversa da me."

"Oh, Ok. Credo di poterlo fare."

"Posso mandarti un'e-mail? Puoi leggerla sul tuo laptop?"

"Certo, tesoro. Mandamela. La partita è alle quattro, quindi stasera avrò abbastanza tempo."

"Non uscirai con i ragazzi?" gli chiese lei con tono sospettoso.

"Sei preoccupata?"

"No, no. Tu sei libero di fare quello che vuoi. Non siamo mica fidanzati."

"Hai ragione," disse lui, compiaciuto.

"Anch'io sono libera."

"Cosa?"

"Tu sei libero di andare a scopare in giro mentre sei in trasferta e io sono libera di fare lo stesso qui. Magari non andrò a scopare in giro, ma posso uscire con altri uomini."

"Hai in programma di uscire con qualcun altro?"

"Non ho detto questo. Ho detto che sono libera di farlo." Lei iniziò a tamburellare con la penna sul computer.

"Ma lo farai?" le domandò, con un tono di voce disperato.

"Vorresti saperlo?"

"Non fare questi giochetti con me, Elena. Stai frequentando qualcun altro?"

"No. Ma se tu andrai a letto con qualche tua fan, tra di noi è finita."

"Non lo farò. Stasera resterò in albergo a leggere la tua intervista."

"Non è lunga. E non voglio che rinunci a uscire con i tuoi compagni, è solo che..." Le parole le si bloccarono in gola.

"Io non voglio stare con nessun'altra, piccola."

"Ne sei sicuro?"

"Certamente. Quando sono lì, sto tutto il tempo con te. Non è forse così?"

"È vero," rispose lei. La sua insicurezza era sempre stata una delle ragioni per le quali aveva evitato di avere una relazione.

"Perfetto, tu ti comporterai bene e io mi comporterò bene. E ti penserò. Ora devo andare. Ricominciamo gli allenamenti. Ti amo," disse lui, mettendo giù il telefono.

Lei sospirò. Come facevano le altre ragazze? Come fa la moglie di un giocatore di baseball a dormire la notte, non sapendo se suo marito trascorrerà la notte da solo?"

In quel momento, l'idea di sposare un giocatore di baseball professionista le sembrò stressante. Sospirò e controllò il suo orologio. Aveva tempo per fare un'altra telefonata.

"Francie? Ti ricordi quell'intervista folle?"

"Sì."

"Potresti venire da me stasera? Avrei bisogno di darci un'occhiata insieme a te."

"Certo. Devo lavorare su un disegno, ma lo porterò con me."

"Perfetto. Comprerò la pizza."

"E io porterò la birra. Sembra quasi una festa," disse Francie.

"Direi più un funerale. Il mio funerale."

"Tirati su. Le cose non sono mai brutte come sembrano," le disse la sua amica.

"Spero che tu abbia ragione."

"Alle sei e mezza?" le chiese Francie.

"Perfetto," disse Elena, terminando la conversazione. Si sentì sollevata. Se Francie e Bobby avessero approvato l'intervista, allora sarebbe stata abbastanza buona da superare l'ispezione di Anita. Lei fece un lieve sorriso, il primo dopo diversi giorni, e continuò a scrivere, interrompendo solo per leggere ogni domanda a voce alta.

"Con quale autore preferiresti naufragare su un'isola deserta?"

"Al diavolo gli autori, che ne pensi di Jon Hamm?" Lei ridacchiò mentre scriveva una risposta più appropriata. "O magari Bobby Hernandez? Jane Downing direbbe mai una cosa del genere? Potrebbe avere una cotta per lui? Meglio lasciar perdere."

A CENA, ELENA LESSE ad alta voce le domande e le sue risposte. Lei e Francie si scambiarono opinioni, ridendo e fischiando quando le risposte erano suggestive.

"Scrive romanzi d'amore. Dovrà pure pensare al sesso, qualche volta," spiegò Elena.

"Per me va bene. Se la tua direttrice lo approva."

"Lo farà. Non è una moralista," disse Elena, correggendo un errore di battitura.

"Allora, hai tutta la mia approvazione." disse Francie, prendendo una matita grigia.

"Grazie. Adesso la mando anche a Bobby." Elena allegò il documento a un'e-mail.

"È una cosa seria tra voi due?" Francie si mise l'album da disegno sulle gambe.

"Non lo so. Uscire con un giocatore di baseball è una follia. Le donne gli girano intorno tutto il tempo. Donne belle. E disponibili."

"E?"

"Quale ragazzo resisterebbe?"

Francie sollevò le spalle. "Beh, immagino che, se è innamorato, non dovrebbe essere poi così difficile."

Elena scosse la testa. "Non mi riesco a immaginare Bobby che rifiuta tutte quelle attenzioni."

"Pensavo che fosse piuttosto timido," rispose Francie.

"Qualche volta. Ma non so cosa farebbe dopo aver bevuto."

"Beh, nessuno è più timido dopo aver bevuto abbastanza." Francie fece una smorfia.

"Esattamente. E io non voglio preoccuparmi per il mio uomo quando è in trasferta."

"Non puoi andare con lui?"

"Qualche volta. Ma quando arrivano i figli diventa impossibile," rispose Elena, sospirando.

"Tu lo ami?"

"Lui è un uomo stupendo. Si è impegnato molto. Ha dovuto affrontare molte cose. Ha provato molto dolore nella sua vita. Ma non si può mai sapere. Non si lamenta mai. Ed è sempre grato per tutto."

"Che cosa ti piace di più di lui?"

"Mi stai facendo un'intervista o cosa?" Elena sollevò un sopracciglio guardando la sua amica.

"Solo curiosità. Non sono mai stata così tanto innamorata prima. Voglio solo capire come ci si sente."

"Ho forse detto di essere innamorata?"

Francie scoppiò a ridere. "Sei proprio uno spasso."

"No. Onestamente? È solo una bella avventura. Niente di più."

"Va bene. Prenditi pure in giro. Ma non puoi prendere in giro il resto del mondo. Elena, io ti ho mai vista così innamorata come lo sei di questo ragazzo."

Dopo che la sua amica lo disse a voce alta, non poté più negarlo. Da una parte la spaventava, ma dall'altra la esaltava. Camminare sulle nuvole le piaceva.

"Forse sono più coinvolta di quanto dovrei essere."

"Perché non ti limiti a godertela? Lui è un ricco dominicano, come vorrebbe tuo padre. Adesso, è anche americano. E poi, tuo padre non ha mai parlato di un giocatore di baseball."

"Mio padre sarebbe entusiasta se ci fidanzassimo. Inizierebbe subito col chiedere a Bobby un prestito." Lei ebbe un sussulto.

"Non andreste a vivere nella Repubblica Dominicana. Tuo padre non può fare molto se voi vivete qui."

"Saresti sorpresa di ciò che riesce a fare al telefono."

"Elena, tu avresti Bobby. Non avresti a che fare con un padre arrabbiato e non dovresti affrontarlo da sola. Sono sicura che Bobby non gli permetterebbe di farvi pressione."

"Tu non conosci mio padre."

"Ma conosco Bobby. Non si fa mettere i piedi in testa da nessuno," disse Francie, disegnando un cerchio.

"È vero. È vero." Elena mise a posto i piatti, pensando alle parole della sua amica. Forse sposare Bobby non significava esattamente ubbidire agli ordini di suo padre. Forse Bobby era semplicemente una sua scelta, non di suo padre. E comunque, chi aveva parlato di matrimonio?

Francie se ne andò verso le nove. Elena si fece una doccia e si mise a letto. Aprì un libro d'amore e si sistemò tra i cuscini per leggere. Le squillò il telefono. Lei lo prese in mano. Era un messaggio di Bobby.

L'intervista è grandiosa. Professionale, come sempre.

Sono orgoglioso di te. Oggi abbiamo vinto. Altre due partite contro i Badgers e torneremo a casa. Non vedo l'ora di rivederti. Ti amo.

Le lacrime le inondarono gli occhi e lei sentì una stretta in gola. Nessuno le aveva mai detto di essere orgoglioso di lei. Aveva sempre sentito solo delle critiche perché stava sprecando anni preziosi a studiare, mentre avrebbe dovuto cercare un marito ricco.

Dentro di sé, lei sapeva che l'intervista era buona. Acuta, mirata, spiritosa, sincera e profonda. Eppure, per qualche motivo, voleva l'approvazione di Bobby. Lei rispettava le sue opinioni. Nessuno più di Bobby Hernandez si era impegnato così tanto per ottenere ciò che aveva. O almeno, nessuno che Elena conoscesse. E se lui avesse fatto un po' il playboy, beh, forse era perché si era guadagnato il diritto di scegliere chi portarsi a letto.

Se lui avesse voluto che lei diventasse la sua ragazza, avrebbe dovuto smetterla di correre dietro alle donne. Per quanto lei tenesse a lui, si rifiutava di farsi prendere in giro da un uomo. E di certo non avrebbe mai condiviso il suo uomo con nessuno.

Lei digitò un breve messaggio di ringraziamento, ma esitò prima di mandarlo. Avrebbe dovuto dirgli anche lei di amarlo? Lei mise da parte la sua riluttanza. Forse, era arrivato il momento di guardare in faccia la realtà e di godersi la vita. Aveva già imparato molto bene come lavorare sodo, e adesso si meritava un po' di piacere. Aggiunse un "ti amo," poi spedì il messaggio.

BOBBY RILESSE CON ATTENZIONE le sue parole d'amore. Aveva già creduto a quelle parole da una ragazza. Oh, certo, molte donne gli avevano dichiarato amore eterno — amore del suo conto in banca. Esistevano tante donne come quelle. Ma una ragazza dai sentimenti genuini era una rarità. Elena aveva ancora un po' di diffidenza, quando il suo fiuto per il giornalismo indicava in direzione Bobby.

Lui aveva la sensazione che ci fossero ancora delle cose sul suo allontanamento dalla Repubblica Dominicana e sulla sua nuova vita negli Stati Uniti che non erano del tutto a posto. Aveva cercato di ottenere delle informazioni da suo padre, ma lui non gli aveva dato molte risposte. Aveva provato a chiedere anche a sua madre, che gli aveva risposto di non sapere niente. Anche se evitavano le sue domande, lui non credeva che fossero ignari come dicevano. Percepiva qualcosa e non riusciva a capire perché non volevano parlargliene, dato che ormai era un adulto.

Bobby aveva, in un certo senso, perdonato sua madre per averlo affidato a un estraneo. Ci mise degli anni a capire le pressioni che aveva dovuto subire sua madre. Quando era andato via, lei aveva ancora quattro figli piccoli e poco denaro — a malapena sufficiente per sopravvivere. Avere una bocca in meno da sfamare e un corpo in meno da vestire era già un aiuto. Sua madre aveva negato tutto, con una veemenza che l'aveva sorpreso.

Da adulto, affrontò la realtà della sua situazione. Dopo aver firmato il contratto con i Nighthawks e aver ricevuto il suo bonus, mandò del denaro a sua madre. Mettendo da parte i suoi sentimenti riguardo al passato, Bobby era abbastanza uomo da capire di cosa avesse bisogno per gli altri sette figli che, come lui, la chiamavano "mamma". Nonostante lui conoscesse solo sua sorella maggiore, aveva deciso di aiutarla. Lui era l'unico che avrebbe potuto fare qualcosa di significativo, dal punto di vista economico. Aveva comprato loro una casetta, grande il doppio di quella in cui avevano vissuto.

Il passato viveva dentro di lui e riaffiorava di tanto in tanto. Avvicinandosi all'adolescenza, il suo affetto nei confronti di sua madre l'aveva confuso, perché aveva vissuto bene insieme ai Carrington. Il giovane Bobby non voleva mai niente, tranne le braccia della sua madre naturale.

Lei non sapeva che ogni notte, prima di dormire, lui si metteva a piangere. Quando aveva dieci anni, cercava di essere coraggioso ma, alla fine di ogni conversazione telefonica, scoppiava sempre in lacrime, implorandola di venire a prenderlo. Lei gli rispondeva che l'avrebbe fatto, non appena avesse avuto abbastanza denaro. Ma non non lo faceva mai e lui si sentiva sempre più deluso.

Adesso, a trent'anni, si sentiva pronto a compiere il passo successivo della sua vita. La sua ricerca di una ragazza che potesse ricreare la cultura dominicana che aveva perso si era conclusa. L'aveva trovata. Elena era la donna che cercava da tanti anni. Non appena si fosse fidato totalmente, sarebbe stato pronto a impegnarsi per la vita.

Lei aveva tutto ciò che un uomo intelligente potesse volere: bellezza, intelligenza e indipendenza. Il suo affetto e la sua dolcezza toccavano delle corde dentro di lui, come una mancanza che lui aveva bisogno di riempire. L'affetto e il calore umano di Elena Delgado aveva iniziato a guarire la ferita che si portava dietro dal giorno in cui era stato affidato ai Carrington.

Lui si distese, stringendosi un cuscino al petto, immaginando che fosse Elena. Chiuse gli occhi. Lei gli aveva scritto, "ti amo." fece un ampio sorriso. Aveva aspettato quelle parole. Erano la conferma di cui aveva bisogno per impegnarsi con lei e vedere se poteva funzionare. Colmo di felicità, i suoi muscoli si rilassarono e la sua mente si abbandonò al sonno.

L'indomani i Nighthawks avrebbero affrontato i Baltimore Badgers. Quel coglione di Speedy Gonzalez avrebbe cercato di rubare la base a Bobby. Ma a lui non importava. Una volta trovato l'amore, avrebbe potuto sconfiggere quello stronzo senza il minimo problema. Si sentiva fiducioso. Gonzalez avrebbe dovuto affrontare un secondo difensore che l'avrebbe bloccato, mandato fuori base, inseguito e calpestato, qualunque cosa pur di vincere. I Nighthawks avrebbero vinto quella partita — semplicemente perché erano la squadra migliore.

Bobby li avrebbe guidati verso la vittoria. Il sonno lo rimise in sesto. Riposò bene, tranquillo e fiducioso per la sua vita. Una ragazza perfetta e la sua abilità sul campo da baseball avrebbero aiutato Bobby a portare la sua squadra alla vittoria.

La sua pace interiore lo accompagnò fino al risveglio. Non vedeva l'ora di raggiungere i suoi compagni di squadra per colazione e di parlare con loro di come avrebbero distrutto i Badgers.

"Dobbiamo fargliela vedere a quel coglione di Gonzalez," disse Bobby, aggiungendo del latte al suo caffè.

"Assolutamente. Dan sarà al lancio. Non hanno nessuna possibilità," intervenne Matt, prendendo una forchettata di uova strapazzate.

"Fanculo i Badgers," borbottò Skip Quincy.

Poco dopo, gli altri li seguirono a ruota. Si misero a ripetere cantando la frase "fanculo i Badgers", finché Cal Crawley non li raggiunse per dire loro di fare silenzio.

"E che cazzo! Ragazzi. Questo è un albergo pubblico. Ci sono dei bambini là fuori," disse, indicando l'ingresso.

In preda alla vergogna, i ragazzi si zittirono. Ma il bagliore non sparì dagli occhi di Bobby. Quella sarebbe stata una partita da ricordare.

ELENA ENTRÒ NEL SUO ufficio, estremamente fiduciosa. Per prima cosa, accese il suo laptop e stampò l'intervista. L'aveva risistemata fino a farla brillare. Aveva scelto con cura le parole e aveva controllato è ricontrollato la grammatica e l'ortografia. Raggiunse con disinvoltura l'ufficio di Anita. La sua direttrice alzò gli occhi e la guardò attraverso i suoi occhiali la lettura.

"Che cos'è?"

"L'intervista a Jane Downing."

"Oh, bene. Ora, sistema questa," le disse, mettendo un mucchio di fogli sulla scrivania.

"L'ho già fatto."

"No. Non abbastanza. Devi scavare più a fondo."

"Quindi questo sarebbe un giornalaccio come Celebs 'R Us? O un buon giornale che si basa sull'integrità?"

"Non si tratta di integrità. Si tratta dei lettori. Loro vogliono sapere tutto sui propri eroi, soprattutto i pettegolezzi. Deve esserci qualcosa che riguarda lui e qualche ragazza. Qualcuna che ha messo incinta? Un figlio segreto da qualche parte? Cerca, Elena. Trova qualcosa. Questo non è sufficiente."

Frustrata e furiosa, Elena girò i tacchi e ritornò nel suo ufficio. Doveva cercare dei pettegolezzi sull'uomo che amava? Come avrebbe fatto? Inoltre, lui sembrava perfettamente pulito. Lei sprofondò sulla sua sedia. Luis fece capolino.

"Che succede? Sembra che tu sia pronta a uccidere qualcuno."

"Anita. Vuole dei pettegolezzi su Bobby Hernandez."

"E allora? Daglieli. Deve pur esserci qualcosa. Quegli atleti sono dei veri playboy."

"E allora? Non è illegale."

"No, ma fa vendere tante copie. Li fa tornare con i piedi per terra. Quei tipi credono di essere degli dei. Ma sono esattamente come tutti gli altri." C'era un certo astio nella sua voce. Elena alzò lo sguardo e notò la sua fronte aggrottata.

"Hai qualche problema con Bobby Hernandez?"

"Tutti quegli stronzi. Credono di essere fighi. Intoccabili. Ma non lo sono." Con quelle parole, lui sbuffò e si allontanò, ritornando a fare le fotocopie.

"Perché se l'è presa in quel modo?" Lei sollevò le spalle.

La tristezza prese il sopravvento su di lei, mentre cercava su internet qualche pettegolezzo su Bobby. Questo non è giornalismo. Non è per questo che mi sono impegnata tanto a studiare. Questo disgustoso.

Anita aveva detto qualcosa che l'aveva colpita. Un figlio segreto. E se Bobby avesse avuto un figlio da qualche parte, magari uno di cui non era nemmeno a conoscenza? Era possibile, giusto? Ma non era certo il peggior errore del mondo. Non era come se avesse ucciso qualcuno o rubato qualcosa. Lei si sentì elettrizzata all'idea. Essendo la sua ragazza, quella che affermava di essere innamorata di lui, aveva il diritto di sapere se lui aveva un figlio illegittimo da qualche parte. Cavolo, lui poteva anche non saperlo, giusto? È proprio quello il "segreto" di un figlio segreto.

Si prese una tazza di caffè e continuò a lavorare. Questo sarebbe stato interessante. Si mise al lavoro. Elena aveva una missione, quella di dimostrare se il suo uomo fosse un santo un peccatore. Prese un taccuino e una penna, poi iniziò la sua ricerca. Da che cosa poteva cominciare? I certificati di nascita!

Anita era iscritta a diverse banche dati private di giornali e riviste. Elena iniziò la sua ricerca, esaminando le varie liste, in cerca di idee. Bobby Hernandez non era esattamente un nome poco diffuso. Ogni volta, le sue ricerche la indirizzavano verso la persona sbagliata. Sempre più determinata, continuò la sua ricerca.

Alle sei, finì il suo ultimo caffè e, per quella sera, gettò la spugna. Luis si fermò davanti al suo ufficio mentre usciva.

"Hai trovato qualcosa su quell'atleta?"

"No."

"Hai già finito di cercare?"

"No."

"Ti va di bere qualcosa?"

"No."

"Sei molto loquace oggi, vedo."

"Non esattamente," rispose lei, alzandosi in piedi e allungando le braccia sopra la testa.

Luis scoppiò a ridere. "Se vuoi, sono qui."

"Mi dispiace, ho un ragazzo e sono stanca. Devo tornare a casa."

Lui smise di ridere. "Meglio che non sia quell'Hernandez. Sarebbe un conflitto di interessi."

"Luis, tu pensa a fare il tuo lavoro che io penso a fare il mio. Sono io la reporter qui, non tu."

Lui le lanciò un'occhiata arrabbiata prima di voltarsi verso la porta. Lei cercò di reprimere la sua voglia travolgente di dargli un calcio sul didietro mentre le dava le spalle. Frustrata su tutti i fronti, indossò la giacca e si diresse verso l'ascensore.

"Elena! Aspetta!" squillò la voce di Anita.

Lei si fermò e indugiò sull'uscio dell'ufficio del suo capo, appoggiandosi sullo stipite della porta.

"Che succede?" La paura le scorreva nelle vene. Anita aveva avuto il tempo di leggere l'intervista. Stava forse per licenziare Elena? Se ciò fosse successo, almeno non avrebbe dovuto finire di scrivere l'articolo su Bobby.

"Quest'intervista. È grandiosa. Magnifica. Sei davvero riuscita a far aprire questa donna. Ottimo lavoro."

"Veramente?" Lei si raddrizzò la schiena e sorrise. "Grazie."

"C'è solo una cosa che manca," aggiunse Anita.

"Oh? Che cosa?"

"Una foto. Ho bisogno di un paio di scatti di Jane Downing. Nel suo appartamento, alla sua scrivania, nel suo caffè preferito. Conosci la procedura. Porta Alfonso con te."

Foto? Il viso di Elena impallidì. Aggrappandosi alla porta con ogni briciolo di forza che aveva, cadde a terra.

Anita si alzò di scatto dalla sedia. "Elena! Va tutto bene? Siediti, siediti. Sei incinta?"

"No, no." La vergogna ricoprì il suo cuore come un mantello scuro. "Sto bene. È che oggi non ho pranzato."

"Mangia qualcosa, signorina. Ho bisogno che tu sia in ottima forma."

Elena annuì, trascinandosi fuori dalla porta. Doveva fuggire. Foto, Anita voleva delle fotografie di lei insieme a Jane Downing. Praticamente, ora poteva solo lanciarsi dalla finestra. Non c'era più alcuna via di fuga.

Capitolo Undici

L'ultima volta che i Nighthawks avevano giocato contro Baltimore Badgers, c'era stata una rissa. Diversi giocatori, di entrambe le squadre, erano stati espulsi e circa mezza dozzina di essi avevano riportato qualche occhio nero e altre ferite. Niente di serio, ma sufficiente da essere umiliante. Tutto era cominciato tra "Speedy" Gonzalez e Bobby Hernandez. Nonostante i Nighthawks avessero vinto la partita, la lite era cominciata dai giocatori di New York. La squadra stava cercando di battere Gonzalez e Bobby aveva dato il colpo finale.

C'era stato qualcosa nelle derisioni e nel sorrisetto compiaciuto del giocatore dei Badgers che aveva infastidito Bobby. Anche altri giocatori avevano provato a distrarlo, ma nessuno l'aveva mai provocato come Speedy. L'atteggiamento ostile di Bobby lo seguì nello stadio dei Badgers. Herman "Speedy" Gonzalez l'aveva colpito sulla mascella l'ultima volta che avevano giocato. Bobby non vedeva l'ora di fargliela pagare. Non era l'unico. C'erano diversi giocatori degli Hawks che volevano fargliela pagare.

I ragazzi sembravano tranquilli — era una giornata come un'altra, ma Cal Crawley lanciò un'occhiataccia a Bobby, Skip e Nat. Forse sospettava che i tre interni fossero pronti per una rissa?

"Mantenete la calma, ragazzi," disse Cal prima di aprire la porta.

Quella era l'ultima partita della serie. Era un'ottima opportunità per vendicarsi con quei coglioni che li avevano provocati nelle ultime due stagioni.

Dan Alexander era al lancio. Bobby sorrise. Tra di loro, Dan era quello che aveva più controllo sulla squadra.

"Quanto riesci ad avvicinarti senza colpire quel coglione?" chiese Bobby, dopo che Cal andò via.

"Hey! Facciamo una scommessa! Per dieci dollari, secondo me Dan può arrivare a cinque centimetri da quel coglione di Speedy senza colpirlo," intervenne Skip.

"I miei dieci dollari per sette centimetri," aggiunse Jake Lawrence, prendendo una banconota da dieci dollari.

"Partecipo anch'io. Io dico tre centimetri," disse Nat Owen.

"Secondo me lo colpisce," rispose Bobby, mettendo i suoi dieci dollari. "Date i soldi a Matt."

"Sì, sarà lui il giudice," disse Jake.

"Giusto. È lui il ricevitore. Per quanti lanci?" chiese Bobby.

"Direi una puntata per ogni lancio," chiarì Matt.

"Sono tanti soldi," disse Skip. "Non sono certo che Bobby possa permetterselo."

"Non preoccuparti per me, Scrooge," rispose Bobby, prendendo tre banconote da dieci dollari dal suo portafoglio.

"Io sono dentro," disse Jake, mettendo il suo denaro nella mano di Matt.

"Posso partecipare anch'io?" domandò Chet Candelaria.

"Se sei nella squadra, sei dentro," disse Matt.

Tanti altri, compreso Moose Macafee, il lanciatore di rilievo, e persino l'allenatore Vic Steele, parteciparono alla scommessa.

"Non scappare col malloppo, Matt," disse Dan, ridacchiando.

"Non lo farei mai, coglione. Voglio vedere come va a finire." Matt scoppiò a ridere, poi mise il denaro nel suo armadietto e lo chiuse.

I ragazzi uscirono in campo con un nuovo scopo, mentre Cal li guardava con la fronte corrugata e un'espressione seria. Bobby sorrise e fece un cenno al manager. Cal non avrebbe mai sospettato ciò che avevano in mente. Finché nessuno di loro fosse stato espulso dalla partita, i ragazzi immaginarono che a Crawley non sarebbe importato. Inoltre, avevano sentito dire di un paio di risse in cui il loro manager era stato coinvolto quando anche lui giocava in campo.

Bobby riuscì a malapena a trattenere un sorrisetto durante l'inno nazionale. Notò che Speedy lo stava guardando. L'interno sembrava nervoso. Gli Hawks erano molto spigliati e sicuri di sé, come dimostravano i loro sorrisetti. Le loro occhiate consapevoli a Gonzalez sembravano innervosirlo. Bobby ridacchiò tra sé. I suoi compagni di squadra non erano molto bravi a mantenere i segreti. Chiunque li conoscesse avrebbe capito che avevano in mente qualcosa. Era comunque una soddisfazione vedere l'agitazione di Speedy, anche se non stava succedendo niente.

Dan eliminò il primo battitore ma regalò la base al secondo. Con un uomo in base, era troppo rischioso mandare la palla abbastanza vicino da colpire Speedy. Bobby dubitava che Dan potesse raggiungere i sette centimetri di distanza prima che Speedy fosse colpito, mettendo un giocatore in prima base e uno in seconda. Guadagnando un notevole vantaggio sulla base, Speedy si mise la mano davanti alla bocca.

"Ieri sera mi sono scopato tua madre," disse sottovoce a Bobby.

"E io mi sono scopato tua moglie," disse Bobby dietro il guanto. "Lei mi pregava di continuare."

Speedy impallidì. Bobby trattenne una risata mentre prendeva la sua posizione, piegando le ginocchia e spostando il peso sugli avampiedi. Gonzalez fece un altro passo dalla base.

Speedy arrossì involto. "Perché cazzo..."

Ma, prima che potesse finire la frase, Dan lanciò la palla a Nat, che copriva la prima base, eliminando il rapido giocatore dei Badgers. Il volto di Speedy si fece paonazzo e lui balzò su Bobby. Certo, era riuscito a distrarre il suo avversario, ma in un modo davvero pessimo. Quel coglione doveva concentrarsi sul gioco, non deridere Bobby.

Speedy si scagliò sul secondo difensore e scoppiò una rissa. Skip e Nat si unirono alla rissa e, un'altra volta, la panchina dei Nighthawks si svuotò. Proprio come quella dei Badgers. I pugni iniziarono a volare.

Gli interni si avventarono su Speedy, iniziando a colpirlo. I tre arbitri cercarono di dividere i giocatori. Cal Crawley e Vic Steele corsero in campo, afferrando i loro giocatori e urlando. Il manager dei Badgers li seguì a ruota. Riuscirono a interrompere la rissa, seppur con qualche naso insanguinato. Il viso di Bobby era un disastro. Il labbro e il naso gli sanguinavano. Ma Speedy aveva avuto la peggio. Aveva un occhio gonfio e il naso insanguinato.

Gli arbitri espulsero Bobby, Gonzalez, Skip e un altro giocatore dei Badgers dalla partita. Dopo pochi minuti, dopo che i ragazzi furono medicati, la partita ricominciò. Bobby non poté nemmeno restare a guardare dal dugout. Lui e Skip tornarono allo spogliatoio, bevvero una bottiglia d'acqua e guardano la partita in televisione, mentre Vic si occupava del viso gonfio e insanguinato di Bobby.

"Maledetto coglione. Sai che cosa mi ha detto?"

"Cambia qualcosa?"

"Sai che cosa ho detto io a lui?"

Vic si fermò a guardare Bobby. "No. Cosa?"

Quando lo disse all'allenatore, lui scoppiò a ridere. "Avevi la risposta pronta."

"Ma ha cominciato lui."

"Sembri un bambino."

"Sì, lo so," disse Bobby, lasciando uscire la sua rabbia come l'elio da un palloncino che si sgonfia. Si avvicinò allo specchio e osservò il suo riflesso.

"Tu hai avuto l'ultima parola, ma sembra che lui abbia avuto l'ultimo pugno," disse Vic, raccogliendo il suo kit di pronto soccorso.

"Ahi," disse Bobby, toccandosi la pelle con cautela.

"Ricordati quello che gli hai detto, quando sentirai dolore, ragazzo. Spero che ti sia di conforto."

"Cal non mi darà una sanzione, vero?"

"Certo che lo farà. È la prassi quando si viene espulsi da una partita per rissa. Chi potrebbe mai sostituirti in seconda base? Candelaria?"

domandò Vic , rivolgendosi a Skip. "E l'interbase? Ma che cazzo vi è preso? Che cosa avevate in mente voi due?"

"Oh, merda. Non ci avevo pensato," ammise Bobby.

Vic si mise a medicare il viso di Skip.

"Sì, una sanzione di diecimila dollari vi ci farà pensare due volte, prima di rifarlo."

"Diecimila dollari?" Bobby sollevò le sopracciglia.

"Ahi," disse Skip, mentre Vic gli applicava l'antisettico.

"Già. Diecimila dollari. Spero che ne valga la pena per quel coglione."

Bobby si tuffò sulla panchina. Lo shock era sparito e adesso il viso gli doleva in alcuni punti e gli pungeva in altri. Diecimila dollari. No, non ne valeva la pena per Speedy Gonzalez, non valeva affatto la pena.

ELENA SI DIEDE MALATA e andò a fare una passeggiata. Camminare le stimolava la mente. Si mise a pensare passeggiando per l'isolato. Si ricordò che Bobby aveva preso un treno o un aereo da Baltimora la sera prima. Erano solo le nove e mezza, ma aveva bisogno di parlargli.

"Hey, tesoro. Telefonata mattutina. Come stai? Non ti ho svegliato, vero?"

"No. Che succede?" le chiese, biascicando un po' le parole.

"È successa una cosa. Possiamo vederci?"

"Certo. Va tutto bene? Sei ferita?" Lei colse un tono di ansia nella sua voce.

"No, no. Sto bene. Ma ho un problema. Ho bisogno del tuo aiuto."

"Certo. Quando? Dove?"

"Puoi venire qui? Ho chiamato in redazione dicendo di star male. Quindi devo restare a casa."

"Certo. Dammi un'ora."

"Grandioso. Grazie." Lei si sentì sollevata. Bobby avrebbe saputo cosa fare per le foto di Jane Downing.

"Ci vediamo presto."

Lei si fece la doccia e indossò un paio di jeans e una t-shirt. Lui sarebbe arrivato alle dieci, probabilmente senza aver fatto colazione, così lei preparò due omelette. Quandò suono il campanello, lei sorrise, poi aprì la porta. Guardò il suo viso e gli chiese, "Che ti è successo?"

"Non è niente." Lui ignorò il suo commento ed entrò nell'appartamento. "C'è un buon profumino."

"Che vuol dire niente? Sei tutto pieno di tagli e lividi."

"Sì, sì. Una piccola rissa in campo. Niente di che. Che stai cucinando?" le chiese, odorando l'aria.

Lui si fermò e la guardò. Elena allungò la mano e gli accarezzò dolcemente la guancia. Lui trasalì.

"Ti fa male?" gli chiese. "Domanda stupida."

"Dovresti vedere com'è ridotto l'altro tipo."

"Vieni. Siediti. Ti ho preparato la colazione." Lei lo accompagnò alla tavola apparecchiata.

Lui prese una sedia e si accomodò, facendole un mezzo sorriso e sussultando.

"Sembra che ti faccia molto male."

"Non quanto la sanzione di diecimila dollari."

Lei spalancò gli occhi. "Diecimila dollari? Ti hanno fatto una sanzione di diecimila dollari?"

Lui annuì. "Hai del caffè?"

Lei prese la caffettiera di java appena fatto dalla cucina e gli riempì la tazza.

"Sapevi che ti avrebbero dato una simile sanzione?"

Lui scosse la testa e aggiunse il latte e lo zucchero.

"Non lo rifarai presto, vero?"

"No. Ho dato una bella lezione a Gonzalez. Dovrebbe essere finita. Comunque, ha cominciato lui."

"E questo cambia qualcosa?"

"Immagino di no."

Lei gli diede un tenero bacio sulla guancia, poi un altro sulla testa. "È doloroso vederti così. Riesci a mangiare?"

Lei gli servì le uova con il prosciutto e il formaggio.

"Beh, sì. Niente mi impedisce di mangiare. E queste uova hanno un aspetto magnifico.", disse lui, prendendone una forchettata.

Elena tirò fuori i croissant dal forno e li mise in un cestino. Li portò a tavola insieme al burro e alla confettura.

"Non mi aspettavo di trovare una colazione da gourmet. Questo è magnifico," disse lui, masticando. "Allora, qual è l'emergenza? Sembravi sconvolta."

"Il tuo viso ridotto in questo modo è un'emergenza. Però non me ne hai parlato." Lei lo raggiunse a tavola.

"Non c'è niente da dire. È successo. È tutto finito. Si va avanti. Forza, Elena. Che succede?" Lui prese una forchettata di uova, guardandola negli occhi. Lei notò la sua espressione preoccupata.

"C'è un altro problema riguardo all'intervista di Jane Downing."

"Oh?" Lui sollevò le sopracciglia. "Credevo che l'intervista fosse grandiosa. Non avrei mai capito che siete la stessa persona."

"Grazie. In effetti, era grandiosa. Forse anche troppo."

"In che senso?"

"Nel senso che ad Anita è piaciuta così tanto che vuole pubblicarla in prima pagina. E questo significa che vuole delle foto. Vuole che io mi faccia delle foto con Jane Downing.", disse Elena con voce tremante.

Bobby spalancò la bocca. Lui la fissò. "È uno scherzo, vero?"

Lei scosse la testa.

"Merda," sussurrò lui, posando la sua forchetta.

"Lo so. Che cosa posso fare?" Elena si coprì il viso con le mani e scoppiò in lacrime. "Lo sapevo che mi sarei messa nei guai. Odio mentire. Non lo faccio mai. Sono una pessima bugiarda."

Bobby si alzò in piedi e le mise le braccia intorno. "In realtà, sei stata davvero brava. L'hai completamente ingannata."

Bobby la accompagnò sul divano.

"Che cosa posso fare? Non posso farcela. E non posso chiedere a Francie di essere Jane Downing. Se stavi pensando di suggerirmelo, ci avevo già pensato. Come posso chiedere alla mia amica di mentire per me?"

Rimasero in silenzio. Bobby si strofinò la corta barba che aveva sul mento.

"L'unica via d'uscita è quella di dire la verità," disse lui.

"Potrei essere licenziata."

Lui sollevò le spalle. "È l'unica possibilità che hai. Almeno, riuscirai a dormire la notte," disse lui, accarezzandole il dorso della mano con il pollice.

Lei lo guardò. "Io odio mentire."

"Anch'io. Inoltre, sei brava. Troverai un altro lavoro, tesoro." Lui le spostò i capelli dal viso.

"Non ne sono tanto sicura."

"Fallo domani. Domani non ho nessuna partita. Vuoi un po' di compagnia stanotte?"

"Ti va di restare?"

Lui fece un sorrisetto malizioso. "Pensavo che non me l'avresti mai chiesto." Lui la baciò. "Mi sei mancata, piccola."

"Anche tu," sussurrò lei. Aveva deciso che il giorno dopo avrebbe confessato tutto ad Anita. Bobby sarebbe stato la distrazione perfetta per superare la notte.

"Ti porto fuori a mangiare. Dove ti piacerebbe andare?"

"Ti va se andiamo da Freddie?" gli chiese.

"Da Freddie?" Lui sollevò le sopracciglia. "Come mai lì? Potrei portarti in qualunque posto tu voglia. Da Freddie? Veramente?"

"Mi piacciono i tuoi compagni di squadra e le loro ragazze. E anche il loro cibo non è male."

Lui la strinse tra le braccia. "E che Freddie sia."

"Accidenti. Che cosa possiamo fare fino all'ora di cena?" Il falso tono innocente della voce di Elena lo fece scoppiare a ridere.

"Penserò a qualcosa." Lui si alzò dal divano, le prese la mano e la portò in camera da letto.

Dopo aver fatto l'amore, i due rimasero a coccolarsi per un'ora. Quando si svegliarono, erano le cinque e mezza.

"Cibo," disse Bobby, alzandosi dal letto. "Tu hai fame?"

"Da morire," rispose lei.

"Doccia?"

"Ma non insieme. Altrimenti non andremo mai a cena."

"E dopo cena?"

"Va bene," disse lei, indossando la sua camicetta. Il suo sguardo si soffermò sul secondo difensore. Guardarlo mentre si vestiva e si svestiva la faceva eccitare.

"Stai molto bene così. Ma ti preferisco quando ti togli i vestiti," disse lui, accarezzandole i capelli.

Presero un taxi e arrivarono da Freddie dopo pochi minuti. Quando raggiunsero il tavolo dei Nighthawks, Elena vide che diversi compagni di squadra di Bobby avevano tagli e lividi sul viso. Dopo che si sedettero, lei si rivolse a Bobby.

"Deve essere stata una brutta rissa."

Lui sollevò le spalle. "Non così brutta. Non fa molto male adesso. Niente di grave," disse lui, passandosi delicatamente il dito sul labbro inferiore. "Non è l'ideale per i baci."

"Farò piano," sussurrò lei. Lui ridacchiò, versando un bicchiere di coca cola dalla brocca appoggiata sul tavolo.

"Prima le donne," disse lui, offrendoglielo.

"Credo che dovresti usare una cannuccia," disse Elena, alzandosi dalla sedia.

"Credo che dovremmo prendere un bel po' di cannucce," disse lui, guardandosi intorno.

QUANDO ARRIVARONO ALL'APPARTAMENTO di Elena, Bobby si svestì e si mise a letto. Elena indossò una vestaglia e si avvicinò a una finestra. Osservò la strada buia, dove passavano solo poche persone. Nella sua mente, esaminò ogni scenario possibile, giungendo sempre alla stessa conclusione — avrebbe perso il lavoro. Se questo fosse successo soltanto un anno dopo, lei avrebbe potuto guadagnare abbastanza dalle vendite dei suoi libri per mantenersi. Ma era molto lontana da questo adesso.

Rabbrividì all'orribile pensiero di essere costretta a tornare nella casa di suo padre, nella Repubblica Dominicana. Che cosa avrebbe potuto fare se fosse rimasta senza lavoro? Ritornare strisciando a casa sua, a sopportare gli infiniti "Te l'avevo detto" di suo padre e a respingere i pretendenti che lui avrebbe scelto per lei. Tutto questo le faceva rivoltare lo stomaco.

Quando sentì una mano calda sulla spalla, ebbe un sussulto.

"Sono solo io," disse Bobby, mettendole un braccio intorno alla vita. "Vieni a letto."

"Non riesco a dormire. Non riesco a smettere di pensare."

"Preoccuparti non aiuta." Lui si mise a massaggiarle i muscoli delle spalle.

"Magari mi verrà in mente un'altra idea," disse lei, chiudendo gli occhi.

"La verità. Credevo che fossimo d'accordo che avresti detto la verità."

"E se perdessi il lavoro?" gli chiese, sollevando le sopracciglia.

"Allora c'è il piano B."

"Quale piano B.?"

"Non ne ho idea. Ma troveremo una soluzione.

"E se non la trovo, dovrò tornare a casa da mio padre," disse lei, rabbrividendo leggermente.

"Non se ne parla! Hai degli amici qui, Elena. Ti aiuteremo." Lui strinse le braccia intorno a lei. Il calore del suo abbraccio la confortò. Lei gli appoggiò la testa sulla spalla. Lui le diede un bacio sulla fronte.

"Ahi."

"Attento con quel labbro!" Lei si voltò. Lui le prese la mano.

"Vieni a letto, piccola. Fa freddo lì senza di te."

Lei ridacchiò. Era il corpo robusto e atletico di Bobby che riscaldava le lenzuola, non la sua struttura esile.

"Ok, Romeo. Andiamo." Lei si lasciò condurre verso il letto.

"Ho un'idea su come farti smettere di pensare a domani," disse lui, mettendole le mani intorno al seno.

Lei scoppiò a ridere. "Curioso che tu abbia sempre la stessa soluzione per ogni problema."

"Però funziona, no? E se funziona..." Lui le appoggiò le labbra sul collo.

"È vero, il sesso con te migliora tutto," gli rispose.

"E allora, che cosa stiamo aspettando?" disse lui.

Si stesero entrambi su un fianco, guardandosi negli occhi nella penombra. Era sincero? Gli importava davvero di lei come affermava? Lei immaginò cosa sarebbe successo se avesse perso il lavoro — Bobby le sarebbe ancora rimasto accanto? Le aveva detto di evitare sempre le donne che volevano solo i suoi soldi. Avrebbe pensato questo anche di lei?

Lui le accarezzò la guancia. "Qualcosa non va? Mi stai guardando in modo strano. È per il labbro?"

"Mi stavo solo facendo qualche domanda."

"Riguardo a cosa?"

"Non vuoi avere una discussione adesso, vero?" Lei si allungò le gambe.

"Non esattamente. Voglio dire, avevo qualcos'altro in mente. Ma se è importante..."

"No. Non direi."

"Forza, dimmelo. Di che si tratta? Riguarda noi?"

"Beh..." La paura le fece venire un groppo in gola. Come poteva chiedergli quello che provava per lei?

"Ok, si tratta di noi. Riguarda me? Io ti amo, Elena. Non te l'ho mai detto prima. Credevo che fosse evidente. È di questo che si tratta?"

A quelle parole, lei scoppiò in lacrime.

"Ne sei sicuro?" gli domandò.

"Certo che ne sono sicuro. Non te lo direi se non volessi. Non vado in giro a dire 'ti amo' a chiunque."

"A quante ragazze l'hai già detto?"

"Tu sei la prima."

Il silenzio invase la stanza. Le parole erano come bloccate. Lei si asciugò gli occhi e lo guardò. Il suo sguardo la riscaldava. I suoi occhi marroni si illuminarono e un sorriso gli comparve sulle labbra.

"Se succede qualcosa di brutto, potrai venire a stare da me. Io ti amo. Dovremmo stare insieme."

Stava forse sognando?

"A meno che tu non provi le stesse cose, ovviamente." All'improvviso, il viso di Bobby sembrò nascondere le sue emozioni.

"No, no. Non è così. Anch'io ti amo. È solo che non pensavo che tu provassi questo per me." Lei accarezzò la sua guancia ruvida.

"Perché non dovrei? Tu sei tutto ciò che stavo cercando. Intelligente, bella e ispanica."

"Tutto qui?" lei sollevò le sopracciglia.

"Vuoi che ti elenchi tutti i tuoi pregi? Ci vorrebbe tutta la notte. E abbiamo cose migliori da fare," disse lui, posando le sue labbra gonfie su quelle di Elena.

L'emozione le scorreva velocemente nelle vene. Lui le aveva dichiarato il suo amore per tutte le migliori ragioni. Lui amava la sua intelligenza. Il suo cuore era colmo di gioia. Credeva impossibile trovare un uomo ispanico che non fosse un maschilista come suo padre.

La felicità lasciò il posto al desiderio. Lei inarcò la schiena e gli sfiorò il petto col suo seno. Il bisogno di lui cresceva dentro di lei. Lui iniziò a baciarle il collo. Sentì un'ondata di calore sul seno, mentre le sue labbra cominciavano a sfiorarlo.

"Bobby," sussurrò lei, lasciando scivolare le mani sul suo corpo.

Lui si sollevò sulle ginocchia, spostando la sua mano. Mise la sua sul suo sedere, tirandola verso di sé. La sua erezione sfiorò il suo corpo.

"Oh, piccola," sussurrò lui, accarezzandola lungo le cosce. Lui abbassò la testa. La sua lingua premette sulla sua pelle. Come se avesse messo un dito in una presa elettrica, una scarica scosse il corpo di Elena. Lui continuò a premere su di lei.

"Oh, Dio!"

Muovendo la sua lingua su di lei, continuò la sua dolce tortura. Lei sollevò i fianchi. Il suo seno si gonfiò mentre la passione infiammava il suo corpo. Lui strinse la presa intorno a lei, aumentando la pressione. La tensione si accumulava e i muscoli di Elena si facevano sempre più tesi. Più lui la stringeva, più il suo corpo si faceva rigido.

"Bobby, aspetta, aspetta!"

Ma lui non si fermò. Il suo orgasmo si sviluppò velocemente, fino a esplodere dentro di lei. Lei si mise a urlare, afferrandosi la testa tra le mani, ma lui non si fermò. Il piacere le scorreva nelle vene. Poi lei aprì le gambe, con i muscoli rilassati, e allora lui si fermò.

Lei lo guardò con gli occhi socchiusi. Lui sollevò la testa, ridacchiando come una iena.

"Hai fatto, vero?"

Lei riuscì solo ad annuire una volta.

Lui ridacchiò. "Lo sapevo."

Lei sorrise. Lui era molto fiero di sé. Si distese accanto a lei. Lei gli mise una mano sul petto, poi la lasciò scivolare e notò che ce l'aveva ancora duro.

"Adoro quando vieni," disse lui.

"Perché?"

"È questo che un uomo fa per la sua donna."

"Oh?"

"È ciò che voglio darti."

Nessuno aveva voluto darle niente di recente. Un sentimento di gratitudine e amore scorreva dentro di lei. Lui era il suo uomo. Quello sembrava decisamente amore.

"Adesso è il mio turno," disse lei, sollevandosi. Lei si mise sopra di lui, facendo scorrere le dita tra i peli del suo petto, prima di scivolare giù e di prenderlo in bocca.

"Whoa, prenditela comoda. Sono già abbastanza eccitato," disse lui, quasi senza fiato.

"Ok. Allora cominciamo," disse lei sollevandosi.

Bobby prese il portafoglio sul comodino, tirò fuori un preservativo e lo indossò a tempo di record. Lei si mise di nuovo sopra di lui, prendendo il controllo. Lei lo strofinò sulla sua pelle umida prima di farlo entrare.

I due gemettero insieme mentre lui entrava dentro di lei. Lei si abbassò, appoggiando il sedere su di lui.

"Oh, piccola. Cavolo. Piccola!" Bobby iniziò ad ansimare, con gli occhi chiusi, sfiorandola con le mani. Lui le strinse le dita intorno alla vita, poi scorse la mano verso l'alto per stringerle il seno. Lui le pizzicò dolcemente il capezzolo, poi lo tirò leggermente, facendola gemere.

"Oh, mio Dio," sussurrò lei, muovendosi su e giù sopra di lui. Spostando il peso sulle mani, poggiata sul suo petto, iniziò a ondeggiare i fianchi, facendolo impazzire.

Improvvisamente, lui le mise un braccio intorno, poi si mise sopra di lei, reggendosi sui suoi avambracci. La sua asta si spostò liberamente. Lui la rimise in posizione ed entrò un'altra volta dentro di lei. Lei ebbe un sussulto, poi riprese a gemere.

"È così che lo voglio," disse lui spingendo dentro e fuori.

Lei si distese sulla schiena e gli lasciò prendere il controllo. Avere il controllo tutto il tempo la esauriva. Le piaceva che lui prendesse il comando, permettendole di distendersi e di goderselo. Lui sussurrò delle parole e delle frasi che lei non riuscì a distinguere. Mentre faceva l'amore con lei, usava un misto di parole inglesi e spagnole.

Lui abbassò la testa, mettendole la bocca sulla spalla mentre veniva. Lei gli afferrò le spalle, premendo il viso sul suo collo. Lui profumava di dopobarba speziato, di sudore e di Bobby. Ansimava leggermente, spingendo il petto contro il suo.

Elena non era promiscua, ma non era nemmeno un'educanda. Era andata a letto con altri uomini. Non aveva mai avuto un amante come Bobby. Adorava la sua tenerezza e la sua preoccupazione nei suoi confronti. Non la giudicava, l'amava semplicemente, senza essere autoritario o insistente. Ovviamente, voleva che lei stesse bene e faceva di tutto perché questo succedesse. Fare sesso con Bobby Hernandez era come volare su un tappeto volante.

Lui si sollevò sulle ginocchia. Il sudore gli scivolava sulla fronte e sul collo.

"Sei stupenda," disse lui, sorridendo.

"Non io. Sei tu. Lo sei in tutti i sensi."

"Piccola, ti amo," disse lui, scivolando accanto a lei, mettendole una mano tra i seni.

Lei si strinse a lui. Quando era insieme a Bobby, la sua vita non sembrava così difficile. Lei respirò il suo profumo e si distese.

"Spegniamo la luce. Devi alzarti presto domani," disse lui, spegnendo la luce.

"Non ricordarmelo."

"Scusa. Sogni d'oro, piccola."

"Sogni d'oro, Bobby."

Cercando di allontanare i pensieri su ciò che avrebbe dovuto affrontare il giorno dopo il giornale, Elena cadde in un sonno profondo.

Capitolo Dodici

Elena si svegliò per il profumo di qualcosa di burroso e delizioso. Indossò una vestaglia e si diresse in cucina. Bobby stava preparando qualcosa in una padella. Indossava solo un paio di boxer. Lei esaminò la sua schiena nuda, notando i suoi muscoli in movimento mentre girava i pancake. La sua pelle liscia si raggrinziva un po' mentre si muoveva. Lei si schiarì la voce.

Lui si voltò. "Oh. Sei sveglia! Il caffè è pronto. Una spremuta?"

"Cos'è tutto questo?" Lei si avvicinò al bancone e si riempì una tazza.

"Tu devi andare al lavoro e io no. Inoltre, io mi sveglio alla stessa ora ogni giorno. Mi piace svegliarmi presto la mattina. È tutto così tranquillo."

"Anche a me. Non sapevo che sapessi cucinare." Lei bevve un sorso della bevanda calda. "Il caffè è magnifico."

"È la mia specialità," disse lui, accennando un inchino. "Siediti."

Lui aveva apparecchiato il tavolino con piatti e forchette. Elena si sedette al suo solito posto e lo osservò mentre cucinava. Sembrava a suo agio nel farlo.

"Dove hai imparato?"

"Mia madre, la mia madre adottiva, preparava i pancake ogni domenica. E mi ha insegnato a farli. In diverse varianti. Ad esempio, con banane e gocce di cioccolato."

"Hanno un aspetto magnifico," disse lei, versando lo sciroppo.

I pancake erano soffici e leggeri.

"Sono deliziosi! I migliori che abbia mai mangiato. Qual è il tuo segreto?" gli chiese, guardandolo.

"Non posso dirtelo."

"Oh, forza. Stai scherzando, vero?"

"No. Ricetta di famiglia. Ho giurato di tenerla segreta. Però, se tu facessi parte della famiglia..." Lui interruppe la frase a metà, arrossendo in viso. Elena tossì e rivolse la sua attenzione al cibo. Stava parlando di matrimonio? Era un po' troppo presto per questo, no?

Quell'idea continuò a ronzarle in testa. L'avrebbe sposato se gliel'avesse chiesto? Non lo sapeva. Elena aveva dovuto impegnarsi tanto per sopravvivere e una situazione come quella di un matrimonio, in cui avrebbe dovuto prendersi cura di qualcuno, senza dover affrontare tutto da sola, non le era mai successa.

Lei finì di mangiare velocemente, gli fece le sue scuse e andò a farsi la doccia. Quando fu vestita e pronta per uscire, Bobby la accompagnò alla porta.

"Finisco di pulire prima di andarmene," le disse, stringendola tra le braccia.

Toccare la sua pelle nuda la fece rabbrividire. Le veniva l'acquolina in bocca guardandolo. Il suo appassionato bacio di saluto le rimase sulle labbra fino alla stazione della metropolitana. Mentre si dirigeva in centro, si sentiva i nervi a fior di pelle. Che cosa avrebbe detto? Come avrebbe fatto a spiegarlo ad Anita? Quali parole avrebbe potuto usare? Nella sua mente, immaginò diversi scenari, scartandoli tutti, decidendosi infine a dirle la pura e semplice verità, senza fronzoli.

Mentre il treno raggiungeva la sua destinazione, il cuore di Elena batteva all'impazzata. Sarebbe stato più semplice se le avesse detto velocemente la verità? Avrebbe dovuto esordire dicendo "Sono io Jane Downing?" E Anita le avrebbe creduto? Avrebbe licenziato Elena in tronco? Una gocciolina di sudore le scivolò sul petto, tra i seni.

Il treno rallentò mentre si avvicinava alla sua fermata. Lei si unì alla folla che saliva le scale per uscire in strada. La calca di persone la costringeva a camminare velocemente. In ufficio, mise la sua borsa in un cassetto e raggiunse la macchinetta del caffè. Luis era arrivato presto e ne aveva preparato una caraffa. Lei se ne riempì una tazza, sperando di trovare il coraggio.

Si avvicinò all'ufficio di Anita. La sua segretaria la fermò.

"È a un meeting fuori dall'ufficio. Tornerà intorno alle undici."

"Puoi mettermi in lista per quando ritorna?"

"Certamente."

Elena ritornò nel suo ufficio, incerta se questo ritardo fosse una fortuna o una maledizione. Doveva tenere la mente occupata mentre aspettava Anita. Luis fece capolino.

"Hai già trovato qualche pettegolezzo su Hernandez?" le chiese.

"No."

"Meglio che continui a cercare. Anita mi ha detto di non pubblicare quell'articolo finché non sarà accompagnato da qualche notizia succulenta."

"Ok, ok. Ma quel ragazzo non ha fatto niente," disse Elena, sperando di non sembrare una donna innamorata.

"Dici così perché vai a letto con lui. Cerca meglio. Deve esserci qualcosa."

Lei gli lanciò un'occhiataccia e lui sgattaiolò via come un ratto. Ma Luis aveva ragione. Lei non avrebbe mai pubblicato qualcosa di negativo su Bobby Hernandez nel suo articolo. Non era la giornalista di un tabloid. Aveva scritto un articolo sincero e sentito sull'impegno di Bobby per raggiungere il successo e sulla sua generosità nei confronti dei futuri giocatori della major league provenienti dalla Repubblica Dominicana. Era una storia edificante, che avrebbe dato speranza ai ragazzi che lottavano con la povertà. Non era anche quello giornalismo? Elena credeva di sì. Ma quel bastardo di Luis continuava a spiarla. Aveva già capito che Bobby era l'uomo che stava frequentando. Doveva dargli l'impressione che stesse cercando qualcosa di compromettente su Bobby per tenere quel ficcanaso di Luis lontano dal suo articolo.

Elena accese il suo laptop. Iniziò a parlare tra sé.

"Qual è la prima cosa da consultare in caso di figli illegittimi? I registri delle nascite, giusto? Le madri mettono sempre i nomi dei padri sui certificati di nascita, anche se non sono sposate." Fece il login e iniziò a cercare nelle banche dati alle quali il giornale era iscritto, per permetterle di cercare materiale privato e rendere più interessanti le sue storie.

Clicco sui registri delle nascite e si mise a cercare il nome di Bobby negli Stati Uniti, scrivendolo in modi diversi. Non c'era nessuna traccia che riportasse a lui. Nonostante lui le avesse detto di non essere tornato nella Repubblica Dominicana negli ultimi anni, lei decise comunque di cercare anche lì. Le sembrò di sentire nella sua testa le parole di Anita. "Certo, certo che ha detto di non esserci stato. Gli uomini mentono. Soprattutto i giocatori di baseball giovani, belli e di successo. Continua a cercare, Elena."

Dopo aver immaginato la ramanzina di Anita, controllò il suo orologio. Anita sarebbe tornata tra una decina di minuti, lasciando Elena il tempo di fare la ricerca e di prepararsi per incontrare il suo capo alle undici. Digitò il suo nome e premette "invio."

Nel database c'erano pagine intere di uomini con lo stesso nome. Elena sbadigliò, per la noia, non per mancanza di sonno, e iniziò a scorrere la lista, ordinata per data di nascita. Per curiosità, si fermò al suo anno di nascita. Trovò una data che poteva essere la sua e ci cliccò. Il fatto che ci fossero altre persone con lo stesso nome di Bobby, nate nello stesso anno, non fu una sorpresa, ma lesse qualcos'altro che la sconvolse. Spalancò la bocca per lo stupore.

Prima di elaborare quelle informazioni, le squillò il telefono.

"Anita è pronta. Può incontrarti adesso."

Elena lasciò il suo computer aperto su quella pagina e si diresse nell'ufficio del suo capo. Anita odiava aspettare ed Elena aveva bisogno che fosse di buon umore.

ELENA APRÌ LA PORTA del suo ufficio e si sedette. Anita stava digitando qualcosa sulla tastiera del suo computer. Elena si schiarì la voce.

"Oh, sì. Elena. Che succede? Hai scattato quelle foto? Hai trovato qualcosa di interessante sul signor Hernandez?"

"No, no. Si tratta di qualcos'altro," disse Elena, mettendosi a giocherellare con una penna.

"Di che si tratta? Sputa il rospo, ragazza. Ho una giornata intensa." Anita corrugò la fronte.

"Sono io Jane Downing." Elena trattenne il respiro.

"Cosa?"

La giovane reporter ottenne tutta l'attenzione del suo capo.

"Sono io Jane Downing."

"Che intendi dire? È ovvio che non sei tu Jane Downing. Tu sei Elena Delgado. Forse sei un po' confusa? Tu hai intervistato Jane Downing. Ho la tua intervista proprio qui, da qualche parte, sulla mia scrivania."

"No, no, Anita. Non sono matta. E non ho nemmeno una doppia personalità. Ho scritto io quei romanzi d'amore. Jane Downing è il mio pseudonimo."

"Merda!" Anita si alzò dalla sedia. "Davvero? Li hai scritti tu?"

Elena annuì e deglutì. Fatto. Tolto il dente, ora doveva solo aspettare il sangue.

"Hai intervistato te stessa? Ora sono confusa," disse Anita, risiedendosi sulla sua sedia.

Elena le spiegò di suo padre e del motivo per cui usava uno pseudonimo.

"Non hai chiesto tu a Hernandez di pagare quella pubblicità?"

"Ha voluto farmi una sorpresa. Per aiutarmi a vendere di più."

"Immagino."

Elena annuì. "Sì. Ma poi tu mi hai chiesto di fare quell'intervista..."

"E tu ti sei ritrovata tra l'incudine e il martello. Così, hai deciso di mentirmi?"

Le lacrime offuscarono gli occhi di Elena. "Io non ti mentirei mai, Anita, ma che cosa potevo fare? Non potevo ammettere chi ero. Non potevo correre il rischio che tu lo stampassi."

"E ora?" Anita guardò la giovane reporter sollevando un sopracciglio.

"Non avevo più scelta. Non potevo continuare a mentire. L'intervista non è una menzogna. Ho intervistato me stessa. Le domande erano difficili e ho risposto in modo onesto. Ma per le foto? Scattare foto a una mia amica fingendo che lei fosse Jane Downing sarebbe stata una vera menzogna. Non potevo farlo."

"E me lo dici adesso? Dopo che ho programmato quest'intervista che, a proposito, è magnifica."

"Grazie."

"Quindi ora sono nella merda fino al collo."

"Mi dispiace, Anita. Mi dispiace molto." Elena si asciugò una lacrima dalla guancia.

"Mmm."

Ci fu un momento di silenzio, mentre Anita si passava le dita tra i capelli.

"Aspetta! Ho una soluzione."

"Quale?"

"Firmerò io l'intervista al posto tuo. Io sarò l'intervistatrice e tu Jane Downing."

"Veramente?"

"Per me va bene."

"Anche per me va bene. Manterrai il mio segreto?" Elena osò sorridere.

"Assolutamente no! Sono seria sulle foto. Ti scatteremo delle foto e pubblicizzeremo il fatto che una delle nostre migliori reporter è anche una scrittrice di successo di romanzi d'amore."

"Oh, no."

"E invece sì. A proposito, non hai scritto quei libri durante l'orario di lavoro, vero?"

"Certo che no. Li ho scritti di sera, invece di frequentare ragazzi."

"Sembra un grosso sacrificio da fare."

"Mi piace scriverli," confessò Elena. "Per favore, niente foto."

"Tu sei una bella ragazza. Le tue foto aggiungerebbero molto a quell'articolo. Potresti anche essere contattata dalle agenzie di stampa. Essere intervistata dai giornali e dalle riviste più importanti."

"Io non voglio questo."

"Ma questo ti permetterà di avere i tuoi libri nella lista dei best-seller."

"Mio padre avrà un attacco di cuore."

"È un uomo all'antica. Digli di svegliarsi. Sua figlia è una scrittrice di talento. Dovrebbe esserne orgoglioso."

"Non lui," disse Elena, scuotendo la testa.

"Mi dispiace, ma ho bisogno delle foto per l'articolo."

Minacce, preghiere e suppliche attraversarono la mente di Elena, ma lei non ne ebbe il coraggio. Anita non era arrabbiata per l'intervista. Se aveva trovato quella soluzione, senza licenziare Elena, e pubblicando il suo articolo in prima pagina, come avrebbe potuto opporsi alle foto?

"Suppongo di meritarmelo."

"Meritartelo? Tutta questa pubblicità gratuita? Dovresti darmi una percentuale di ciò che guadagnerai grazie a quest'articolo. Sinceramente, Elena, devi imparare a cavartela da sola," disse Anita.

"Lo faccio. È per questo che sono qui, invece di vivere nella Repubblica Dminicana, sposata con qualche verme, come vorrebbe mio padre. Voglio solo che lui non lo sappia, mi capisci? Volevo tenere segreta questa parte della mia vita."

"Privata? Non c'è più niente di privato. Con le cimici del governo e le telecamere all'angolo di ogni strada, non puoi nemmeno soffiarti il naso senza che lo sappia tutto il mondo. Se lui dovesse crearti problemi, affrontalo. Lui è là e tu sei qua. Non c'è niente che lui possa fare."

"Immagino di no. Io gli voglio bene, ma lui non accetta molto bene i cambiamenti."

"E chi lo fa? Questa storia è eccellente. E che mi dici dell'articolo su Bobby? So che lui ti ha regalato la pubblicità, ma il lavoro è lavoro."

"Ancora niente," disse lei, abbassando lo sguardo per evitare che Anita si accorgesse che stava mentendo.

"Continua a cercare," disse Anita, premendo il pulsante interno del telefono dell'ufficio. "Maria, chiama Alfonzo Perez al telefono. Ho un lavoro per lui."

"Posso andare?" Elena si alzò dalla sedia.

"Certo, certo. Maria ti darà i dettagli del servizio fotografico. Indossa qualcosa di sexy. Riesco già a immaginarmi i titoli, La vita segreta di una reporter che scrive romanzi d'amore. Sarà un successone."

Elena tornò nel suo ufficio. Chiuse il database che aveva visualizzato e chiamò Bobby.

"Com'è andata?" le chiese.

Lei sentì delle voci in sottofondo. "Dove sei?"

"Nello spogliatoio."

"Sei nudo?" I suoi pensieri ritornarono immediatamente alla camera da letto.

"Sì. Ti eccita saperlo?"

"Oh, mio Dio!"

Lui sorrise. "Ti basta poco, piccola. Che succede?"

Lei gli raccontò ciò che era successo con Anita.

"È una notizia grandiosa! Diventerai una star."

"Ma mio padre —"

"Lui dovrà farsene una ragione. Guadagnerai un mucchio di soldi."

"Sarebbe bellissimo se i miei libri diventassero dei bestseller."

"Dobbiamo festeggiare. Andiamo a cena al Chicago Grill."

"La steak house?"

"Sì. Puoi chiamare per prenotare? Devo vestirmi e andare in campo per l'allenamento."

"Ok. Va bene alle sette?"

"Perfetto. Sono fiero di te, Elena. Hai detto la verità. Sei stupenda. Ti amo, piccola," disse lui, poi mise giù il telefono.

Elena sorrise. Quella sarebbe stata una serata magnifica. Si sedette sulla sua sedia e cercò Chicago Grill su Google. Prenotò online, poi stampò una copia della prenotazione. Si diresse verso la stampante, fermandosi in cucina per prendere un altro caffè. Luis era lì, a finire il caffè della sua tazza. Lui le fece un sorrisetto malizioso, seguito da un cenno della testa, e si mise a ridacchiare prima di mettere la sua tazza del lavello e ritornare al lavoro.

Elena sollevò le spalle. Non riusciva mai a capire il comportamento di quel ragazzo, ma non le importava. Prese la sua prenotazione e fu sorpresa di vedere che nella stampante c'era un altro foglio. Su di esso, vi erano alcuni nomi. Sembrava una pagina del database del registro delle nascite. Forse, l'aveva stampata per sbaglio. Lì non c'erano informazioni su Bobby, quindi accartocciò il foglio e lo gettò nella spazzatura.

Sorrise mentre tornava alla sua scrivania. Quando tornò nel suo ufficio, trovò un messaggio di Alfonso con la data, l'orario e il tipo di abbigliamento per il servizio fotografico. Sedendosi sulla sua sedia, Elena sorrise. Come si dice, quando la vita ti offre limoni, fai una limonata!

BOBBY SI MISE A FISCHIETTARE, mentre si vestiva nello spogliatoio.

"Come mai se così allegro?" gli chiese Nat Owen.

"Appuntamento galante?" gli domandò Jake.

"Esco con la mia ragazza," disse Bobby.

"Oh, quindi Elena è la tua ragazza?" Skip sollevò un sopracciglio.

"Sì, lo è. E allora? Qualche problema, coglione?" Bobby lanciò un'occhiata al suo amico.

Skip alzò le mani. "Hey, ok. Nessun problema. Lei è una ragazza fantastica."

"Ottima scelta," intervenne Jake.

"La migliore," disse Nat, annuendo.

Bobby sorrise. "Lo è. E ha anche delle magnifiche notizie. Aspettate e vedrete."

I ragazzi iniziarono a tempestarlo di domande, ma Bobby non rispose.

"Non posso dirvelo. Riguarda lei. Abbiate pazienza." Aprì la sua bottiglia di dopobarba, ma era vuota. "Qualcuno di voi ne ha un po'?"

Dan Alexander rispose, "Ecco. Prova questo. Per me funziona ogni volta.", disse porgendo una bottiglietta al suo compagno di squadra.

"Mmm. Si chiama Success for Men."

Skip scoppiò a ridere. "Perché, esiste anche un Success for Women?"

"Magari un Success for Women per avere successo con le altre donne?" domandò Nat.

"Ovviamente no. Le donne non hanno bisogno di usare niente per avere successo con gli uomini," ridacchiò Jake.

"E, se non usano niente, hanno sicuramente successo," intervenne Skip.

I ragazzi scoppiarono a ridere. Vic Steele entrò nello spogliatoio.

"Perché cazzo state ridendo? Questo è stato l'allenamento peggiore di tutta la settimana."

I ragazzi rimasero in silenzio. Cal Crawley si unì a loro. "Sicuramente si tratta di donne. Impossibile che sia per il baseball."

Vic annuì. "Senza dubbio. Scopare. Il vostro argomento preferito."

L'allenatore e il manager lasciarono lo spogliatoio.

Bobby aprì la bottiglietta e lo odorò. "Molto buono," disse, mettendosi un po' di dopobarba sul viso e restituendolo a Dan.

Jake sorrise. "Divertiti, Bobby," disse lui, ridendo maliziosamente.

"Ci andrà a letto, perché non dovrebbe divertirsi?" domandò Skip.

"Hey, fatevi gli affari vostri, ragazzi," disse Bobby, facendosi il nodo alla cravatta. "La porto a cena fuori."

"Prima la cena, poi Elena come dessert," aggiunse Matt Jackson.

"Non sono affari vostri. Andatevene a fanculo!" Quei commenti su Elena infastidirono il secondo difensore. Elena era l'amore della sua vita, non una ragazza qualunque.

"Hey, non vogliamo mancarle di rispetto, amico," disse Skip, mettendo la mano sul braccio di Bobby. "Stiamo solo scherzando un po'. Lei è una ragazza stupenda. Davvero. Ed è perfetta per te."

"Già. Stavamo solo scherzando," confermò Nat.

Gli altri ragazzi annuirono.

"Trattatela con rispetto. Lei non è una da una botta e via," disse Bobby, calmandosi.

"Certo, altrimenti lo sapresti. Ne hai avute abbastanza di ragazze così," commentò Skip, facendo scoppiare a ridere tutta la squadra.

Persino Bobby si mise a ridere, poi ribatté. "Non sei tu il re dei rapporti occasionali, Skip?"

I ragazzi fecero all'unisono un 'oooh' indicando Skip, che arrossì. Bobby scoppiò a ridere, poi indossò la sua giacca e si diresse verso il parcheggio. Voleva bene ai suoi compagni, ma non voleva far aspettare la ragazza migliore del mondo.

Mentre guidava verso il centro, il cuore gli scoppiava d'amore per Elena. Finalmente, lei avrebbe realizzato il suo sogno. E lui ne sarebbe stato parte, avendo dato inizio a tutto. Pregò che il capo di Elena intendesse davvero dire ciò che aveva detto e che non la licenziasse.

Ora, se avesse mantenuto la sua media di battute e la sua squadra avesse continuato a vincere, la sua vita sarebbe stata perfetta. La felicità gli scorreva nelle vene. Forse era arrivato il momento di ripresentarla a suo padre. Non che avesse bisogno della benedizione del suo vecchio ma, se l'avesse avuta, sarebbe stato tutto perfetto. Bobby aveva già gettato le basi, parlandogli di lei e di quanto la ammirasse.

Per la prima volta, Art Carrington non aveva cercato di distoglierlo dal frequentare qualcuno. Gli era sembrato rassegnato. Nonostante il rispetto di suo padre nei suoi confronti fosse quasi forzato, Bobby lo accettava. Meglio di niente. E se l'era guadagnato. Facendosi strada nel baseball professionista, risparmiando il suo denaro e vivendo da solo. Bobby Hernandez era un uomo. Finalmente, con grande sorpresa di suo figlio, Art Carrington se n'era accorto.

Al ristorante, Bobby fu accolto calorosamente dal maître, che gli strinse la mano e lo accompagnò a un tavolo all'angolo. Elena occupava la sedia appoggiata alla parete ed era bellissima. Indossava un vestito color pesca, con le bretelline sottili e una bella scollatura. I suoi lunghi capelli scuri brillavano alla luce. La candela accesa sul tavolo rendeva più caldo il colore olivastro della sua pelle. Lei alzò lo sguardo, incrociando il suo con i suoi sensuali occhi marroni.

"Wow. Sei stupenda," le disse, abbassandosi per baciarla.

"Anche tu. Stai molto bene, Bobby."

Lei ordinò una sangria e lui una birra, oltre a bistecca e patatine fritte. Mentre aspettavano, Elena lo aggiornò sui dettagli dell'articolo e sull'imminente servizio fotografico. Lei aveva un'espressione diversa, una luce negli occhi che lui non aveva mai visto prima. Lui sapeva cosa significasse veder avverarsi un sogno e sorrise insieme a lei, che avrebbe finalmente avuto la sua chance.

Lui le prese la mano e le baciò il dorso.

"Sono felice per te, piccola. Diventerai una scrittrice famosa."

"Come no. Non credo. Ma potrei guadagnare abbastanza da saldare il mio ultimo debito universitario."

"Te lo meriti. Ho letto il tuo libro. È un buon libro. Tu hai decisamente talento. Però, non dimenticarti di me nella tua scalata verso il successo," disse lui, scherzando solo in parte.

Lei scoppiò a ridere. "Sei buffo. Tu parli di successo e io di mille dollari in più."

"Devi mirare in alto," disse lui, accarezzandole il dorso della mano con il pollice.

"Tu l'hai fatto?"

"Puoi scommetterci. Non puoi ottenere qualcosa senza prendere la mira."

"Hai ragione."

Lui alzò la sua birra, "A Jane Downing, alias Elena Delgado, la prossima autrice di bestseller del New York Times."

Quando Bobby si alzò per andare nel bagno degli uomini, Elena ricevette un messaggio di Anita.

Ottimo lavoro. Non è esattamente un figlio segreto, ma è quasi altrettanto interessante. Domani il tuo articolo sarà in prima pagina.

Anita

Inizialmente, Elena non capì di cosa stesse parlando. Poi, si ricordò del foglio rimasto nella stampante. No, era impossibile. Qualcuno era entrato nel suo ufficio e aveva stampato qualcosa dal suo computer mentre lei era nell'ufficio di Anita?

Lei ebbe un sussulto, coprendosi la bocca. Non poteva essere. Avrebbe dovuto immaginarlo. Bobby sorrideva mentre tornava al tavolo. Elena si sentiva il cuore in gola. Anita non avrebbe stampato quelle informazioni senza permesso, vero? Come avrebbe fatto adesso con Bobby?

Doveva porre fine a quella storia. Elena si alzò dal tavolo.

"Mi dispiace, ma devo andare."

"Come? Niente dessert? Non hai nemmeno finito la tua bistecca."

"Veramente. Devo andare. Credimi," disse lei, in preda al panico.

Bobby rimase in piedi, mentre lei afferrava la sua borsa e si precipitava in strada. Saltò su un taxi e diede al tassista l'indirizzo del suo ufficio. Pregò che Anita stesse ancora lavorando.

Ma, quando arrivò, l'ufficio era chiuso e le luci erano spente.

Capitolo Tredici

Bobby le mandò un messaggio, chiedendole se stesse male, ma non ricevette alcuna risposta. Non sapeva che cosa fare, così chiamò Skip.

"È andata via così?"

"Sì. E le ho anche mandato un messaggio, ma non mi ha risposto."

"Va da lei. Se sta male, potrebbe aver bisogno d'aiuto."

"Non lo so. È piuttosto riservata. Di certo, l'avrà fatto per una buona ragione. Sono sicuro che mi spiegherà tutto."

"Non dirmi che non ti avevo avvertito."

"Lo so, lo so. Sarà lei a dirmelo quando si sentirà pronta."

"Ok, amico."

"Grazie, comunque."

"Nessun problema."

Bobby non capiva perché si sentisse riluttante a seguire il consiglio di Skip. Lei l'aveva guardato in modo strano prima di fuggire. Come se fosse paralizzata dalla paura. Qualcosa l'aveva spaventata e lui non aveva idea di cosa si trattasse. Ma di certo non gli era sembrato che stesse male. Era come se, all'improvviso, si fosse ricordata di dover andare da qualche parte o di dover incontrare qualcuno. Stava frequentando un altro ragazzo? No, non Elena. Non l'avrebbe mai fatto, vero? Forse aveva qualcosa a che fare con l'articolo su di lei o con il servizio fotografico? Lui sollevò le spalle e si diresse verso casa.

Fuori dal campo, non aveva la stessa sicurezza che aveva in campo. Come i suoi compagni di squadra, aveva le insicurezze che aveva ogni uomo quando aveva a che fare con una donna. Elena aveva il suo cuore e lui sperava che non glielo spezzasse.

Skip e Nat si unirono a Bobby, mentre lui aspettava notizie da parte di Elena. Guardarono un film insieme, poi si separarono e andarono a letto presto. L'indomani avrebbero avuto una partita importante, la prima di una serie di due partite contro i Georgia Gators.

Il mattino dopo, Bobby si svegliò tardi. Avendo modificato la sua routine, bevve velocemente del caffè, mentre si metteva i vestiti. Prendendo i due giornali che trovò vicino alla sua porta, raggiunse la sua auto e guidò verso lo stadio. Lasciò i giornali in macchina e raggiunse i ragazzi per la colazione. Il silenzio dominava la stanza. Lui si guardò intorno, notando che i suoi amici evitavano di guardarlo negli occhi. Persino Skip teneva lo sguardo sul suo piatto.

"Che sta succedendo?" domandò Bobby, afferrando un pezzo di bacon.

Matt si voltò a guardare il secondo difensore, poi distolse lo sguardo.

"Hey, forza. È morto qualcuno?" Bobby sentì le tensione accumularsi nelle spalle.

"Non sai niente?" gli chiese Skip.

"Niente? Niente cosa? Che sta succedendo?" Bobby guardò in viso tutti i suoi amici.

"Hai letto l'edizione di Hoy di oggi?" domandò Nat, dolcemente, mettendo la mano sull'avambraccio di Bobby.

"Mi sono alzato tardi. Non ho avuto il tempo. L'ho lasciato in auto. Allora?"

Matt ne mise una copia sul tavolo, mostrandogli l'articolo in prima pagina. Eccolo lì.

BOBBY HERNANDEZ FIGLIO BASTARDO. SCOPERTO IL PADRE SEGRETO.

"Che cazzo è questa roba?" Lui afferrò il giornale. Mentre leggeva, gli tremavano le mani.

La stanza rimase in silenzio.

"No, no. C'è un errore. Arthur Carrington è mio padre adottivo. ADOTTIVO! Non è il mio padre naturale," disse Bobby, scuotendo la testa. "Questi sono i documenti dell'adozione. Io lo so. E allora?"

"Guarda bene lo screenshot. È il tuo certificato di nascita," disse Skip a voce bassa, indicandolo.

A Bobby mancò il respiro. Eccolo lì — il nome di Arthur Carrington, accanto a quello della madre di Bobby, Consuela Hernandez. Art era nominato come suo padre. Era chiaro come la luce del giorno. Bobby era il figlio bastardo di Art. Sua madre era andata a letto con Art, poi lui l'aveva abbandonata quando lei era rimasta incinta. Perché non gliene aveva mai parlato? Perché gli aveva mentito?

Bobby chiuse gli occhi. Ci vedeva rosso per la rabbia, sentendosi consumare come una casa in fiamme. Non riusciva a respirare. Umiliato davanti a tutti. Era solo un povero bastardo, un fardello indesiderato. Oh, i suoi nemici della scuola privata sarebbero scoppiati a ridere vedendolo. E le altre squadre della lega? Sarebbe stato sulla bocca di qualunque coglione in seconda base. Quella brutta parola di offesa non abbandonava la sua mente. Bastardo.

E suo padre? Il più grande bugiardo di tutti. Eccetto forse per sua madre, che probabilmente si vergognava troppo per dirgli la verità.

"Non ce ne frega un cazzo, Bobby," disse Skip. "Per noi non significa niente." Il resto della squadra borbottò in segno di accordo, ma Bobby sembrava non ascoltarli. Essendogli passato l'appetito, si alzò da tavola. Doveva parlare con suo padre. Raggiunse l'ufficio di Cal.

"Immaginavo che saresti venuto."

"So che è una partita importante, Cal, ma ho bisogno di parlare con mio padre —"

Il manager gli fece un cenno. "Va pure. Non mi serviresti a molto oggi, comunque. Metterò Chet in seconda base. Solo un giorno, Bobby. Cerca di risolvere tutto oggi. Ti voglio qui domani."

"Certo. Grazie," disse Bobby.

La confusione gli ardeva nel petto. Suo padre era l'unica persona alla quale credeva al di sopra di tutti. Perché non gli aveva detto la verità? Quando aveva ottenuto il suo passaporto, aveva creduto che suo padre avesse presentato i documenti dell'adozione, dichiarandolo cittadino statunitense. No, lui era sempre stato un cittadino statunitense. Suo padre aveva semplicemente dovuto presentare il suo certificato di nascita.

E come aveva fatto Hoy a ottenere quelle informazioni? Mentre apriva lo sportello della sua auto, si fermò. Le chiavi gli caddero dalle mani. Solo una persona avrebbe potuto rivelare tutto questo al giornale — Elena Delgado. Il suo cuore smise di battere.

Ci mise molto tempo a riprendersi, prima di riuscire ad aprire lo sportello. La sua rabbia si trasformò in tristezza. Si sentiva soffocare e gli vennero le lacrime agli occhi. Non era il tipo che si metteva a piangere, tranne quando si faceva male, mentre nessuno lo guardava.

Bobby appoggiò la testa sul volante e scoppiò in lacrime, mentre il tradimento da parte della donna che amava gli trafiggeva il cuore come una spada d'acciaio.

BUSSÒ ENERGICAMENTE all'enorme porta di legno della casa in cui era cresciuto. Suo padre trascorreva spesso il tempo nel suo studio, a occuparsi della sua collezione di francobolli o a guardare il telegiornale. Dei passi pesanti accolsero le orecchie di Bobby. Qualcuno guardò attraverso lo spioncino, poi aprì la porta.

"Bobby! Che piacere rivederti! Entra, entra." Quel viso dai lineamenti marcati fu attraversato da un sorriso.

Bobby lo guardò come se non l'avesse mai visto prima. Sapeva di aver preso da sua madre il suo viso ispanico e i suoi occhi scuri. Ma, esaminando suo padre, notò all'istante la loro somiglianza fisica. Suo padre era alto e snello, persino alla sua età. Nonostante fosse più basso di qualche centimetro, anche Bobby aveva le gambe lunghe, era snello e aveva le mani grandi. Quando suo padre gli porse la mano, il ragazzo la fissò per qualche secondo prima di stringerla. Già. Somigliava molto alla sua, anche per la leggera curva dell'anulare della mano sinistra.

Perché non se ne era mai accorto prima? Forse lui se ne era accorto e gliel'aveva nascosto con qualche trucchetto. Aveva sperato di essere una copia identica di suo padre, del suo padre adottivo — o di quello che credeva tale. La sua ammirazione per quel manager di successo non aveva confini. Il denaro di suo padre aveva permesso a Bobby di entrare nella major league. Aveva sempre stimato suo padre per questo e ammirava quell'uomo che aveva fatto tutto questo per un completo estraneo, che era ciò che credeva di essere per Art.

Ora, tutto aveva un senso. Quando Art era tornato nella Repubblica Dominicana, aveva visto Bobby giocare a baseball. Art aveva giocato nella minor league, fino a quando non era riuscito a mettere insieme il denaro per andare al college. Ma non aveva mai perso il suo amore per il baseball. Bobby era esattamente la sua immagine.

Fece un sorriso triste, immaginando ciò che suo padre aveva pensato vedendo giocare suo figlio. Del resto, una mela non cade mai troppo lontano dall'albero.

"Non pensavo di vederti oggi. È sempre un piacere. Hai mangiato?" gli chiese Art, spostandosi per far entrare suo figlio.

"Non ti ho chiamato per caso, papà. Hai letto l'edizione di oggi di Hoy?" Lui si fermò sulla soglia.

"Lo compro perché la tua ragazza lavora lì. Ma sai che il mio spagnolo è un po' arrugginito, quindi no, non l'ho letto. Dovrei farlo?"

Bobby prese il giornale e lo aprì perché suo padre potesse leggere il titolo in prima pagina.

L'uomo ebbe un sussulto. "Oh, merda." Poi, si gettò di peso su una sedia all'ingresso.

"Proprio così. Oh, merda," disse Bobby, ripiegando il giornale e mettendoselo in tasca. "Devo chiedertelo. Perché non me l'hai detto?"

"Andiamo nel mio studio. Ho bisogno di un brandy," disse il vecchio, alzandosi dalla sedia.

Entrarono nella stanza spaziosa. Bobby si sedette sul divano di pelle, mentre suo padre si avvicinò all'angolo bar.

"Ne vuoi uno anche tu?"

"No."

"Capisco."

"Devo giocare domani."

"Una birra, allora?" gli chiese suo padre.

"Un po' d'acqua."

"D'accordo." Suo padre riempì a metà un bicchierino da brandy, poi prese una bottiglietta d'acqua dal minifrigo. Quindi, si unì a suo figlio.

"Allora, qual è la vera storia? Tu sei mio padre? Mio padre biologico?"

Art annuì. "Sì."

"Che cosa è successo? Perché non me l'hai detto?" Bobby aprì la bottiglietta d'acqua, terrorizzato per ciò che stava per sentire.

"Ok. Ti dirò la verità. Ero andato in viaggio d'affari nella Repubblica Dominicana. Avevamo investito in una piccola fabbrica locale. La società per la quale lavoravo, prima che iniziassi a occuparmi di amministrazione finanziaria. Di tanto in tanto, mi mandavano lì a fare un controllo, fare un resoconto e dare dei consigli per mantenere la produttività. Alloggiavo nell'albergo dove tua madre lavorava come cameriera."

Suo padre si fermò per bere un sorso del suo brandy.

"Continua"

"Avevo frequentato Arlene per un po', di tanto in tanto. Lei aveva un figlio e questo mi scoraggiava un po'. Poi ho conosciuto tua madre. Oh, mio Dio. Lei era la donna più bella che io avessi mai visto."

"Quindi l'hai messa incinta e poi sei scappato?" La rabbia tingeva le sue parole.

"Non è andata così. Mi sono innamorato di lei e ho smesso di frequentare Arlene. Tornai lì ogni mese per sei mesi, poi la fabbrica fallì.

Ci vedevamo ogni volta che tornavo. Lei era bellissima e molto attraente. Il suo sorriso. I suoi occhi. I suoi capelli —"

"Basta stronzate. Era solo facile portartela a letto."

"Non parlare in questo modo di tua madre!" Il suo tono di voce raggiunse un livello di freddezza che Bobby non aveva mai sentito prima.

"Siamo entrambi adulti adesso. Evita le stronzate e arriva al dunque."

"Ero nuovo nella società. Quando i viaggi si interruppero, non avevo il denaro per tornarci da solo. Scrissi a tua madre, ma forse non ricevette mai la mia lettera. Avevo il cuore spezzato, ma non sapevo cosa fare per stare con lei."

"È stato facile andartene."

"Non c'è stato niente di facile. Tu non la conoscevi allora. Lei avrebbe potuto diventare un'attrice. Era molto dolce. Prima che la vita la opprimesse. Consuela era spensierata, sorridente, e le piaceva cantare e ballare. Io ne ero incantato."

Il cuore di Bobby ebbe un sussulto. La sua nascita aveva forse rovinato la vita di sua madre?

"Io non sapevo di te. Non sentii più Consuela da allora. Non avevo idea che fosse incinta. Se l'avessi saputo, l'avrei sposata."

"Hai appena detto che non sapevi cosa fare per continuare a stare con lei."

"Per te, avrei cercato una soluzione. Ascoltami, Bobby, io non sono perfetto. Ma cercai di rimediare"

"Davvero? E come?"

"Dieci anni dopo. Quando tornai, rimasi un paio di giorni in più e cercai tua madre."

"E?"

"Mentre mi dirigevo verso la casetta in cui lei viveva, vidi dei bambini che giocavano a baseball per strada. Tu eri lì, a lanciare. Nonostante il tuo viso somigliasse a quello di tua madre, mi accorsi immediatamente che noi due avevamo la stessa corporatura."

"Veramente?"

"Sì. Mi si raggelò il sangue. Non riuscivo quasi a parlare. Ti chiesi quando fosse il tuo compleanno e allora capii che eri mio figlio." Art si strofinò gli occhi col fazzoletto e bevve un sorso. "Erano già passati dieci anni della tua vita. E io me li ero persi.", disse con la voce tremante.

Bobby si sentì un groppo in gola per l'emozione. Il desiderio che aveva sempre avuto — chiedendo a Dio che Art diventasse il suo vero padre, si era avverato. Bobby era confuso. Doveva essere arrabbiato, felice, incazzato, furioso o commosso? Tutti quei sentimenti gli riempivano il cuore contemporaneamente.

"E poi, che cosa successe?"

"Trovai tua madre. Lei era già sposata con quell'uomo e aveva avuto altri tre figli. Credevo che fossero tre, ma avrebbero potuto anche essere quattro, insieme a lui. Fu sorpresa di rivedermi, anche arrabbiata, all'inizio, poi ci sedemmo su una panchina a parlare. Riuscii a farle capire ciò che era successo. Mi disse di aver cercato di mettersi in contatto con me, ma di non esserci riuscita. L'impiegato le avrebbe dato i miei contatti.

"Poi aveva conosciuto Pedro. Lui la voleva, anche con te. Ma voi due non siete mai stati davvero legati. Lei mi raccontò che, quando arrivarono gli altri figli, lui trascorreva più tempo con loro, ignorando te."

I suoi ricordi riaffiorarono. I momenti in cui l'uomo che credeva essere suo padre si metteva a giocare a baseball con i più piccoli o li portava a prendere un gelato quando aveva qualche moneta in più in tasca. Ma non l'aveva mai fatto con Bobby. Lui veniva sempre lasciato in disparte. Sua madre cercava sempre di farsi perdonare da lui. Gli preparava qualche piatto speciale o giocava con lui quando aveva qualche minuto. Ma non era la stessa cosa.

"Me lo ricordo," sussurrò Bobby.

"Ero dispiaciuto di sapere che tu dovessi vivere in quel modo — un cittadino di seconda classe nella tua stessa casa. E per dieci anni. Fu per questo che le feci quell'offerta."

"Non perché sapevo giocare a baseball?"

"No. Chi ti ha messo in testa quest'idea?"

"Mio padre. Voglio dire, Pedro. Mi diceva che tu pensavi che io potessi diventare un giocatore di baseball professionista, quindi volevi portarmi negli Stati Uniti per farmi allenare."

"Che bastardo! No, no. Certo, tu eri bravo, molto bravo. Ma, figliolo," gli sorrise suo padre, "avevi solo dieci anni. Ti presi con me perché eri mio figlio. E perché stavi soffrendo, vivendo con un uomo che non ti voleva. Tutto questo era inaccettabile per me."

Bobby non riusciva a parlare. Le lacrime gli inondavano gli occhi.

"Ma io avevo già sposato Arlene. Crescemmo suo figlio come se fosse il nostro. Poi, lui morì in quell'assurdo incidente. Quando ti trovai, beh, il mio cuore si risvegliò. La possibilità di avere un altro figlio, un figlio vero. L'idea di portare mio figlio con me mi rendeva felice."

"E mia madre?" gli chiese Bobby, con un groppo in gola.

"Lei si mise a piangere e non volle lasciarti andare."

"Come hai fatto a convincerla?"

"Ci sono voluti diversi viaggi. Le portavo le foto della nostra casa, della tua stanza, e le parlavo delle opportunità che avrei potuto offrirti. Le promisi che mi sarei tenuto in contatto con lei, che le avrei mandato spesso lettere e fotografie."

"E?"

"E, finalmente, ci riuscii. La convinsi che, con ciò che potevo darti, avresti avuto un futuro migliore. Le promisi che non ti avrei mai trascurato e che avresti sempre avuto il meglio in tutto. Anche Arlene le scrisse una lettera. Per sostenermi."

"E le è bastato solo questo per lasciarmi andare?"

"Non esattamente. Pedro voleva del denaro. Non lo dicemmo a tua madre, ma io accettai di pagarlo."

"Lui mi ha venduto?"

"No. Tu non sei mai stato suo figlio, quindi non poteva venderti. Io avrei potuto portarlo in tribunale. E, con una copia di quel certificato di nascita, avrebbe perso immediatamente. Io avevo tutto il diritto di portarti con me. Ma non volevo spezzare il cuore di tua madre. E non volevo avere problemi da Pedro."

Bobby era sconvolto. Rimase seduto ad asciugarsi il viso, fissando suo padre.

"Perché non me l'hai mai detto?"

"Non volevo che tu ti vergognassi. Un figlio nato fuori dal matrimonio? Quei damerini del collegio ti avrebbero mangiato vivo. Le persone avrebbero pensato il peggio. Dovevo proteggere te e anche tua madre. La maggior parte delle persone nella Repubblica Dominicana credevano che Pedro fosse tuo padre. Lui aveva conosciuto tua madre poco dopo che lei aveva scoperto di essere incinta."

"Non amavi Arlene?"

"Certo che la amavo. Eravamo sposati da tanto tempo. È possibile amare due persone allo stesso tempo. Arlene rendeva meravigliosa la tua e la mia vita. Era una donna stupenda."

"Lo era. È stata buona con me."

"Ecco, adesso sai tutto. Ti ho rivelato il mio orribile segreto. Ho sbagliato a non parlartene. Deve essere stato tremendo scoprirlo in questo modo. Davvero pessimo. È stata la tua ragazza?"

"Probabilmente."

Art corrugò la fronte. "Ho fatto un errore a non dirtelo, ma non mi pentirò mai di averti portato via da lì. Sei stato un figlio stupendo. Spero che tu possa perdonarmi."

"È una storia grossa da digerire."

"Non devi rispondermi adesso," disse Art, finendo il suo brandy. "Sono certo che, se ci penserai su, comprenderai la mia posizione."

Bobby si sollevò sulle sue gambe instabili.

"Devi andartene? Ho una bella bistecca per cena. Non vuoi restare?"

Bobby scosse la testa. "Ho troppe cose in mente. E ho bisogno di parlare con Elena."

"Lo capisco. Fammi sapere che cosa deciderai. Spero che tu sappia che ti voglio bene e che te ne ho sempre voluto."

Nuove lacrime inondarono gli occhi di Bobby, mentre si gettava tra le braccia di suo padre. I due uomini si abbracciarono. Art tirò su col naso e si strinse a suo figlio. Quando si separarono, Bobby distolse lo sguardo da suo padre e si diresse verso la porta.

"Chiamami quando sarai pronto per parlare," disse Art.

"Ok. Grazie, papà."

"Ah. Stavolta, quando lo dirai, saprai che lo sono davvero," disse il vecchio, con la voce tremante.

Bobby si fermò con l'auto in un vicolo cieco e spense il motore. Rimase seduto in silenzio, ripensando a ciò che gli aveva detto suo padre. Mezz'ora dopo, raggiunse l'autostrada e si diresse verso casa.

Nel suo appartamento, aprì una birra e si distese sul divano. Finalmente, sapeva tutta la verità sulle sue origini. Bella o brutta che fosse, era la verità. Ora, era il momento di chiamare Elena.

Capitolo Quattordici

Elena si precipitò fuori dall'ufficio senza risposte. Doveva capire come quella storia fosse finita sul giornale. Perché non aveva chiamato Bobby quando aveva trovato il suo certificato di nascita? Perché non gliel'aveva detto a cena? Perché aveva aspettato? Adesso, lui avrebbe pensato che fosse stata lei a scoprire quella storia e che non gliel'avesse detto volontariamente.

Quella storia l'aveva colto di sorpresa, ed era tutta colpa sua. Si sentiva le lacrime agli occhi, ma le trattenne. Non c'era tempo per la commiserazione. Doveva rimediare al più presto. Mandò un messaggio a Francie, dicendole di incontrarsi nel suo appartamento. Elena comprò del cibo di conforto, tra cui nachos, chili e maccheroni al formaggio, una bottiglia di vino, poi tornò a casa, ad aspettare l'arrivo della sua amica.

Mentre gironzolava in cucina, Elena riesaminò la sua giornata. Come avevano fatto quelle informazioni a finire dal suo computer alle mani avide di Anita? Non ne aveva nemmeno parlato al suo capo e non aveva di certo stampato una copia del certificato. La rabbia le ardeva nel petto. Qualcuno, probabilmente Luis, era entrato nel suo ufficio e aveva usato il suo computer — e senza il suo consenso. Se solo non avesse lasciato quella schermata! Quel piccolo ratto di Luis si aveva cercato di ficcare il naso nel suo lavoro fin dall'inizio della giornata. Doveva essere stato lui, sapendo che l'articolo avrebbe portato la sua firma.

Lei brontolò. Se Bobby avesse dubitato per un attimo del suo coinvolgimento, il suo nome come autrice dell'articolo gli avrebbe tolto ogni dubbio. Si trovava in una posizione scottante. Fece un respiro profondo e si ricordò del suo consiglio sull'intervista. "Devi solo dire la verità," le aveva detto. Ovviamente, lui aveva avuto ragione. Così, decise di riprovarci, pur dubitando che lui potesse crederle. Dopotutto, lui era a conoscenza della grossa bugia che riguardava l'intervista a Jane Downing. Lei non aveva fatto altro che dirgli quanto fosse orribile per lei mentire — ma l'aveva fatto lo stesso. E con grande successo.

Non sapeva che cosa fare. Francie era una ragazza sveglia, avrebbe sicuramente trovato una soluzione. Elena si mise a camminare. Era già stata in situazioni difficili, ma mai così tanto. Doveva fare in modo che lui le credesse. Ma come?

Sentì bussare alla porta e capì che la sua amica era arrivata. Mentre Elena le apriva, le squillò il cellulare. Si avvicinò al cibo accuratamente disposto sul tavolino da caffè, poi deglutì, si sedette sul divano e si fece forza, prima di rispondere al telefono.

"Bobby?"

"Sì. Sono io."

"Mi aspettavo la tua chiamata."

"Davvero?"

"Immagino che questo voglia dire che hai letto la tua copia del giornale oggi."

"Certo che l'ho fatto. Solo che non era la mia copia. Tutta la squadra ha letto l'articolo prima di me. Quando mi hanno visto, non riuscivano nemmeno a guardarmi in faccia."

"Oh, mio Dio," rispose Elena, dolcemente. Le tremavano le mani. Poi chiuse gli occhi.

"Sei una scrittrice, dovresti conoscere il significato della parola umiliazione. Beh, è quello che ho provato oggi. Quando li ho guardati, chiedendo loro che cazzo stesse succedendo, Matt Jackson mi ha fatto vedere la prima pagina del giornale! Poi ho capito. Ho capito proprio bene. Sono molto sorpreso, Elena. Non avrei mai pensato che tu potessi farmi questo."

"Non l'ho fatto. Bobby, devi credermi. Non sono stata io."

"Davvero? Allora chi è stato? Che il tuo nome sull'articolo. Sei

tu che l'hai scritto. Non era ciò che il tuo capo voleva che tu facessi? È

così che mi hai detto."

"E io le ho detto che non l'avrei mai fatto. Mai. Devi credermi."

"Perché dovrei? Sei diventata brava mentire, Elena. E mi hai dato in pasto ai lupi per la tua carriera."

"Ma, io —"

"Non ti affannare a darmi spiegazioni false. Hai vinto, ma non ti darò un'altra occasione di colpirmi."

"Che intendi dire?"

"Devo farti lo spelling?"

"Sì." Il suo cuore fu assalito dalla paura.

"Tra noi due è finita."

Quelle erano proprio le parole che aveva temuto. Prima che potesse rispondere, lui aveva già riagganciato. In preda al dolore, scoppiò in lacrime. Francie si alzò dalla sedia.

"Elena, Elena! Che cosa è successo?"

Le lacrime diventarono singhiozzi. Francie andò a prendere una scatola di fazzolettini dal bagno. Elena fece un respiro tremante e si asciugò il viso.

"Lui mi ha lasciata."

"Cosa?"

"Per l'articolo del giornale. Mi ha scaricata."

"Ma non l'hai nemmeno scritto tu."

"Lo so, lo so. Ma lui non mi crede."

"Ha letto il resto dell'articolo? Le parti in cui parli della sua generosità nell'aiutare i bambini della Repubblica Dominicana e tutto il resto?"

"Non lo so. Ha visto il certificato di nascita e, proprio come pensavo, non ne sapeva niente."

"Capisco come si sente. Neanche a me piacerebbe scoprire che il mio padre adottivo è il mio vero padre. Almeno, non davanti a mezzo milione di persone."

Francie porse alla sua amica un bicchiere di vino. "Che cosa pensi di fare?"

"Capire i fatti. Devo sapere che cosa è successo."

"E con Bobby?"

Elena scosse la testa. "Non lo so. Quando lo scoprirò, gli spiegherò tutto. Ma dubito che mi crederà."

"Perché? Tu sei una delle persone più sincere che io conosca," disse Francie, servendosi un po' di maccheroni al formaggio.

"Ti ricordi l'intervista? Jane Downing?"

"Sì, e allora? Eri nei guai."

"Bobby sa tutto. Mi ha detto che avevo mentito in modo convincente per fare quell'intervista."

"Maledizione." Francie continuò a mangiare, guardando la sua amica.

Elena sorseggiò il suo vino. "Non c'è niente che io possa fare stasera." Lei sospirò.

"Che cosa dirai ad Anita?"

"Le chiederò come abbia fatto quel certificato di nascita a finire sul giornale," rispose Elena, alzandosi in piedi. "Ho sempre voluto diventare una reporter. Una giornalista investigativa. Volevo divulgare notizie sulle persone cattive, cambiare il mondo con le mie parole. Ero ottimista, certa di poter fare la differenza. E ora, che cosa ho fatto? Ho pugnalato alle spalle l'unico uomo che io abbia mai amato. L'ho ferito senza alcun motivo. Io non sono una giornalista. E queste sono solo stronzate e pettegolezzi." Affondando sul divano, scoppiò in lacrime, tenendosi il viso tra le mani.

"Non avrei mai dovuto accettare quel lavoro. Lo odio. Io non sono una giornalista. Dovrei continuare a scrivere le mie storie d'amore, dove posso controllare tutto e dove tutti, alla fine, sono felici. Non posso aggiustare il mondo."

"Nessuno può aggiustare il mondo da solo."

"Non sono nemmeno riuscita ad aiutare un uomo. Un uomo meraviglioso. Guarda che cosa ho fatto."

Francie balzò in piedi. "Tu non hai fatto niente! Smettila di darti addosso."

Francie si sedette accanto alla sua amica. "Tu non hai fatto niente. Niente. Non lo faresti mai." Le mise un braccio intorno alla spalla.

"Questo lo sai tu. Lo so io. Ma Bobby non mi crederà mai. Inoltre, sono stata io a lasciare quella pagina aperta sul mio computer. Sono stata disattenta. Non credevo che qualcuno potesse entrare nel mio ufficio a curiosare. Adesso lo so. Mi sono comportata da stupida e adesso ne sto pagando le conseguenze"

Francie non riuscì a replicare.

ALLE OTTO DEL MATTINO, Bobby si guardò allo specchio del bagno. Nessuna ragazza, nessun motivo per radersi.

"Concentrati sulla partita. Concentrati sulla partita," disse alla sua immagine, che lo osservava attraverso il vapore della doccia. Si vestì, prese due sandwhich all'uovo al negozio di alimentari e si sedette dietro il volante. Gli allenamenti sarebbero cominciati presto quel giorno, poi ci sarebbe stata la partita alle due. Era contento di poter svolgere quelle attività. Qualunque cosa sarebbe andata bene per tirarlo su di morale e per fargli smettere di pensare a Elena.

Con la fronte aggrottata, entrò nello spogliatoio. Se qualcuno avesse osato dire qualcosa, se la sarebbe presa con lui. Con una rabbia addosso grande quanto l'Empire State Building, Bobby aprì il suo armadietto. Vi lanciò dentro la sua borsa da palestra e si cambiò le scarpe.

"Cominciamo tra cinque minuti, ragazzi," disse Vic Steele.

Perfetto. Non vedeva l'ora di correre. Raggiunse la pista e iniziò a correre, senza aspettare i suoi compagni di squadra. La rabbia alimentava le sue gambe, che correvano sempre più veloce. Si concentrò sul suo respiro, tenendo la testa alta, lasciando che il suo corpo prendesse il controllo. Quando fu senza fiato, prese due bottigliette d'acqua e raggiunse gli altri Nighthawks in palestra.

Skip sollevò le sopracciglia e lanciò un'occhiata a Bobby, ma lui si limitò a scuotere la testa. Non voleva parlare con nessuno, né spiegare nulla, né che qualcuno gli dicesse che non avrebbe dovuto provare ciò che provava.

Oltre alla sua delusione nei confronti di Elena, doveva anche fare i conti con i suoi sentimenti contrastanti nei confronti di suo padre. Perché suo padre non gli aveva mai detto la verità quando Bobby era cresciuto? Forse Arlene non aveva voluto? La rabbia nei confronti di sua madre si dissolse. Non ce l'aveva più con lei per averlo abbandonato. Essendo un ricco americano, Art Carrington sarebbe potuto andare a prendere Bobby quando voleva. Art aveva i soldi e probabilmente anche abbastanza ascendente per influenzare le autorità nella sua direzione - ed era indicato come suo padre sul certificato di nascita. Forse Consuela si era resa conto che tenersi stretto il suo figlio maggiore era una battaglia persa.

Cosa sarebbe successo se Art avesse saputo della gravidanza di Consuela prima di sposare Arlene? Poi allontanò dalla sua mente quell'idea assurda. Bobby non era mai stato un sognatore. Aveva imparato molto presto che i desideri non si avveravano mai ed erano semplicemente uno spreco di tempo.

Bobby si fece la doccia, indossò l'uniforme e si unì alla squadra per il pranzo. Si sedette in silenzio, con il piatto pieno di proteine, carboidrati buoni e verdure. Skip e Nat erano seduti accanto a lui, come cani da guardia, e chiacchieravano con gli altri. Bobby non aveva voglia di parlare.

"Ace Benson giocherà a sinistra del campo oggi," disse Matt Jackson.

"Stupendo. Un altro coglione," borbottò Bobby. Il suo umore era ulteriormente peggiorato. Nervoso, suscettibile, con i nervi a fior di pelle, quel giorno sarebbe stato meglio non infastidirlo. Sperava che quel tipo lo eliminasse per non doverlo affrontare.

Dopo pranzo, Cal spiegò alla squadra la sua strategia di gioco. I Boston Blue Jays erano gli avversari più importanti dei Nighthawks. La loro rivalità risaliva a tanto tempo fa. I tifosi la alimentavano in ogni partita, esultando per la loro squadra preferita e fischiando agli avversari. Cal prese Bobby da parte.

"Come stai?"

"Sto bene."

"Pensi di riuscire a concentrarti?"

"Sì. Sono pronto a giocare."

"Bene. Chet è stato un disastro totale ieri. Abbiamo bisogno di te."

"Sono qui, signor Crawley."

"Cal."

"Sono qui per te, Cal." Bobby tentò di sembrare positivo e rassicurante, ma quelle sembravano tutte stronzate alle sue orecchie. Fece diversi respiri profondi, si pettinò i capelli e poi aspettò Skip, prima di dirigersi verso il campo. Il suo migliore amico gli diede una pacca sulla schiena.

"Sei pronto?"

"Sì."

Skip gli fece un breve sorriso e un cenno mentre uscivano all'aria aperta. Mentre una cantante, non molto famosa, accennava l'inno nazionale, Bobby si ritrovò a esaminare gli spalti. Stava cercando Elena? Scosse una volta la testa e si accigliò. Ovviamente, lei non ci sarebbe stata. Non solo lei doveva lavorare, ma quella nave era salpata. Aveva ottenuto ciò che voleva da lui - un'interessante storia da prima pagina. Lei aveva voltato pagina. Beh, di certo l'aveva fatto anche lui.

Era stato proprio un idiota a crederle, pensando che lei lo amasse. O peggio, che lui la amasse. Tuttavia, lui l'aveva amata davvero. Forte, bella, dolce - o almeno così aveva creduto. Fece un sospiro. Lei aveva tutto ciò che aveva sempre voluto in una donna, non era forse così? Forse no.

Skip gli diede un colpetto con la mano e lui ebbe un sussulto.

"Concentrati, amico. È ora di giocare a baseball."

"Lo so, Skip," disse Bobby, prendendo la sua posizione e indossando il guanto.

ELENA APRÌ LA PORTA dell'ufficio quindici minuti prima. Pregò che Anita fosse lì. Di solito, la direttrice era la prima ad arrivare e quella mattina non fu un'eccezione. Elena fece il caffè e portò una tazza per Anita e una per se stessa.

"Possiamo parlare?"

"Certo, certo. Entra. Sei la mia eroina!"

"Io?"

"Oh, sì. Quel certificato di nascita che hai trovato, che rivela le vere origini di Bobby Hernandez, ha un valore inestimabile! Il mio telefono non ha fatto che squillare all'impazzata. Penso che ci siano anche un paio di messaggi per te."

"Per me?"

"Sì. Un paio di direttori di riviste hanno lasciato dei messaggi. Li ha presi Angela. Sono sulla tua scrivania."

"È proprio di questo che volevo parlarti."

"Se vogliono offrirti un posto di lavoro, come credo, rispondi loro che resterai qui. Avrai una promozione per questo."

"Anita!"

La direttrice chiuse la bocca e guardò Elena. "Perché stai urlando?"

"Per attirare la tua attenzione. Siediti. Per favore."

Lei lo fece e si mise a sorseggiare il suo caffè.

"Quel certificato di nascita. Non l'ho stampato io. Non sono stata io a dartelo."

"Ma sei stata tu a trovarlo, giusto?"

"Sì. Per caso. Stavo cercando pettegolezzi inesistenti. Io sapevo che non avrei trovato niente, ma tu hai insistito."

"E guarda che cosa hai trovato! Abbiamo battuto i record di vendite ieri. "

Elena fece una smorfia. Povero Bobby.

"Di che cosa vuoi parlarmi?"

"Chi è stato a dartelo?"

"Sei stata tu."

"Non è così. Io avevo solo lasciato aperta la schermata sul mio computer. Qualcuno è entrato nel mio ufficio e, senza il mio permesso, l'ha stampato e te l'ha dato."

"Davvero? Quindi Luis aveva ragione."

"Luis?"

"Sì. Mi ha detto di essere stato lui a trovarlo e ha insistito che mettessi il suo nome alla fine dell'articolo. Ma sapevo che ci avevi lavorato tu, quindi non gli ho creduto. Inoltre, era il tuo articolo."

Elena rimase a bocca aperta.

"Hai fissato l'appuntamento con Alfonso?"

"Sì. Non cambiare argomento. Luis non aveva il diritto di prenderlo senza il mio permesso. Era sul mio computer, nel mio ufficio." L'indignazione le bruciava nel petto.

"Qual è il problema? Hai tu tutto il merito."

"Non mi interessa il merito," disse Elena, quasi urlando. "Io non te l'avrei mai dato. Mai!"

Anita strinse gli occhi. "Che cosa sta succedendo?"

"Hai distrutto Bobby Hernandez, suo padre e anche sua madre."

"Oh, così il signor Hernandez non può sopportare la verità, eh? Che peccato! Questo è un giornale, Elena, non una passeggiata al parco."

"Quella non era una notizia. Erano pettegolezzi. Era tutta robaccia, solo per metterlo in imbarazzo."

"Non lo sapeva prima di leggere l'articolo?"

"No. No, non lo sapeva," disse Elena, sprofondando su una sedia.

Anita si mise a ridere come una vecchia gallina. "Ancora meglio. Questa è la ciliegina sulla torta."

"Sai di aver causato un problema, forse anche una rottura permanente tra Bobby e suo padre o sua madre? Di averlo messo in imbarazzo davanti a migliaia di persone - per qualcosa con la quale lui non aveva niente a che fare?"

"Se la metti così —"

"Come altro dovrei metterla? Io non te l'avrei mai dato."

"Sei innamorata di lui, vero?" Anita svuotò la sua tazza.

"Che differenza fa ciò che penso o ciò che provo?"

"Oh? Tu non gli interessi?"

"Non più."

"Tesoro, se non hai il fegato per fare giornalismo, devi solo dirlo."

"Questo non è giornalismo. Questi sono pettegolezzi. Pettegolezzi vergognosi, maligni e infami. Pur di vendere il giornale, non importa chi viene ferito."

Anita sollevò le spalle. "Se non ti piace lavorare qui, puoi andartene. Non tutti sono adatti a fare i giornalisti."

Elena si aspettava di ricevere delle scuse, un po' di comprensione, qualsiasi cosa, invece fu trattata con freddezza. Questo alimentava il suo senso di giustizia. Bobby era stato messo in imbarazzo senza ragione, oltre a quella di vendere il giornale. Elena riuscì a malapena a sopportare le parole di Anita. Era molto nervosa e aveva lo stomaco in subbuglio. Questo non era un lavoro, era una servitù vincolata. Non avrebbe mai esposto i segreti personali di qualcun altro per metterlo in ridicolo, solo per vendere più copie.

"Non voglio distruggere la gente per vendere più copie del giornale."

"Allora, fa un favore a entrambe, vattene!" urlò Anita, strofinandosi il mento.

"Bene. Lo farò. Molto volentieri. Mi licenzio." Quelle parole le uscirono dalla bocca prima di poterle ritirare. L'improvviso timore di essere rimasta senza lavoro si accompagnava al sollievo di non dover più lavorare lì. Si sentiva più leggera.

"E non scomodarti a presentarti per quel servizio fotografico. Perché non pubblicherò l'intervista a Jane Downing." Anita fece un sorriso compiaciuto.

Elena spalancò la bocca. Merda! Aveva contato su questo. Essendosi licenziata, sperava che almeno le vendite dei suoi libri potessero aiutarla ad andare avanti. Ma, senza questa pubblicità, le sue royalty sarebbero rimaste solo un reddito supplementare.

"Lo faresti davvero? Cancelleresti quell'articolo? È una grande storia," disse Elena.

"Perché, perché riguarda te? Che ne dici dell'altra faccia di questa storia? Il fatto che tu abbia mentito, nascondendo la tua identità. Hai inventato un'intervista a te stessa! Questa sarà una grande storia. Un editoriale ancora più grandioso," disse Anita, poi si appoggiò alla sua sedia, con un sorriso maligno sul volto.

Elena fu colta dal panico. Si sentiva le lacrime agli occhi, ma si rifiutò di cedere. "Fa pure. Non riuscirai a distruggermi."

"Ah, no?"

"No."

"Ma posso divertirmi un po' a farlo."

Sconvolta, rimase senza parole.

"Non vale la pena di sprecare il tempo così. Solo un articolo di fondo e poi avrò finito. Ora esci dal mio ufficio e vattene, adesso! Mandami le tue dimissioni ufficiali per e-mail." Anita prese il telefono.

Elena uscì dalla porta, si diresse verso il suo ufficio, raccolse i suoi scarsi effetti personali e se ne andò. Era scossa. Che cosa aveva fatto? Aveva mandato tutto all'aria per un uomo che non le avrebbe più rivolto la parola. E per cosa? Il danno era già stato fatto. Non poteva più cancellare quell'articolo dalla mente delle persone.

Quando arrivò a casa, gettò la borsa sul bancone della cucina e si gettò sul letto. I suoi sogni infranti di vita, di carriera e di amore nella grande città le avevano spezzato il cuore. Che cosa poteva fare adesso?

Dopo qualche minuto, si diresse verso la cucina e si preparò un vodka and tonic. Era stata abbastanza furba da prendere i messaggi degli editori prima di lasciare la redazione di Hoy. Ecco che cosa avrebbe fatto, avrebbe chiamato gli editori e programmato delle interviste.

Il coraggio del suo nuovo piano e l'alcol la fecero sentire meglio. Si mise a fare ricerche sulle varie pubblicazioni e fece un elenco. Era presto. Prese il telefono.

"Celebs 'R Us."

L'ARIA ERA CARICA DI tensione allo stadio dei Nighthawks. Il punteggio era di tre a tre e i Blue Jays erano alla battuta. Ace Benson era al piatto. Avevano un giocatore in prima base. Era la parte alta del settimo inning e Dan Alexander era al lancio.

Bobby aveva sfruttato la sua rabbia, dirigendola verso la palla, facendo un doppio per regola di campo durante il primo inning, segnando un punto con Nat in seconda base. Mantenere la concentrazione sul campo richiedeva uno sforzo notevole. Con i cenni e i sorrisi occasionali di Skip su un lato e di Nat dall'altro, Bobby si concentrò e fece la sua parte per battere i 'Jays.

Moose Macafee aveva sostituito Dan. Non era la giornata migliore di Moose. Mandò in base il primo battitore dell'inning, poi Ace Benson entrò in campo. Crack! La palla volò nell'angolo di destra, poi rimbalzò tra gli spalti, mandando Benson in seconda base con un doppio per regola di campo. Si avvicinò alla prima base, passò davanti a Bobby, rallentando abbastanza da dire una parola al secondo difensore.

"Bastardo," borbottò Ace sorridendo tra i denti.

Bobby ci vide rosso e attaccò il giocatore. Skip corse verso il suo compagno di squadra, mentre Bobby si precipitava verso Benson. L'interbase dei Nighthawks colpì il petto di Bobby, facendolo indietreggiare in prima base.

"Non farlo! Non farlo, Bobby. Quel tipo è un verme. Non ne vale la pena."

Nat si unì a loro, mettendo una mano sulla spalla di Bobby. "Lascia perdere quel coglione."

Moose abbandonò la sua postazione, mentre gli altri ragazzi si calmavano. Ace era in seconda base, da dove fece una risatina a Bobby, che diede un pugno al suo guanto e spalancò le gambe. Lanciò un sorrisetto ad Ace.

"Mi sono scopato tua sorella ieri sera. Non male per essere un cesso," disse Bobby ad Ace.

Il giocatore dei Blue Jays si oscurò in volto. Corse verso Bobby e lo spinse. Skip chiamò Moose. Quando vide Moose voltarsi verso di lui, Bobby si alzò di scatto. Il lanciatore gli lanciò la palla e colpì Ace.

"Fuori!" urlò l'arbitro.

Bobby, Skip e Nat scoppiarono a ridere. Quello sbruffone di Ace si mise a inseguire Bobby, che iniziò a correre, sorridendo. I compagni di squadra di Ace lo distolsero dal farlo e lo trascinarono verso la panchina. L'arbitro eliminò Ace dalla partita. Il battitore successivo fu eliminato e l'ultimo out arrivò da una volata in centro campo. Una volta al sicuro nel dugout, Bobby non poté smettere di ridere. Si voltò verso Skip.

"Chi sapeva che Benson avesse davvero una sorella?"

Bobby finì per essere eliminato, ma i Nighthawks vinsero per un punto. Mentre i ragazzi tornavano nello spogliatoio, Cal Crawley mise il braccio attorno alle spalle di Bobby e lo trattenne.

"Ascolta, figliolo. Devi ignorare quelle stronzate. Certo, oggi sei sulla bocca di tutti, ma domani tutta questa storia verrà dimenticata. C'è sempre qualche giocatore professionista che fa qualcosa di increscioso e va a finire in prima pagina. Tra uno o due giorni si dimenticheranno tutto. Fino ad allora, cerca di non lasciarti influenzare da tutto questo."

"Grazie, Cal. Non lo farò."

Bobby raggiunse i suoi compagni nello spogliatoio. Loro sarebbero andati da Freddie a mangiare una bistecca. Bobby non voleva andarci. Voleva solo tornare a casa, mangiare un hamburger e guardare un film con Elena al suo fianco. Si fermò. Oops, aveva scaricato Elena. Poi si ricordò che era stata lei a causargli tutti quei casini e scosse la testa. Forse lei l'aveva tradito, eppure lui sentiva la sua mancanza.

Si fece una doccia, si vestì e tornò a casa da solo. Suo padre lo chiamò, chiedendogli se avesse avuto delle ripercussioni in seguito all'articolo. Bobby chiacchierò con lui per un po', poi cercò un film. Sorpreso per aver facilmente perdonato suo padre, Bobby si sentiva fiero di sé per aver evitato di litigare con lui e per non avergli tenuto il broncio. Sarebbe riuscito a farlo anche con Elena? Probabilmente no. Suo padre gli aveva nascosto la verità per proteggere lui e sua madre. Elena non aveva nessuna scusa per aver rivelato il suo segreto al mondo intero. Come faceva a sapere quale altra storia avrebbe inventato su di lui per guadagnare fama e denaro?

Anche se era difficile crederci, i fatti non mentivano. Aveva venduto lui, la sua privacy e tutta la sua famiglia, solo perché il suo articolo finisse in prima pagina. Sentì un brivido lungo la spina dorsale. Mettendola in quel modo, sembrava tutto così freddo, eppure non c'era niente di freddo in Elena.

Lei era calda, non solo a letto, ma anche nel temperamento, nell'atteggiamento. Se Elena aveva un'opinione su qualcosa, non era solo un'idea, bensì una convinzione. Era una donna passionale, in tutto. Lei non poteva affatto essere considerata fredda — tranne che per quell'articolo su di lui.

Non riusciva a capirlo. Girò su un canale porno e scrollò le spalle. Immaginò di aver perso la sua capacità di giudizio. Forse era stato colpito dalla sua incredibile bellezza. Di qualunque cosa si trattasse, ovviamente, non era stato bravo a capire il suo carattere.

Giù di morale, si mise comodo sul divano e terminò il suo pasto, mentre guardava "Alla conquista della valle del piacere." Ma non poteva fare a meno di chiedersi cosa stesse facendo Elena.

Capitolo Quindici

Elena indossò il suo vestito migliore. Aveva un'intervista con Tiffany Cowles, la direttrice di Celebs 'R Us. La più importante rivista di gossip l'aveva chiamata. Quando aveva risposto e aveva scoperto quanto fosse alto lo stipendio, non aveva potuto rinunciare a quell'intervista.

"È solo un'intervista. Che cosa hai da perdere? Non sei costretta ad accettare il lavoro," disse Francie.

"Come faccio a rifiutare tutti quei soldi?" Elena si provò una sciarpa, poi ne provò un'altra.

"Non sei obbligata ad accettarlo. Arriveranno altre offerte," insistette Francie. Lei porse un bicchiere d'acqua alla sua amica.

Elena ne bevve un sorso, poi posò distrattamente il bicchiere. "Quale sciarpa? Quella blu o quella rosa?"

"Mi piace il blu con il viola scuro, ma anche il rosa ci sta bene," rispose Francie.

"Praticamente, non hai una preferenza."

"Dipende dal tuo umore," disse Francie.

"Dal mio umore? A metà tra pessimo e orribile," rispose Elena, con un'espressione furiosa in volto.

"Ok, ok. Indossa quella blu."

"Metterò quella rosa, grazie."

Francie si alzò in piedi. "Sei davvero insopportabile oggi, lo sai?"

"Mi dispiace."

"Ascoltami. Va a parlare con quella donna. È una donna potente. Forse potrebbe fare qualcosa per te."

"Hai ragione."

"Bene. Ora, devi solo sorridere e venderti bene."

"L'ho già fatto. E guarda cosa è successo." si lamentò Elena.

Indossò la sciarpa e uscì dalla porta. Sull'autobus, si appoggiò la valigetta in grembo e lasciò vagare i pensieri. Che cosa stava facendo Bobby? Aveva guardato gli highlights della partita la sera prima, desiderosa di avere notizie su di lui. Stava bene? Stava passando un periodaccio a causa di quell'articolo?

Non le importava cosa le avesse detto, lei lo amava ancora. Elena non riusciva ad accendere e spegnere il suo cuore come un interruttore della luce. Lui si era insinuato dentro di lei e c'era rimasto. Era contenta di vedere che il suo rendimento in campo non avesse subito conseguenze. Aveva affrontato suo padre? Allontanando quella domanda dalla sua mente, ricordò a se stessa che Bobby Hernandez non era più affar suo. Tuttavia, il suo cuore ne soffriva.

Scendendo alla sua fermata a Midtown Manhattan, entrò nell'elegante edificio e firmò per registrarsi. Una giovane donna ben vestita la accolse e la accompagnò in ascensore fino all'ultimo piano. Tiffany Cowles aveva un ufficio angolare al venticinquesimo piano.

Il suo ufficio, elegante e spazioso, impressionò Elena. La signorina Cowles indossava una magnifica camicia di seta rossa e una gonna di seta nera. La giacca abbinata era appesa allo schienale dello sua sedia. Elena fu accompagnata a un divano componibile e le fu offerta una bottiglietta d'acqua.

"Bene, bene, signorina Delgado. Il suo articolo su quel giocatore di baseball era davvero buono."

"Non era tutto mio."

"Collaboratori freelance?"

"No."

"Staff? È per questo che abbiamo degli assistenti. C'è la sua firma. Beh, nemmeno io scrivo ogni articolo che viene pubblicato con la mia firma. Chi ne ha il tempo?"

Elena era agitata e si mise a giocherellare con l'orlo della sua giacca.

"Mi è piaciuto il modo in cui l'ha impostato. L'ha descritto come un bravissimo ragazzo e poi, boom! Ha svelato le sue discutibili origini. Eccellente. Come poteva prendersela dopo che lei ha messo in evidenza così tante cose buone su di lui?"

"Non sono stata io a farlo. Quella era solo la verità."

"Certo. Come il suo certificato di nascita. È proprio questo che rende la storia così interessante. E questo è il modo di pensare che vogliamo a Celebs 'R Us."

"Davvero? Anche la parte buona?"

"Certo. Non tutte le celebrità sono dei completi mascalzoni."

"Oh, ok."

"Lo stipendio è di cinquantamila dollari. Le interessa?"

Elena spalancò gli occhi. Era molto di più di quanto guadagnasse. Con quel denaro, avrebbe potuto estinguere il suo debito studentesco e mettere qualcosa da parte. Mentre pensava, qualcuno bussò alla porta e l'assistente della signorina Cowles entrò nella stanza. Lei lanciò un'occhiataccia a Elena, poi si avvicinò al suo capo. Aveva in mano una copia di Hoy.

"Non credo proprio che sia il lavoro adatto a me, signorina Cowles. Non ho scritto quella parte dell'articolo. Non mi piace ficcare il naso nella vita privata delle persone. Grazie per il suo tempo." Elena si alzò.

Tiffany sollevò la mano. Elena si fermò. Quando finì di leggere, Tiffany iniziò a parlare.

"Lo ha fatto veramente?"

"Cosa?"

"Ha mentito dicendo di essere una scrittrice di romanzi d'amore, ha intervistato se stessa e ha consegnato l'articolo come se fosse autentico?"

"Cosa?"

"È un editoriale. Del suo ex capo. Non l'ha visto?"

Elena rimase senza parole. Scosse la testa. Tiffany le porse il giornale.

Non ho mai capito la necessità di usare uno pseudonimo. Voglio dire, se non si vergogna di ciò che scrive, perché usarne uno? Una nostra ex giornalista ha portato tutto questo molto oltre. Troppo oltre. Ha finto che quello fosse il suo pseudonimo e ha intervistato se stessa! Poi me l'ha consegnato come se fosse un articolo autentico! Riuscite a credere alla sua disonestà? Riuscite a immaginare con che coraggio l'abbia fatto?

L'editoriale continuava per altri due paragrafi, ma Elena aveva visto abbastanza. Avrebbe voluto piangere per la rabbia, ma non l'avrebbe mai fatto durante un colloquio di lavoro.

"Questo è proprio il tipo di balle che apprezziamo qui. Tuttavia, se fossi stata al suo posto, le avrei fatto una bella ramanzina per aver mentito, ma poi avrei comunque pubblicato l'intervista. È servito a qualcosa?"

Tutto sembrava avvenire al rallentatore. Elena guardò Tiffany e annuì.

"Molto bene." Non aveva intenzione di lasciare ad Anita l'ultima parola.

"Allora? Che cosa ne dice? Vuole venire a lavorare per noi?" Tiffany appoggiò la schiena sui soffici cuscini.

"Questo non la infastidisce?"

"No. Tutti abbiamo dovuto fare qualcosa di esagerato per una grande storia. Ciò dimostra solo la sua intraprendenza."

"Non credo di essere adatta per Celebs 'R Us. La ringrazio molto per la sua generosa offerta, ma ho deciso di dedicarmi a scrivere libri."

"Buona fortuna, allora."

"La ringrazio per avermi contattata."

"Se dovesse cambiare idea, sa dove trovarmi," disse Tiffany, porgendo a Elena il suo biglietto da visita e alzandosi in piedi.

Ovviamente, il loro incontro era finito. Elena si alzò e prese la sua valigetta. Di ritorno a casa, si fermò a un'edicola per comprare una copia di Hoy. Doveva leggere quell'editoriale.

A CASA, SI TOLSE LE sue belle scarpe col tacco, posò la giacca sullo schienale di una sedia ed entrò in cucina. Dopo essersi versata un bicchiere di vino, aprì il giornale e lesse tutto l'editoriale. Adesso era proprio finita. Ora, Tiffany Cowles sarebbe stata l'unica ad averle offerto un lavoro. Chiunque altro avesse letto quell'articolo, avrebbe considerato Elena una bugiarda, rendendola una paria.

Mandò un messaggio a Francie per chiederle di venire. Aveva bisogno di parlare e di avere qualcuno di intelligente che la ascoltasse. Poi aprì la sua email. C'erano delle risposte di alcuni agenti. Elena aveva sperato di trasformare la sua promettente carriera di scrittrice in un lavoro a tempo pieno. Sperando di ottenere un contratto da un grande editore, aveva cercato di contattare qualche agente, dato che quello era il primo passo.

Dopo una ricerca accurata, aveva trovato quindici agenti che rispecchiassero il suo genere e le sue esperienze e li aveva contattati. Un mese prima, una questione fastidiosa nel suo cuore l'aveva fatta dubitare sul suo futuro successo come giornalista. Quando prima si era opposta alla richiesta di Anita di trovare un po' di pettegolezzi su Bobby, si era accorta che il concetto di indagine che aveva Anita consisteva proprio in questo — ficcare il naso nella vita di chiunque capitasse sulla sua strada.

Per la prima volta, si rese conto di aver bussato alla porta sbagliata. Se avesse dovuto ferire le persone che amava, avrebbe scelto di fare un altro lavoro per mantenersi. Le piaceva scrivere romanzi d'amore, così aveva mandato la sua candidatura, sperando di ottenere risposta da qualche agente, che avrebbe potuto offrirle un contratto con una grande casa editrice, in modo da poter lasciare il suo lavoro.

Amava la sua piccola casa editrice, ma questa non aveva le risorse per incrementare la carriera di Elena e permetterle di mantenersi con le sue royalty. Avrebbe dovuto trovare una casa editrice più grande. Si mordicchiò il labbro, sapendo che ogni scrittore di romanzi d'amore ambiva a tutto questo. Non sapeva con certezza se avrebbe avuto la possibilità di farlo, ma doveva provarci.

Che tempismo perfetto! Nella sua casella di posta, trovò le risposte di nove dei quindici agenti contattati. Cliccò sulla prima.

"Non è quello che sto cercando." Lei scrollò le spalle e cliccò sulla successiva.

"Non è adatta alla nostra agenzia. Buona fortuna con la sua carriera di scrittrice." E poi ancora la successiva.

"Non cerchiamo nuovi autori in questo momento." E un'altra.

"Ha preso in considerazione di frequentare un corso di scrittura?"

"Forse dovrebbe provare con l'autopubblicazione."

Dannazione!

"Non per noi."

"Non oggi."

"Non questa settimana."

"Non questo mese."

La rabbia ribolliva dentro di lei. Non le avrebbero nemmeno dato una possibilità. Aveva menzionato le sue vendite ma, evidentemente, non erano sufficienti. Sospirò. Sembrava impossibile avere un agente. Ce n'erano ancora sei da leggere, ma dubitava che le loro risposte sarebbero state diverse.

Qualcuno bussò alla porta, interrompendola.

"Sono io," disse Francie.

Elena aprì la porta. Non appena vide la sua amica, scoppiò in lacrime. La sua amica la abbracciò.

"Qualcosa non va?"

"Tutto," disse Elena, singhiozzando e cercando un fazzolettino.

Francie prese una scatola di fazzolettini dal bagno e si sedette sul divano accanto alla sua amica.

Elena le raccontò gli eventi della giornata, poi porse a Francie il giornale con quel velenoso editoriale. Lei lo lesse e rimase a sconvolta. Spalancando gli occhi e la bocca, disse:

"Anita è una vera stronza. Come ha potuto farlo?"

"Vuole impedirmi a tutti i costi di trovare un altro lavoro. Vorrei poterla denunciare, ma è tutto vero."

"C'erano circostanze attenuanti."

"Lo so, lo so. Ma chi vorrà ascoltarle, dopo aver letto questo?"

Francie rimase in silenzio.

"Non so che fare."

"Cerca un altro lavoro. Quelle due redazioni non sono gli unici posti in cui puoi lavorare."

"Sarà lo stesso ovunque. Probabilmente Anita l'ha pubblicato anche su Internet. Basterà che qualcuno cerchi il mio nome in rete ed è fatta! Troveranno quel maledetto editoriale e sarò licenziata ancora prima di essere assunta."

"Che cosa intendi fare?"

"Stasera, chiamerò mio padre."

"Tuo padre?" Francie spalancò gli occhi.

"Sì. Se riuscirò a trascorrere sei mesi o un anno a scrivere una tonnellata di romanzi d'amore, risparmiando ogni centesimo, potrei guadagnare abbastanza da trovare un agente e un importante editore interessato ai miei libri."

"E come farai?"

"C'è solo un modo." Elena guardò la sua amica.

"E quale sarebbe?"

"Tornare a vivere nella Repubblica Dominicana con i miei genitori."

Francie ebbe un sussulto e si coprì la bocca con la mano. "Oh, Elena."

BOBBY ERA SEDUTO A casa sua, da solo, a rimuginare. Non c'era niente che gli interessasse in tv. I film porno gli facevano solo venire voglia di Elena. Fece un sospiro. Poi, qualcuno suonò al campanello.

Il portiere annunciò il nome dei suoi compagni di squadra e Bobby accettò di farli salire.

Skip, Nat e Jake attraversarono la porta del suo appartamento. Nat portava tre enormi scatole di pizza, mentre Jake aveva in mano due confezioni da sei lattine di Coca Cola. Skip fu il primo a parlare.

"Hey, Bob. Siamo qui per tirarti su di morale. Hai già mangiato?"

"No. Non ho fame."

"Non puoi fare così. Devi tenerti in forze," disse Nat.

"Domani partiremo per la trasferta. Dobbiamo sconfiggere i Washington e i Baltimore." Jake posò le lattine sul tavolo della sala da pranzo.

"Abbiamo preso le tue preferite, una con polpette, una con funghi e una con tutto." Skip mise le pizze accanto alle bevande.

L'invitante profumo della pizza raggiunse il naso di Bobby. Gli venne l'acquolina in bocca e il suo stomaco si mise a brontolare. L'appetito gli era tornato.

Mentre entrava in cucina per prendere i piatti, passò davanti al tavolino dell'ingresso. L'ultimo numero di Hoy giaceva lì sopra. Pensò di prenderlo per leggerlo, ma perché? La loro migliore reporter non era più la sua ragazza, quindi cosa gliene importava? Tuttavia, era incuriosito dal titolo dell'editoriale.

Quando la finzione diventa menzogna!

Quelle parole catturarono il suo interesse. Si chiese che cosa quella cagna di Anita avesse da dire sulla menzogna, così si mise il giornale sotto il braccio e si diresse verso la cucina. I ragazzi aprirono le scatole della pizza e le lattine e iniziarono a parlare tutti insieme. Non passò molto tempo prima che restassero in silenzio e si misero e mangiare.

"Hai qualche film porno?" domandò Nat.

Bobby scosse la testa. "Ma ho un canale porno. Tieni. Numero sessantanove." disse, porgendo il telecomando al suo amico, tra le risate degli altri.

Mentre Nat accendeva la tv e armeggiava con il telecomando, seguendo le istruzioni di Skip e Jake, Bobby aprì il giornale per leggere l'editoriale su Elena. Lesse mentre mangiava, fermandosi in un punto, a bocca aperta.

Perché Anita avrebbe fatto questo a Elena, la sua migliore giornalista? E perché la definiva 'ex' giornalista?

Questa poteva solo voler dire che Anita aveva licenziato Elena o che Elena aveva lasciato il lavoro. La crudeltà della direttrice nei confronti della sua dipendente, che aveva lavorato molto duramente, sconvolse Bobby. Elena doveva essere devastata. Indipendentemente da ciò che aveva fatto, teneva ancora a lei. Forse doveva analizzare bene la situazione, forse Elena gli aveva detto la verità. Aveva perso il lavoro per colpa sua? Era possibile.

Finì di mangiare la sua pizza e rivolse la sua attenzione ai suoi amici.

"Ho già visto questo film. Non è un granché," disse Skip.

"A me non sembra male," ribatté Nat.

"A te piace tutto, arrapato come sei," rispose Jake.

"Ragazzi. Aspettate. Spegnete quella roba," disse Bobby.

"Stai scherzando? Sta per arrivare la parte migliore," sbottò Nat.

"Non c'è una parte migliore in questo film," disse Jake.

Bobby si alzò e spense la televisione.

"Devo chiedervi qualcosa."

"Spara," disse Skip, prendendo l'ultimo pezzo di pizza alle polpette. I ragazzi rivolsero la loro attenzione al secondo difensore.

"Secondo voi, questo ha senso?" Bobby raccontò loro tutta la storia dell'articolo di giornale su di lui, del suo certificato di nascita e dell'affermazione di Elena di non avere niente a che fare con questo. I ragazzi lo ascoltarono, continuando a mangiare. Di tanto in tanto annuivano, poi commentarono ciò che aveva detto Bobby.

Nessuno gli aveva dato la risposta che stava cercando. Che cosa avrebbe dovuto fare? A chi avrebbe dovuto credere?

"Sei proprio innamorato di quella ragazza, vero?" gli chiese Skip.

"Immagino di sì."

"Deciditi, o sì o no!"

"Ok, ok. Sì."

"Allora parla con lei. Sembra che le cose siano cambiate da quando l'hai scaricata. È improbabile che lei ti chiami e te lo dica, vero?"

"Credo di sì. Non sono stato molto gentile con lei," ammise Bobby.

"È difficile essere gentili quando si scarica una ragazza," rispose Skip.

I ragazzi annuirono.

"Ok, Bobby chiamerà la sua ragazza. Adesso, è deciso. Torniamo al film." Nat prese il telecomando e i ragazzi si misero comodi.

Bobby ignorò il film. Non riusciva a togliersi Elena dalla testa. Doveva parlare di nuovo con lei. Ma non c'era tempo. La mattina successiva alle nove avrebbe dovuto prendere il pullman per l'aeroporto. Inoltre, doveva decidere cosa dirle.

Meglio aspettare di tornare dalla trasferta per parlarle. Prima di allora, avrebbe deciso cosa dirle. La loro frettolosa separazione lo faceva sentire triste e solo. Era stato in un bar una volta con Skip, dopo la rottura, ma l'aveva trovato noioso e non aveva visto nessuna donna che attirasse il suo interesse.

C'era solo una donna che gli interessava e lui l'aveva scaricata, buttandola via come un vecchio straccio. Lei avrebbe ancora voluto parlargli? Provava ancora qualcosa per lui? Magari aveva già conosciuto qualcun altro. Quell'idea gli dava i brividi, e non in senso buono.

ELENA NON AVEVA ANCORA potuto chiamare suo padre. Alle sette, la sera seguente, le squillò il cellulare. Controllò lo schermo ed era lui.

"Ciao, papà. È da un po' che non ci sentiamo. Come stai?"

"Smettila con queste stronzate. Che cosa hai combinato? Era vera quella storia che ho letto su Hoy?"

Non poteva fare niente per minimizzare la situazione, così decise di parlarne apertamente e di ammettere tutto.

"Sì, lo era."

"Davvero scrivi quella sudicia robaccia?"

"Non è robaccia, papà."

"Nessuna donna perbene legge o scrive quella spazzatura."

"Non è nemmeno spazzatura. E molte donne perbene la leggono."

"E hai mentito al tuo capo?"

"È una lunga storia."

"Quando me l'avresti detto?"

Oh, mai, papà.

"Non volevo che ti arrabbiassi. I libri d'amore mi fanno guadagnare del denaro extra. Ho i prestiti studenteschi da pagare."

"Se tu ti fossi sposata, invece di perdere tempo al college, non avresti avuto dei debiti. E adesso vivresti in una bella casa con un paio di figli. È quello che fanno le donne."

Lei fece un respiro profondo per controllare la rabbia che le cresceva nel petto. Voleva davvero tornare a vivere a casa di suo padre? Avrebbe potuto continuare a sopportare i suoi atteggiamenti da uomo delle caverne?

"Io ho fatto scelte diverse."

"E guarda in che casino ti ritrovi. Sei senza lavoro, giusto? "

"Giusto."

"Che cosa intendi fare? Come farai a mantenerti?"

"Non lo so." Trattenne il respiro per qualche secondo e incrociò le dita. "Stavo pensando di tornare a casa per un po'."

"Questa è la prima cosa sensata che tu abbia detto. Torna a casa. Potrai stare in camera con Juanita e Carmen."

"Ok." Il pensiero di condividere una piccola stanza con due sorelle la deprimeva. Dove avrebbe potuto trovare un luogo tranquillo per scrivere? Non a casa di suo padre.

"E ho un nuovo uomo per te. Guillermo. Ha un futuro brillante. Al momento, fa l'aiuto cameriere all'hotel Dulce Mer, ma è in attesa di diventare assistente professionista di golf lì. Sta cercando una moglie."

"Ascolta, papà, non fare progetti per me. Non ho intenzione di sposarmi. Non per adesso. Forse mai. Quindi, non sperarci troppo."

"Quando vivi in casa mia, devi fare le cose a modo mio. Organizzati e chiamami quando avrai una data di arrivo. Tua madre sarà molto felice di averti in casa. Ha bisogno di aiuto per cucinare e per le faccende domestiche."

"Ti farò sapere."

"Bene. Sono contento che tu sia finalmente rinsavita e che abbia deciso di rinunciare a tutte queste stupidaggini e di condurre una vita virtuosa."

"Ciao papà."

"Hasta luego," rispose lui.

Elena riagganciò il telefono e si gettò sul letto, singhiozzando. Quando finì di sfogarsi, si sedette. Era stata tutta colpa sua e non poteva dare la colpa a nessuno per questo. Se avesse accettato di seguire il piano di Anita, rinunciando al certificato di nascita di Bobby, avrebbe avuto ancora il suo lavoro e vissuto il suo sogno. Sapeva che non sarebbe mai riuscita a farlo, in nessun caso.

Ma, comunque, era quello il suo sogno? Si asciugò il viso con un asciugamano fresco e bagnato, poi andò in salotto. Si sedette al tavolo della cucina con un taccuino e una penna per fare una lista. Un grande bicchiere di vino le diede il coraggio.

Per un attimo, permise alla sua mente di vagare, ricordandosi com'era quando frequentava il college. Allora, era molto idealista. Elena Delgado, giornalista investigativa, avrebbe denunciato i cattivi, esponendo la loro corruzione con le sue parole. Quando aveva ottenuto il lavoro nella redazione di Hoy, si era sentita entusiasta. Delusa che la sua famiglia non condividesse il suo orgoglio, aveva continuato ad andare avanti, credendo in se stessa.

E poi non aveva esitato a far abbassare la cresta a Bobby quando aveva incontrato la sua collega al night club. Con il suo atteggiamento moralista, aveva fatto delle supposizioni su di lui. Ora, aveva capito quanto fosse difficile essere famosi come Bobby, essere sotto i riflettori, avere le persone che giudicano ogni tua mossa —come aveva fatto lei stessa.

Sospirò. Bobby Hernandez. Finché era durata, era stato magnifico essere innamorata di lui. Lei era ancora innamorata, ma lui non provava più gli stessi sentimenti per lei. Quell'insoddisfacente amore unilaterale viveva ancora nel suo cuore. Le si formò un sorriso sul volto. Almeno si era innamorata di uno degli uomini migliori che potessero esistere, di un atleta famoso, non di un ragazzo qualunque che serviva ai tavoli del ristorante di un hotel.

Ovviamente, non ci sarebbe stato niente di sbagliato se avesse avuto diciott'anni o se avesse dovuto mantenersi agli studi. Ma questo ragazzo, Guillermo, aveva trentadue anni e non combinava niente. Non era del lavoro di Bobby che si era innamorata, ma del tipo d'uomo che era. Lui era stato molto dolce e tenero nei suoi confronti. Dio, quanto le mancava parlare con lui e conoscere le sue opinioni!

A letto, dormiva irrequieta senza averlo accanto. Si era abituata ad averlo vicino. Dormire senza di lui era diventato un nuovo tipo di solitudine. A volte, si ritrovava sveglia, ricordando le sue carezze, i suoi baci, il contatto con la sua pelle, il suo profumo e il calore generato dal suo corpo. Si sarebbe ricordata quella magnifica relazione per tutto il resto della sua vita.

Ridacchiò per un attimo. Suo padre sarebbe rimasto sconvolto se avesse saputo che aveva frequentato Bobby Hernandez, un uomo che possedeva più denaro di quanto suo padre potesse mai sognare. Il suo sorriso lasciò il posto a un'espressione accigliata. Ora era finita e lei avrebbe fatto meglio ad abituarsi.

Iniziò a scrivere la sua lista.

Chiedere a Francie se vuole subafittare

Vendere i libri

Vendere i vestiti in più

Cercare le tariffe aeree...

Capitolo Sedici

"Ok. Se sei così preoccupato, va da lei. Parla con lei di persona."

"Magari le faccio una telefonata," disse Bobby.

Ma Skip sollevò la mano. "Sei un coglione. Lei è l'amore della tua vita e vorresti fare pace al telefono? Col cazzo."

Bobby scosse la testa. "Hai ragione."

"Noi veniamo con te," disse Skip, dando un pizzicotto sul braccio a Nat.

"Non io. Andate voi due. Non sopporto di vedere un uomo adulto piangere e supplicare."

Scoppiarono a ridere.

"Andiamo, Casanova." Skip si mise la borsa in spalla e scesero dal pullman, appena tornati dalla loro trasferta di due settimane. Ognuno di loro prese la sua auto e si diressero verso il palazzo di Elena.

Bobby suonò il citofono. Elena rispose poco dopo.

I ragazzi salirono due piani e bussarono alla sua porta. Francie aprì la porta.

"Ciao, Francie. Elena è in casa?"

"Bobby!"

"Sì. Dov'è lei?" chiese lui, entrando.

"È a casa mia. Sto subaffittando la sua casa."

"Subaffittando la sua casa? Perché?"

"Forse faresti meglio a sederti. Anche tu, Skip."

I ragazzi si sedettero, ascoltando mentre Francie raccontava loro gli eventi delle due settimane precedenti. Bobby aggrottò la fronte, ma non fece alcun commento.

"Lei dov'è?" le chiese Bobby, mettendosi a passeggiare.

"Non lo so. Probabilmente è uscita a fare quello che serve prima di trasferirsi. Volete una birra?" domandò Francie.

"Abbiamo una partita domani. Comunque, grazie," rispose Skip.

"Trasferirsi?"

"Ha deciso di tornare nella Repubblica Dominicana."

"Come?" Bobby si alzò dal divano.

"Già. Solo per un anno, ha detto. Ma temo che ci resterà molto di più."

"Perchè?"

"Perché non riesce a mantenersi. Se torna a casa, non dovrà pagare l'affitto. E potrà utilizzare i soldi ricavati dalle vendite dei suoi libri per finire di pagare il suo prestito studentesco."

Bobby si gettò sul divano, con la mente e il cuore in confusione. "Non avrei mai pensato che potesse farlo."

"Sì, beh. Non riesce a trovare un lavoro né un agente. Che altro potrebbe fare?"

"Non capisco perché non abbia un lavoro," disse Skip.

"È complicato. Dovresti davvero parlare con lei. Il mio vecchio appartamento è il 2-A, al piano di sopra. Vuoi controllare se è in casa, Bobby?"

Lui annuì. Dopo una corsa al piano superiore e dopo aver bussato insistentemente alla porta, nessuno venne ad aprire. Lei non era in casa, così lui tornò all'appartamento al primo piano.

"È inutile. Non è in casa. Andiamocene," disse a Skip.

"Vuoi che le dica che sei passato?" Francie si alzò.

"Sì. No. Beh, forse."

Francie sorrise. "Sì o no?"

"Certo. Perchè no? Non è un segreto."

"Cavolo, se fosse stata a casa, avrebbe saputo che eri qui," intervenne Skip.

"Giusto. Giusto. Giusta osservazione."

Bobby si diresse verso la porta, voltandosi per porre un'ultima domanda. "Quando partirà?"

Francie si strinse nelle spalle. "Non lo so. Non appena sarà tutto pronto per partire, immagino."

"Grazie, Francie. Adesso dobbiamo andare. Abbiamo una partita domani."

Lui la abbracciò, fece un cenno al suo amico e se ne andarono. Mentre camminavano per la strada, finalmente Skip ruppe il silenzio.

"Che cosa intendi fare?"

"Non lo so. Non avrei mai pensato che decidesse di andarsene. Non so perché ha lasciato il suo lavoro. Francie ha detto che è stata lei a lasciarlo. Elena mi diceva sempre che era il lavoro che aveva sempre sognato di fare. Perché lo avrebbe fatto?"

"Forse perché quel lavoro le ha fatto perdere te?" "Non lo so. Ne dubito"

"Non ti sottovalutare, amico. Tu hai molte buone qualità."

Bobby sorrise al suo amico. "Evidentemente, non abbastanza da farle mantenere il mio segreto."

"Ha detto di non essere stata lei."

"E tu le credi?" Bobby guardò di traverso il suo compagno di squadra.

Skip alzò le spalle. "Non lo so. Perché no? Perché dovrebbe mentire?"

"Per tenersi stretto un ricco giocatore di baseball che possa estinguere il suo debito studentesco e offrirle una vita agiata."

Skip si fermò. "È questo che pensi di Elena?"

Bobby si guardò le scarpe.

"Forse mi sbagliavo. Credevo che tu fossi innamorato. Non facevi altro che parlare di lei. Di quanto fosse intelligente. Di come non si facesse mettere i piedi in testa da te. E del suo corpo."

"Lascia perdere il suo corpo."

Skip alzò le mani. "Intendevo dire soltanto che... era questo che dicevi di lei."

"Non ho mai parlato del suo corpo."

"Mi sembra che, almeno una volta, tu abbia parlato delle sue tette. O forse centinaia di volte."

"No, non è vero."

"Smettila, Bobby. L'hai fatto."

"Ok, forse l'ho fatto. E allora? Sono stupende."

"Non c'è niente di male in questo."

Il desiderio di Elena gli era penetrato fin dentro le ossa.

"Hai pensato davvero che Elena fosse interessata ai tuoi soldi?"

"No, non veramente. Tuttavia, aveva quel prestito e non guadagnava molto."

"Hey, amico, questo è ingiusto da parte tua. Lei è una persona normale. Non come noi. Le persone normali non guadagnano quanto guadagniamo noi. Ti ha mai chiesto del denaro?"

"No."

"Visto?"

"Credo che tu abbia ragione. Sarebbe la prima ragazza alla quale non interessano i miei soldi."

"Immagino che tu abbia frequentato donne sbagliate."

"Puoi dirlo forte," disse Bobby, scuotendo la testa. "Adesso, sono sospettoso nei confronti di tutte le donne."

"È un peccato. Elena sembra la donna perfetta per te."

"Lo credevo anch'io."

"E allora perché la lasci andare?"

"Questa non è una mia decisione."

"Credi davvero che non lo sia?" Skip si fermò e fissò il suo amico con uno sguardo deciso.

I ragazzi raggiunsero le loro auto. Skip salì per primo. "A domani."

Bobby lo salutò con la mano. Aveva la mente inondata di domande. Quando raggiunse il suo appartamento, tutto era silenzioso. Non c'era il suono delle risate di Elena, nessuno che cantava, nessun profumino proveniente dalla cucina — tutto era tornato alla normalità e alla solitudine della sua casa. Bobby aveva vissuto da solo per molto tempo. Stava quasi per chiedere a Elena di venire a vivere con lui — un passo importante per un uomo. Non l'aveva mai fatto prima, non era mai stato veramente innamorato di una ragazza e si fidava di lei tanto da volerla nella sua casa e nel suo cuore.

Elena era diversa. O, almeno, così aveva creduto. Alla fine, lei si era semplicemente rivelata come tutte le altre? Lui scosse la testa. Nonostante tutte le prove sembrassero indicare che questo fosse vero, lui non riusciva proprio a crederci. Anche dopo averla scaricata, aveva dei dubbi su ciò che lei potesse aver fatto. Ma se l'avesse fatto davvero? La paura di quell'eventualità lo paralizzava.

BOBBY SI DISTESE SUL suo letto, a fissare la luna, con le dita intrecciate dietro la testa. Continuava a ripetersi in mente la storia di Francie. Una cosa era lasciare Hoy, ma perché rifiutare un lavoro ben pagato per Celebs 'R Us? Perché? L'aveva rifiutato davvero o aveva semplicemente mentito a Francie per coprire il fatto che non gliel'avessero offerto?

Perché avrebbero dovuto chiamarla per fare un colloquio se non fossero stati interessati? Francie gli aveva detto di aver visto un pezzo di carta con quel messaggio. Dio, non gli piaceva essere diventato così sospettoso, ma non aveva alcuna intenzione di farsi prendere in giro e di farsi usare per mantenere una ragazza avida di denaro.

Elena gli era sembrata molto sincera, ma poi era arrivata quella stupida intervista a rovinare tutto. Bobby dava la colpa all'atteggiamento del padre di Elena per tutto quel casino. Se quell'uomo non fosse stato un simile stronzo, lei avrebbe potuto pubblicare i suoi libri con il suo nome e niente di tutto ciò sarebbe successo.

Ma era successo e, forse, era meglio così. Se lei fosse stata disonesta e subdola, lui avrebbe voluto saperlo prima di impegnarsi. Emise una risatina triste. Prima di impegnarsi? Che bella battuta! Ormai era troppo tardi. Era stato con lei per settimane e aveva il cuore spezzato da quando si erano lasciati.

Era sopraffatto dai dubbi. E se si fosse sbagliato su di lei? Se lei avesse detto la verità? Aggrottò la fronte, abbassando le sopracciglia. E se avesse scoperto che lei era stata onesta con lui fin dall'inizio e non fosse stata lei a dare il suo certificato di nascita al suo capo? E se lui avesse scoperto tutto questo dopo la sua partenza dagli Stati Uniti, dove non sarebbe più tornata? Iniziò a sudare freddo. Sarebbe stato come vivere in un incubo.

Si rigirò nel letto per un'ora, mentre la sua rabbia cresceva lentamente per la sua incapacità di addormentarsi. Maledizione, il giorno dopo aveva una partita. Il suo corpo doveva collaborare. Perfettamente sveglio, si alzò dal letto e si stese sul pavimento. Fece cinquanta addominali e cinquanta flessioni, poi si rimise sotto le coperte.

Ma la sua mente non voleva saperne di smetterla di pensare. Non poteva evitare la verità. Doveva parlare con Elena prima che le partisse e, forse, sarebbe stata una buona idea quella di andare a parlare con il capo della redazione di Celebs 'R Us.

Dopo aver preso quella decisione, iniziò ad avere sonno. Un'ultima idea gli sfiorò la mente, prima che il sonno avesse il sopravvento. Aver rivelato le sue vere origini era stato un bene, perché aveva rafforzato il suo rapporto con suo padre, il suo 'vero' padre. Si erano avvicinati. Bobby aveva scoperto di avere molte cose in comune con Art, perché lui era suo figlio biologico e non semplicemente perché avevano vissuto insieme per tanti anni. Senza considerare la parte illegale della storia, lui si sentiva grato di aver saputo la verità.

Elena non sapeva ancora che le cose con suo padre si erano sistemate. Voleva dirle che tutta quella storia aveva portato qualcosa di buono. Nonostante Anita non l'avesse fatto volontariamente, aveva avverato il suo sogno, quello di avere un padre biologico. Lui aveva chiamato suo padre per chiarire tutto e i due erano rimasti a parlare per un'ora. Gli venne in mente la frase 'se la vita ti offre limoni, fa una limonata'. Voleva raccontarle tutto, per allontanare un po' di negatività da tutta quella storia.

Una volta deciso cosa fare, il sonno arrivò rapidamente e dormì profondamente fino alle sette del mattino dopo.

Saltò giù dal letto, carico di energia e determinazione. Aveva intenzione di risolvere quella situazione con Elena Delgado. Avrebbe valutato solo i fatti. Mentre aspettava che il suo caffè fosse pronto, aprì il suo laptop per cercare il numero di telefono e il nome dell'editore di Celebs 'R Us. Poi, si fece una doccia e si preparò per andare allo stadio.

Aveva deciso che avrebbe chiamato Tiffany Cowles l'indomani. Sarebbe stato libero tutto il giorno ed era deciso a mettere insieme tutti i pezzi del puzzle che riguardava Elena Delgado, per arrivare alla verità. Prendendo quella decisione, sorrise. Aveva un piano e poteva metterlo momentaneamente da parte, perché adesso la sua squadra doveva solo concentrarsi per battere i Georgia Gators.

Mangiò un pezzo di pane tostato, per poter resistere fino alla colazione che avrebbe fatto allo stadio, afferrò il suo borsone e mise in moto la sua auto. Prossima tappa — lo stadio dei Nighthawks per la vittoria — poi da Elena Delgado per scoprire la verità.

"VA TUTTO BENE?" GLI domandò Skip, in piedi accanto a Bobby nello spogliatoio.

"Sì. Sì. Tutto bene."

"Quindi, hai semplicemente deciso di lasciarla partire?"

"Ho un piano. Ma prima pensiamo alla partita."

"Capito" Skip diede una pacca sulla schiena al suo amico. I due ragazzi finirono di vestirsi e raggiunsero il resto dei Nighthawks in campo. Dopo l'inno nazionale, gli Hawks entrarono in campo. Bobby era carico. Con la mente sgombra e con uno scopo ben chiaro da raggiungere, si sentiva come un uomo in missione. Battere i Gators e chiarire la situazione con Elena.

Fece un respiro profondo, mentre Dan Alexander si posizionava sul monte di lancio. Bobby alzò il guanto, si abbassò leggermente e si mise in posizione. Il battitore si preparò per il lancio. Dan lanciò la palla a Matt Jackson e crack! Un line drive arrivò dritto a Bobby. Lui alzò il guanto e, quando la pallina lo colpì, glielo strinse intorno. Lanciò la pallina a Nat, che la colpì.

Essendo il primo a battere per i Nighthawks, Nat Owen fece un walk. Poi, fu il turno di Bobby. Era la sua possibilità di segnare il primo punto della partita. Si diresse verso il piatto, si mise in posizione e strinse gli occhi guardando Sanchez, il lanciatore dei Gators. Lanciò la palla e Bobby fece il suo swing. La mancò. Dopo il tiro successivo, l'arbitro gridò, "Strike!" Il terzo lancio sorprese Bobby, che fece il suo swing, mentre la palla si abbassava di un paio di centimetri. Uno swing e una palla mancata — terzo strike.

Bobby odiava le eliminazioni al piatto. Una volata in centrocampo o una palla lenta in prima base facevano parte del gioco. Almeno, avrebbe visto la palla. Ma, nella mente del battitore, un'eliminazione al piatto era un fallimento. Era sicuro che un battitore che non prestava attenzione o che pensava ad altro sarebbe stato eliminato al piatto. Solo un giocatore concentrato poteva colpire la palla. Bobby doveva concentrarsi. Skip gli diede una pacca sul sedere, mentre gli passava davanti per raggiungere la casa base. Lui era il prossimo.

Per quanto si sforzasse di concentrarsi, Bobby fu di nuovo eliminato al piatto, e poi ancora una terza volta. Lui fremeva dalla rabbia. Cal si avvicinò a lui nel dugout, stringendo un braccio intorno al secondo battitore.

"Ancora quella ragazza?"

"Non lo so. Non so che cosa mi stia succedendo."

"Figliolo, devi togliertela dalla mente. Dobbiamo vincere. Cerca di concentrarti."

"Sì, signore. Lo farò."

Dan riuscì a non far segnare altri punti ai Gators. Moose Macafee entrò in partita all'ottavo inning per evitare che la squadra della Georgia facesse altri punti. La difesa di Bobby era perfetta. Lui, Skip, Nat e Jake si spostavano veloci come un lampo, bloccando con i loro lanci ogni giocatore che tentasse di rubare una base.

Nella parte bassa del nono inning, il punteggio era di uno a zero, a favore dei Gators. Nat fece un doppio per regola di campo. Il punteggio adesso era in parità, poi Bobby andò alla battuta. Poteva segnare il punto della vittoria. Doveva farcela. Recitò una breve preghiera mentre affondava il piede nella terra accanto al piatto di casa base. Fece oscillare la sua mazza un paio di volte, si sistemò il guanto sulla mano destra, fece un passo fuori dal box, poi tornò indietro.

Fece un respiro profondo e si mise in posizione. Il lanciatore di rilievo dei Gators si preparò al lancio. Mandò la palla in alto verso l'esterno, esattamente nella zona di Bobby. Fece di tutto per colpirla. La palla fece vibrare la mazza fino alla punta delle sue dita. La palla andò velocemente in alto. Bobby si mise a correre. Nat si fermò in terza base e osservò la palla volare verso gli spalti. Un home run! Nat corse verso la casa base e aspettò Bobby.

Lui corse tra le basi e si gettò tra le braccia di Nat. I Nighthawks avevano vinto e la partita era finita. Erano le tre e mezza. Bobby si fece la doccia per primo. Mettendosi un asciugamano intorno alla vita, si fermò davanti al suo armadietto e accese il telefono. C'era un messaggio di Francie.

L'aereo di Elena parte alle sette. Lei sta andando all'aeroporto. Tu sei l'unico che possa fermarla. Per favore!

"Merda!" Bobby chiuse il telefono e si mise a frugare nel taschino della sua giacca, finché non trovò un pezzo di carta. Con addosso solo l'asciugamano, si sedette sulla panchina. I suoi amici si riunirono intorno a lui. Lui digitò il numero.

"Tiffany Cowles, per favore. Sì, sono Bobby Hernandez dei New York Nighthawks." Rimase in attesa, con i nervi a fior di pelle.

"Bene, bene, signor Hernandez. Non mi aspettavo una sua chiamata."

"Come sta, signorina Cowles?"

"Bene. Cosa posso fare per lei? Le interessa un'intervista?"

"Vorrei porle una domanda."

"Dipende dalla domanda."

"Si tratta di Elena Delgado."

"Oh?"

Lui riuscì quasi a immaginare la sua fronte aggrottata.

"Sì. Ha fatto un colloquio con voi."

"Proprio così. Che cosa vuole sapere?"

"È stata lei a offrirle quel lavoro?"

"Sì. Ma lei ha rifiutato."

"Le ha spiegato perché?"

"Ha detto che non vuole scrivere pettegolezzi. Ovviamente, io le ho menzionato quell'articolo su di lei e ha giurato di non averlo scritto! Riesce a immaginarselo? Voglio dire, quell'articolo era una bomba e lei ha rifiutato di prendersene il merito. Nonostante ci fosse la sua firma."

Gli occhi di Bobby si inumidirono di lacrime. "Davvero?" chiese lui, con voce tremante.

"Sì. Non so per quale motivo le interessi, ma non credo che sia molto brillante. E di certo non è una giornalista."

"Grazie, signorina Cowles."

"Se le dovesse interessare un'intervista con noi, sarei onorata di farla io stessa."

"Grazie, ma credo di no. Non conduco il tipo di vita che interesserebbe ai vostri lettori."

Lei scoppiò a ridere. "Sarebbe sorpreso di sapere che cosa li interessa."

"Devo scappare adesso. Devo prendere un aereo. Grazie mille per le informazioni."

"Di niente. Quando vuole."

Lui riagganciò, con il cuore in gola. Elena aveva detto la verità. E adesso stava partendo. Lui guardò il suo orologio. Erano le cinque!

"Allora? Allora? Qual è il verdetto?" domandò Skip.

"Elena ha detto la verità. L'editrice me l'ha confermato. Mi sono sbagliato."

"Te l'avevo detto," ribatté Nat.

"Devo vestirmi e andare in aeroporto."

"In aeroporto?" chiese Jake.

"Elena prenderà un volo per la Repubblica Dominicana stasera alle sette!" Bobby si tolse l'asciugamano, si asciugò il viso e tirò fuori i suoi vestiti dall'armadietto.

"Andiamo! Andiamo!" esclamò Skip.

"Non puoi fargli fare qualcosa da solo?" disse Matt Jackson.

"Ha bisogno di una spalla," disse Skip, abbottonandosi la camicia.

"Hai ragione. Sì, porterò con me uno di voi. Tu, Skip. Hai quasi finito di vestirti."

BOBBY RAGGIUNSE IL parcheggio, ma Skip non si vedeva da nessuna parte.

"Ma che cazzo sta facendo? Probabilmente, avrà abbordato qualche ragazza. Fanculo. Io devo andare." Bobby si mise a correre verso la sua auto. Una macchina della polizia interruppe la sua corsa. Una voce familiare lo chiamò.

"Salta su." Era Skip. Era seduto sul sedile anteriore accanto all'ufficiale Galagan, che si occupava della sicurezza dello stadio.

"Ma che...?"

"Salta su! Non fare il coglione. Sali in macchina."

Bobby balzò sul sedile posteriore.

"Salve, Bobby. Come si chiama la sua ragazza?"

"Elena Delgado. Perché?"

"Shh," disse Skip, mentre l'ufficiale prendeva il suo telefono.

"Passatemi la sicurezza dell'aeroporto," disse l'ufficiale.

"Oh, no," disse Bobby, spalancando gli occhi.

"Oh, sì. L'ufficiale Galagan sa il fatto suo." Skip si incrociò le braccia sul petto mentre l'auto sfrecciava fuori dal parcheggio, dirigendosi verso l'autostrada.

Bobby guardò fuori dal finestrino. "Dobbiamo arrivare prima che parta l'aereo. Una volta arrivata lì, non tornerà mai indietro."

"Non preoccuparti, figliolo. Non andrà da nessuna parte.

L'hanno trovata e ci aspetterà. Mettetevi comodi e godetevi la corsa." L'ufficiale accese la sirena e accelerò.

Dietro il vetro divisorio, Bobby veniva sballottato sul sedile posteriore. Skip si voltò, alzò i pollici e sorrise. Doveva farlo per il suo amico, perché la loro era un'amicizia che andava ben oltre il necessario.

"Ti devo un favore," disse Bobby. Lui appoggiò la schiena sul sedile mentre superavano un'auto dopo l'altra. Erano molto in anticipo. Lui pregò che Elena volesse parlargli. Dopo ciò che le aveva detto e che aveva fatto, si sentiva in preda alla vergogna e non l'avrebbe biasimata se avesse rifiutato di parlargli. Non era un uomo abituato alle suppliche, ma credeva che ci fosse una prima volta per tutto.

Mentre gli altri veicoli sgombravano la strada, l'auto della polizia prese velocità. Bobby controllò il suo orologio. Sarebbero arrivati all'aeroporto in meno di quindici minuti — alle sei, molto prima che iniziasse l'imbarco quindi, se lei lo odiava, avrebbe ancora potuto ritornare nella Repubblica Dominicana.

L'agente Galagan sfrecciò lungo la rampa di uscita. Il traffico era intenso nei pressi dell'ingresso per i voli in partenza. Galagan accostò e parcheggio.

"Venite con me," disse muovendosi, con la mano sulla pistola.

I giocatori lo seguirono mentre si faceva strada in un labirinto di passeggeri e dei membri dell'equipaggio, che cercavano di raggiungere in fretta i loro gate. Quando arrivarono ai controlli di sicurezza, l'ufficiale mostrò il suo distintivo e furono scortati in una stanza privata.

Quando la porta si aprì, Bobby vide Elena. Aveva uno sguardo furioso, le sopracciglia aggrottate e un'espressione seria.

"Non so che cosa pensiate di fare ma, se perderò il mio aereo, vi farò causa, personalmente. A tutti i membri della sicurezza, chiunque essi siano!" Lei camminava su e giù per la stanza, tutta rossa in viso, e lui avrebbe giurato di vedere il fumo uscirle dalle orecchie.

Bobby fece una smorfia, in preda al panico.

"Ma quello è...?" Elena lo guardò. Bobby era dietro le spalle di Skip, che a sua volta stava dietro all'agente Galagan.

Bobby fece capolino.

"Bobby Hernandez? Meglio per voi che non sia Bobby Hernandez!" Lei si incrociò le braccia sul petto.

"Sì, signora," disse l'agente. "Il signor Hernandez e il signor Quincy sono qui per incontrarla."

"Per incontrarmi? Per incontrarmi? Mi avete trattenuta perché potessero incontrarmi?"

Il fumo che le usciva dalle orecchie sembrò trasformarsi in fiamme.

"Ascoltami. Ho bisogno di parlarti —"

"Parlarmi! Adesso? Vuoi parlarmi poco prima che il mio aereo decolli?"

"Hai ancora un'ora. Abbiamo ancora un'ora."

"Potrei prenderti a schiaffi. Semplicemente prenderti a schiaffi."

"Signora, non credo che lei voglia minacciare il signor Hernandez di lesioni personali in presenza di così tanti testimoni ufficiali," disse l'agente Galagan. Gli altri si misero a ridacchiare.

"Non c'è niente da ridere," ribatté lei, mordicchiandosi il labbro inferiore.

Cavolo, era adorabile.

"Posso parlarti? Per favore? Ti prego."

Le sue parole dolci sembrarono ammorbidirla. Lui trattenne il respiro.

"Sono libera?"

Gli agenti della sicurezza annuirono.

"Bene." Lei raccolse le sue cose. "Ho fame. C'è un piccolo bar laggiù," disse lei, indicandolo. "Andiamo."

Bobby ringraziò gli agenti e strinse loro la mano. Skip seguì Bobby ed Elena a una notevole distanza.

"Che cosa ci fai qui?"

"Sono venuto a dirti che ti amo e a pregarti di non partire."

Lei si fermò, spalancando la bocca.

"Lo so, lo so." Lui alzò la mano. "Ho sbagliato. So che mi hai detto la verità. Non avrei dovuto dubitare di te."

"Ma l'hai fatto. E adesso sai che sto dicendo la verità? Come mai, così all'improvviso?"

Raggiunsero il bar e Bobby la accompagnò a un tavolino in un angolo sul retro, sperando che nessuno lo riconoscesse. Dopo aver ordinato hamburger e birra, lei iniziò a fissarlo. Lui aveva pensato molto a cosa dirle. La verità era terribile, ma non poteva mentirle. Pregò in silenzio per un attimo, poi aprì la bocca.

"Ho parlato con Tiffany Cowles. Mi ha detto perché hai rifiutato il lavoro. Mi ha detto che non hai scritto tu quell'articolo."

"Oh, capisco. Quindi, se lo dice lei è la verità, ma se lo dico io è una bugia? Bel tentativo."

Il cameriere portò le loro bevande.

Ne bevvero un bel sorso, osservandosi attraverso il vetro dei boccali.

"Volevo crederti, ma mi avevi parlato molto del fatto che il tuo capo ti avesse spinta a trovare dei pettegolezzi su di me così, quando ho visto il certificato di nascita, che cos'altro potevo pensare?"

"Capisco. Sei saltato alle conclusioni. Lo so. Probabilmente l'avrei fatto anch'io. Ma quando ti ho detto la verità e ti ho giurato di non averlo fatto, tu non mi hai creduto. E adesso che qualcun altro, qualcuno che tu nemmeno conosci, ha confermato la mia storia, mi credi?"

Lui non riusciva a guardarla negli occhi.

"Sai che cosa ti dico? Fanculo a tutta questa storia."

"Hai ragione. Mi sono sbagliato. Ho fatto un errore." Lui sollevò lo sguardo per guardarla negli occhi. "Ok, un grosso errore. Avrei dovuto crederti e non l'ho fatto."

"Però hai creduto a Tiffany Cowles?" Lei appoggiò la schiena sulla sedia e incrociò le braccia. "Perché ti sei persino preoccupato di chiamarla?"

Un barlume di speranza crebbe dentro di lui. Lei gli aveva fatto la domanda giusta.

"Vuoi davvero saperlo?" Lui percepì un cambiamento nella loro conversazione.

"Se te l'ho chiesto..."

"Sono andato a casa tua a cercarti. Ma lì c'era Francie."

"Me l'ha detto."

"Quindi lo sai già? Quando mi ha detto quello che avevi fatto, ho visto le cose sotto una nuova luce. E allora ho capito che forse mi ero sbagliato. Ho chiamato Tiffany solo per avere una conferma di quello che credevo. Che tu non mi avevi venduto al tuo capo."

"E lei che cosa ha detto?"

"Ha detto che eri matta a rinunciare a quel lavoro. E mi ha detto anche che hai negato di aver scritto quell'articolo."

"Davvero?"

"Già. E questo confermava tutto. Ma io sapevo già che tu mi avevi detto la verità. Non è stata lei a convincermi. Me l'ha solo confermato."

Il cameriere portò il cibo al loro tavolo. Misero il ketchup sui loro hamburger e iniziarono a mangiare.

"Mi perdoni?"

"Forse," disse lei, tra un morso dell'altro.

ELENA MANGIÒ IL SUO Hamburger guardando Bobby. Dio, quant'era bello, con addosso il suo completo grigio antracite e una camicia bianca, leggermente sbottonata in alto. Intorno al collo, indossava la sua cravatta turchese. Aveva i capelli ben pettinati e il viso rasato. Le sue dita fremevano per toccargli la guancia.

Poteva credergli? Cavolo, quel ragazzo aveva chiesto alla sicurezza dell'aeroporto di trattenerla per supplicarla di restare. Doveva pur voler dire qualcosa. Forse, lui era davvero sincero. Altrimenti, perché avrebbe fatto tutto questo? E perché avrebbe chiamato Tiffany Cowles? Questo le bruciava un po'. Forse, voleva solo essere scrupoloso. Diede un altro morso al suo hamburger e continuò a guardarlo. I suoi occhi marroni erano tristi ed espressivi.

Guardandolo, dovette ammettere a se stessa che lui masticava persino in modo adorabile. Cavolo, quel ragazzo era terribilmente sexy, semplicemente seduto lì, davanti a lei, a guardarla con gli occhi dell'amore. E allora, perché non credergli? Non era per causa sua che aveva deciso di partire, ma perché era senza lavoro.

"E se ti credessi?"

"E mi credi?"

L'espressione di speranza sul suo volto la fece sorridere. A volte, capita che il bambino nascosto nel corpo di un uomo risplenda. Lui non era mai stato così adorabile. Il suo cuore rispose prima che il suo cervello potesse ragionare.

"Non mi piace litigare, quindi diciamo che ti credo. Ma non sto partendo per causa tua, lo sai?"

"Francie me l'ha detto. Ma io ho un piano."

"Oh?" Lei sollevò le sopracciglia. Il suo sguardo si soffermò sulle sue labbra. Le mancava il loro contatto, tra le altre cose.

"Vieni a vivere con me."

Accidenti! Lui sapeva decisamente quali fossero le parole magiche da usare. Lei smise di mangiare. Non aveva mai preso in considerazione quell'opzione.

"Allora? Che cosa ne pensi?"

"Non so proprio cosa pensare."

"In questo modo, non dovresti partire. Francie può stare nel tuo appartamento e, se non dovessi essere felice, potrai andartene in qualunque momento. Potresti vivere con me come mia ragazza, oppure..." Lui fece una pausa, facendo un respiro profondo, "diventando mia moglie. Non come coinquilina. Non vorrei mai che tu pagassi l'affitto."

Si sentiva scioccata ed emozionata. Le mancavano le parole.

"Non ti piace la mia idea?" Lui aggrottò la fronte e mise il broncio.

"Non ho detto questo," rispose lei, respirando a fatica. "È che non me l'aspettavo."

"Beh, io ti amo. Va da sé che dovremmo vivere insieme. Se siamo compatibili, dovremmo sposarci. Voglio dire. Se tu lo vuoi."

"Tu vuoi sposarmi?"

"Sì. Vuoi che te lo chieda in ginocchio?"

Gli altoparlanti annunciarono il suo volo.

"No, no."

"Non partì più, vero?"

"No," disse lei sussurrando, tanto che lui si dovette avvicinare per sentirla.

"Sono stato un coglione, uno stronzo, un idiota. Non avrei mai dovuto lasciarti."

"Sono d'accordo."

Lui si mise a ridere. "Io ti amo. Ti amo da tanto tempo. Sono infelice senza di te. Dimmi che verrai a vivere con me, dimmi che mi sposerai. Solo una, entrambe le cose, o nessuna..."

"Sì. Lo farò."

"Farai cosa?"

"Entrambe le cose."

Gli ci volle un momento per realizzare che lei aveva accettato la sua proposta di matrimonio. "Quindi, mi sposerai?"

Lei annuì. Quello doveva essere solo un sogno. Si sarebbe fatta una bella risata al suo risveglio. "Ne sei sicuro?" gli domandò lei.

"Sì. E, dopo che avrai portato la tua roba a casa mia, voglio dire, a casa nostra, andremo insieme a comprare il tuo anello."

"Davvero?"

"Domani avrò la giornata libera. E ci sono un po' di altre cose che preferirei fare in questo momento."

"Oh?" Lei sollevò un sopracciglio.

"A meno che tu non lo voglia." Lui arrossì in viso.

"Oh, lo voglio. Certo che lo voglio."

Che cosa stava facendo? Se avesse ragionato razionalmente, si sarebbe data un colpo in testa con una mazza da baseball. L'aveva perdonato molto velocemente, ma poteva fidarsi davvero di lui? Avrebbe sempre avuto problemi a crederle?"

"Una cosa."

"Qualunque cosa."

"Mi prometti che mi crederai sempre?"

"Te lo prometto. Tu sei sempre stata sincera con me."

"È vero." Si sentiva il cuore in gola. Stava davvero vivendo quel sogno? Avrebbe finalmente potuto ottenere tutto ciò che aveva sempre voluto, l'uomo dei suoi sogni e l'opportunità di scrivere a tempo pieno? Lei sbatté le palpebre, bevve un sorso e gli sorrise. Lacrime di gioia iniziarono a scenderle sulle guance.

"Lacrime? Perché? Che cosa ho fatto adesso?" Un'espressione preoccupata rabbuiò il suo viso.

"Sono lacrime di gioia. Mi sei mancato così tanto!"

Lui le prese la mano e se la portò alle labbra. "Anche tu."

"Ti amo, Bobby. Adesso potremo stare insieme."

"Per sempre, piccola. Per sempre."

Lei prese il suo telefono e digitò un numero. "Papà? Cambio di programma."

Epilogo

Elena e Bobby finirono di mangiare da Freddie. La squadra si stava preparando per i playoff, e questo voleva dire andare a letto presto e niente alcolici. Lui aprì lo sportello alla sua donna, poi si sedette dietro il volante.

"Aspetta! Accidenti! Mi sono dimenticato. Dovevo portare il mio completo in lavanderia. È ancora nel mio armadietto. Ti dispiace se facciamo un salto allo stadio? Ci vorrà solo un minuto."

"Nessun problema."

Lui accostò davanti all'ingresso e prese la sua chiave. La felicità gli scorreva nelle vene. La donna dei suoi sogni, che adesso era la sua fidanzata, riscaldava il suo letto ogni notte, mangiava insieme a lui e lo faceva ridere. La squadra stava andando dritta verso i playoff. Si mise a fischiettare felicemente mentre si dirigeva verso lo spogliatoio.

Quando vide le luci accese, si fermò di colpo. C'era qualcosa di strano. Lui si avvicinò alla porta, poi la dischiuse lentamente. Sentì delle voci.

"Dovrai toglierti i boxer."

"Si muore dal freddo lì fuori."

"Non sotto le luci. Ne resterai sorpreso. Credimi."

"Non è ciò che Nelson Hingus aveva in mente, vero?"

"No, questa è una mia idea. Per favore. Solo qualche scatto. Ti prometto che non le farò vedere a nessuno."

Bobby aprì la porta e rimase sulla soglia, osservando la scena. Skip Quincy indossava solo un asciugamano. Stava parlando con una ragazza bionda, con i capelli lunghi e ricci. Lei era molto minuta. Stavo parecchio vicino a lui.

"Spero di non interrompere niente," disse Bobby a voce alta.

I due ebbero un sussulto. Skip si voltò.

"Bobby! Che ci fai qui, amico?"

Bobby si avvicinò al suo armadietto, lo aprì e prese il suo completo. "Dovevo solo prendere questo per portarlo in lavanderia. La vera domanda è che cosa ci fai *tu* qui? Nudo? E insieme a una donna?

"Vi lascio tranquilli," disse la donna, precipitandosi fuori dalla porta.

"Lei è Mimi Banner. La fotografa assunta da Nelson Hingus. Ti ricordi? Dovrà fare le foto a tutti noi qui allo stadio."

"Non vestiti in quel modo, spero," disse Bobby.

"Certo che no," rispose Skip, arrossendo. "Mi sta solo facendo qualche scatto speciale."

"Lo vedo. Hai detto Mimi Banner?"

Skip annuì.

"C'entra qualcosa con lo scomparso Rowley Banner?"

"È la sua vedova."

"Oh, merda, Skip. Che cosa stai facendo?" Bobby scosse la testa.

FINE

Libri di Jean C. Joachim

<u>BOTTOM OF THE NINTH</u>
DAN ALEXANDER, PITCHER
MATT JACKSON, CATCHER
JAKE LAWRENCE, THIRD BASEMAN

<u>FIRST & TEN SERIES</u>
GRIFF MONTGOMERY, QUARTERBACK
BUDDY CARRUTHERS, WIDE RECEIVER
PETE SEBASTIAN, COACH
DEVON DRAKE, CORNERBACK
SLY "BULLHORN" BRODSKY, OFFENSIVE LINE
AL "TRUNK" MAHONEY, DEFENSIVE LINE
HARLEY BRENNAN, RUNNING BACK
OVERTIME, THE FINAL TOUCHDOWN
A KING'S CHRISTMAS

<u>THE MANHATTAN DINNER CLUB</u>
RESCUE MY HEART
SEDUCING HIS HEART
SHINE YOUR LOVE ON ME
TO LOVE OR NOT TO LOVE

<u>HOLLYWOOD HEARTS SERIES</u>
IF I LOVED YOU
RED CARPET ROMANCE
MEMORIES OF LOVE
MOVIE LOVERS
LOVE'S LAST CHANCE
LOVERS & LIARS
His Leading Lady (Series Starter)

<u>NOW AND FOREVER SERIES</u>
NOW AND FOREVER 1, A LOVE STORY
NOW AND FOREVER 2, THE BOOK OF DANNY
NOW AND FOREVER 3, BLIND LOVE
NOW AND FOREVER 4, THE RENOVATED HEART
NOW AND FOREVER 5, LOVE'S JOURNEY
NOW AND FOREVER, CALLIE'S STORY (prequel)

<u>MOONLIGHT SERIES</u>
SUNNY DAYS, MOONLIT NIGHTS
APRIL'S KISS IN THE MOONLIGHT
UNDER THE MIDNIGHT MOON
MOONLIGHT & ROSES (prequel)

<u>LOST & FOUND SERIES</u>
LOVE, LOST AND FOUND
DANGEROUS LOVE, LOST AND FOUND

<u>NEW YORK NIGHTS NOVELS</u>
THE MARRIAGE LIST
THE LOVE LIST
THE DATING LIST

<u>SHORT STORIES</u>
SWEET LOVE REMEMBERED
TUFFER'S CHRISTMAS WISH
THE SECOND PLACE HEART (Coming)

Notizie sull'autrice

Jean Joachim è un'autrice di romance di successo e i suoi libri sono in cima alla classifica Amazon Top 100 fin dal 2012. Scrive romance contemporanei, tra cui gli sport romance e la romantic suspense.

Dangerous Love Lost & Found ha vinto il primo premio International Digital Award dell'Oklahoma Romance Writers of America nel 2015. *The Renovated Heart* ha vinto il premio Miglior Romanzo dell'Anno del Love Romances Café, *Lovers & Liars* è arrivato tra i finalisti del RomCon del 2013 e *The Marriage List* ha conquistato il terzo posto nella classifica Miglior Romance Contemporaneo del Gulf Cost RWA.

To Love or Not to Love si è classificato al secondo posto del Reader's Choice contest del 2014 della sezione del New England dell'associazione Romance Writers of America.

È stata nominata Miglior Autore dell'Anno nel 2012 dalla sezione di New York dell'associazione Romance Writers of America.

Moglie e madre di due figli, Jean vive a New York City. Solitamente, di mattina presto la si può trovare al computer a scrivere mentre beve una tazza di tè, con al suo fianco Homer, il carlino che ha salvato, e la sua scorta segreta di liquirizia nera.

Jean ha scritto e pubblicato più di 30 libri, novelle e racconti brevi. Consultate il sito: http://www.jeanjoachimbooks.com.

Iscrivetevi alla newsletter sul suo sito per partecipare alle sue vendite private di libri in formato tascabile. Iscrivetevi alla sua newsletter qui:

https://www.facebook.com/pages/Jean-JoachimAuthor/221092234568929?sk=app_100265896690345

www.ingramcontent.com/pod-product-compliance
Lightning Source LLC
Chambersburg PA
CBHW032123180726
48284CB00002B/673